Zu diesem Buch

Der ganze Zauber des alten Peking mit seinen Gärten, dem Sommerpalast, dem Treiben in den geheimnisvollen Seitengassen und den bunten chinesischen Sitten steigt in diesem zarten Roman des erfolgreichen Autors von «Der Schneider himmlischer Hosen» wieder auf. Die Mitteilungslust der reizenden Kuniang in den freimütig geführten Tagebüchern ihrer Mädchen- und Ehejahre, die durch ihre Natürlichkeit entzücken, bereitet dem Leser Stunden der Freude und Anteilnahme.

«Ein Buch, das man mit nie aufhörendem Interesse und mit unendlich viel Vergnügen liest» («National Zeitung», Basel). – «Kaum hat man einen Blick durch dieses Tor der glücklichen Spatzen getan, ist man auch schon in der verträumten Schönheit einer fremdartigen Landschaft, in Unheil und Freude, Tragik und Glück einer absonderlichen Welt versponnen, in die man sich gern entführen läßt» («Schweizer Monatshefte»).

Daniele Varè, am 12. Januar 1880 als Sohn eines ehemaligen Justizministers in Rom geboren und dort am 27. Februar 1956 gestorben, war Jahrzehnte hindurch im diplomatischen Dienst. 1907 wurde er der Botschaft in Wien zugeteilt, 1912 bis 1920 war er erster Legationssekretär in Peking, 1920 wurde er Mitglied der politischen Sektion des Völkerbundssekretariats, 1926 Gesandter in Luxemburg und vorübergehend in London, 1927 bis 1932 auch in China. Aus dieser Zeit und seinen fernöstlichen Eindrücken schöpfte er den Stoff zu einer Reihe humoristisch-satirischer, gelegentlich leicht autobiographischer Werke, von denen sein Buch «Der lachende Diplomat» ihm Weltruf errang. Diesem Band folgte die in China spielende, das Leben in Peking als farbigen Erzählstoff ausbreitende Trilogie «Der Schneider himmlischer Hosen» (rororo Nr. 4105), «Das Tor der glücklichen Sperlinge» und «Der Tempel der kostbaren Weisheit» (rororo Nr. 4299). In diesen Chroniken der Liebes- und Ehegeschichte zwischen einem jungen europäischen Schriftgelehrten und der schönen Kuniang erschließt sich uns die geheimnisvolle Welt des vergangenen China mit all ihrem rätselvollen Zauber. Die lässige Heiterkeit der Erzählkunst, der Hauch chinesischer Lebensweisheit und Lebensanmut machen diese Werke zu den schönsten Zeugnissen, die die Begegnung der westlichen mit der östlichen Welt in der Literatur hervorbrachte.

Daniele Varè

Das Tor der glücklichen Sperlinge

Roman

Rowohlt

Titel der Originalausgabe «The Gate of Happy Sparrows»
Aus dem Englischen übertragen von Viktor Polzer
Umschlagentwurf Büttner & Plümacher

1.–210. Tausend   1954–1966
211.–228. Tausend   Dezember 1977
229.–232. Tausend   März 1979

Veröffentlicht im Rowohlt Taschenbuch Verlag GmbH,
Hamburg, Dezember 1954
Copyright Paul Zsolnay Verlag GmbH, Wien–Hamburg
Satz Aldus (Linotron 505 C)
Gesamtherstellung Clausen & Bosse, Leck
Printed in Germany
480-ISBN 3 499 14140 x

Vorwort

Seit ich im ‹Schneider Himmlischer Hosen› von uns allen erzählte, gab es Familienzuwachs. Wir nennen ihn: ‹Kleiner Chink›.

Der Kleine Chink kam im November zur Welt, am Vierzehnten Tag des Zehnten Mondes, und ist jetzt zwei Jahre alt.

Als er unterwegs war, ja noch früher, trieb uns die Familie der Fünf Tugenden (nur chinesische Diener können so heißen!) fast zur Verzweiflung mit ihrem Aberglauben und den hundertfachen Zaubereien, die uns das Wachstum des Stammbaumes verbürgen sollten. Ich verbot ihnen zwar, uns ein blankes Schwert unter die Matratze zu schieben, mußte mir aber gefallen lassen, daß sie beim Kopfende unseres Bettes Kastanien und Erdnüsse aufhängten. Man nahm an, Kuniang und ich würden sie essen, als unfehlbares Mittel zur Geschlechtsbestimmung unseres Sprößlings: denn nur so könnten wir damit rechnen, daß uns ein Sohn zur Ahnenverehrung geschenkt würde. Und hundert Tage nach der Geburt des Kleinen Chink erwischten wir die ‹Amah›, wie sie dem Baby mit dem Kopf eines Hühnchens, dem Schwanz eines Fisches und mit einer Krabbe den Mund einrieb. Es wäre dann ein Kinderspiel, ihm das Essen beizubringen!

Die Fünf Tugenden haben ihre Mutter verloren. Lao Tai-tai, die Alte Gebieterin, ist nicht mehr. Mit eiserner Rute hat sie den Haushalt der Söhne beherrscht. Kuniang und ich konnten sie nicht leiden, aber ich glaube, wir vermissen trotzdem die kleinen Verdrießlichkeiten, die sie uns so manches liebe Jahr aufhalste, ehe sie sich in den prächtig lackierten Sarg zurückzog, den sie (versteht sich auf meine Kosten) in einem Tempel südlich der Tatarenmauer in Quartier gegeben hatte.

Onkel Podger weilt noch in unserer Mitte, doch er wird alt. Schon zeigen sich weiße Härchen um seine Schnauze, und er strengt sich nicht gern an, außer wenn es unbedingt nötig ist.

Vergangenen Winter saßen wir eines Abends nach Tisch in meinem Arbeitszimmer. Kuniang hockte vorm Kamin auf dem Boden und hatte eine Unmenge Maschinenmanuskripte und ein paar Schreibhefte malerisch um sich gebreitet. Sie quollen aus meiner alten Blechkassette, die sonst neben dem Bücherkasten seht.

Ich saß beim Schreibtisch und plagte mich mit Pater Wiegers Übersetzung der Annalen aus der ersten Han-Dynastie. Die chinesischen Schriftzeichen stehen in dieser Ausgabe auf der einen Hälfte des Blattes und die französische Übertragung auf der andern. Trotzdem erschließt sich die alte Chronik nicht leicht – auch *mit* solcher Eselsbrücke.

Eben hielt ich den Absatz:

«Kaiser Nai war allenthalben als Knabenliebhaber bekannt. Die

Schriftstücke, die sich mit seinen Beziehungen zu Tong-hien befassen, übertreffen an Zahl alle anderen Dokumente des Reiches. Der Kaiser schenkte Tong-hien den Besitz von zweitausend Familien.»

Ich gähnte und schob den Stuhl zurück. Es war mir wirklich ganz gleichgültig, welche chinesischen Charaktere diesen Sätzen entsprachen.

Der Ruhm eines sagenhaften Antinous zerstob, wenn ich Kuniangs goldenes Haar im Feuerschein aufleuchten sah. Drum erhob ich mich und bezog das Sofa, gegenüber Onkel Podger, der auf meinem besten Armsessel schlief. Er besorgte dies mit der selbstsicheren Gemütsruhe eines Hundes, der sogar im Traum weiß, er gehöre eigentlich in seinen Korb.

«Was machst du da, Kuniang?» fragte ich.

«Das sind deine Geschichten. Du hast sie von mir abschreiben lassen, um mir was zu tun zu geben, als du mich von der Russenfamilie fortnahmst.»

«Und warum breitest du sie aus?»

«Weil das die einfachste Art ist, um mit einem Blick zu übersehen, wieviel eigentlich da sind und was darin steht.»

«Die Hefte stammen aber nicht von mir.»

«Nein. Das sind meine alten Tagebücher.»

«Schön, jetzt hast du den ganzen Kram herausgenommen. Und was willst du damit?»

«Ich denke nach, ob du nicht einen neuen Band daraus machen könntest, eine Art Fortsetzung zum ‹Schneider Himmlischer Hosen›.»

«Wie, bitte: aus meinen Geschichten oder aus deinen Tagebüchern?»

«Sei doch nicht so dumm! Meine Tagebücher erzählen dieselben Ereignisse, die du in den ‹Himmlischen Hosen› niedergeschrieben hast – nur von meinem Gesichtspunkt aus und mit weniger Zurückhaltung.»

«Ich weiß, ich weiß: ich bin dir immer zu verschwiegen gewesen.»

«Ja, siehst du, du hast eben Hemmungen, weil du im Westen erzogen bist. Du kümmerst dich zwar nicht darum, was ‹die Leute› sagen, achtest aber genau darauf, was du selbst sagst. Wie hast du dich das ganze Buch hindurch geplagt, ja nicht deinen Namen zu verraten: aus *meinem* hast du kein Geheimnis gemacht. So sind die Männer! Mir ist es ganz gleich, was ich sage. Dafür bin ich auch im Osten erzogen.»

«Ich bin vollkommen überzeugt, eine ungesäuberte Ausgabe deiner Tagebücher würde reißenden Absatz finden.»

Kuniang lachte. «Wenn du willst, darfst du sie veröffentlichen», sagte sie. «Der Hintergrund ist ohnedies derselbe wie in deinen Geschichten und in den ‹Himmlischen Hosen›.»

«Da hast du recht. Es ist der uralte Hintergrund China, der im Lauf der Zeiten den Rahmen für so manche Geschichte abgegeben hat.»

«Stimmt. Und weißt du was? Manchmal, wenn ich die ‹Himmlischen

6

Hosen› lese, frage ich mich, ob der Hintergrund nicht das einzig Wahre daran ist.»

«Wie meinst du das?»

«Siehst du, ich stecke in der Geschichte drin. Und es ist ein so komisches Gefühl, von sich selbst, der eigenen Umgebung und den Leuten, unter denen man lebt, zu *lesen*. Als sähe man sich in einem Spiegel. Und drum frage ich mich, wer eigentlich die wahre Kuniang ist, die eine, die im Buch steckt, oder die andere, die es liest?»

«Liebe Kuniang, du rührst an den ewigen Zweifel. Was ist Wahrheit? Was Dichtung? Was ist Wirklichkeit? Was Schatten? So mancher hat diese Fragen gestellt: Pontius Pilatus und Luigi Pirandello, Sokrates und Bernard Shaw. Wer die ‹Himmlischen Hosen› liest, glaubt, daß Kuniang darin steckt – im Buch natürlich. Aber Onkel Podger, der nicht liest, weiß, daß sie irgendwo im Haus steckt oder, wenn sie ausgegangen ist, zu den Mahlzeiten zurückkommen wird – und das ist ja das Wichtigste. Doch Onkel Podger ist vielleicht selbst nur die Schöpfung einer Phantasie. Und so besteht der Zweifel fort.»

Kuniang schwieg ein Weilchen, ehe sie sagte:

«Erinnerst du dich noch an die chinesischen Bilder, die wir auf dem Jahrmarkt in der Liu-li-chang kauften? Hügellandschaft, Flüsse, kamelhöckrige Brücken. Komische alte Männchen in der Tracht der Ming-Dynastie wandeln auf Pfaden, die sich im Nebel verlieren. Schaut man diese Bilder lange genug an, besonders wenn man leicht schläfrig ist, so tauchen immer neue Einzelheiten auf, die man zuerst gar nicht bemerkt hat. Ein kleiner Tümpel zum Beispiel, hoch oben, ganz im Himmel, und die Wolken liegen wie eine Fußmatte vor seiner Tür. Weißt du, ich glaube immer, chinesische Geschichten und deine Geschichten sind so wie diese Bilder.»

Kuniang spricht von meinen ‹Geschichten›. Doch es wäre richtiger, sie Skizzen zu nennen, Skizzen eines entschwindenden Chinas: Geistererscheinungen aus der Zeit, da Peking noch die Hauptstadt eines mächtigen Reiches war, das sich von nördlichen Steppen bis zu tropischen Dschungeln erstreckte, von tibetanischen Sümpfen bis zum Meer.

Das Leben hat sich hier nicht allzusehr geändert. John Chinaman erntet weiter seinen täglichen Reis und verzehrt ihn, zeugt Kinder und zieht sie auf, stirbt und feiert prächtige Leichenbegängnisse, wer immer auch zur Zeit das Land für ihn beherrscht. Wie Kuniang sagte: das ist der alte Hintergrund, die Dekoration einer Bühne, auf der wir auftreten, einer nach dem andern, unser Sprüchlein sagen und abgehen.

Das ist die Wirklichkeit, mögen wir auch Schatten sein.

Kuniang brachte mich zur Veröffentlichung dieses Buches. Kuniang gab ihm den Namen. Er bedarf einer Erklärung.

Der Shuang Liè Ssè, das heißt, der alte Tempel, in dem ich in Peking hause, liegt im südwestlichen Winkel der Tatarenstadt, genau entsprechend dem ‹Wald der Pinsel› an der Südostecke, dem Gebäude also, in dem einst die Prüfungen für die Han Lin-Akademie stattfanden. Der Haupteingang meines Tempels liegt gegenüber der Tatarenmauer, fast gegenüber ihrem äußersten Zipfel westlich vom Shun Chih Mên. Unsere Ställe, die nördlich des Gartens angelegt sind, haben einen eigenen Ausgang, den wir meist als ‹Hintertürchen› benützen. So komisch es klingt, auch dieser Ausgang geht nach Süden! Allerdings erfordert es schon einigen Erfindergeist, bis man zuwege bringt, daß ein Tor oder eine Türe an der Nordseite eines Bauwerkes nach Süden geht. Gilt doch der Norden in China als unheilvoll.

Will man also vom Shuang Liè Ssè zu den Ställen, so verläßt man den Garten durch ein Pförtchen, das auf einen schmalen Gang zwischen zwei Mauern führt. Dieser Gang mündet auf den Stallhof, der aber nicht unmittelbar an den Garten stößt, sondern durch ein unbebautes Grundstück von etwa siebzig Meter Länge und fünfzig Meter Breite von ihm getrennt ist. Das Gebäude, in dem die Pferde untergebracht sind, erstreckt sich an der Nordseite des Stallhofs – es hat übrigens Raum für etwa dreißig Pferde, mein Marstall verfügt jedoch bloß über vier –, während das Hoftor nach Süden gerichtet ist und sich auf das erwähnte Grundstück öffnet. Mein erster Stallmeister, Tô-ching oder Reine Tugend genannt, benützt dieses Feld als Tummelplatz für die Ponies, indes die Sperlinge der Nachbarschaft winters hier im Staub und nach sommerlichen Regengüssen in den Pfützen baden. Wie alle chinesischen Tore ist auch unser Hoftor mit vorspringenden Traufen aus bunten Ziegeln überdacht. Läßt es sich zwar nicht mit dem Straßeneingang vergleichen, den Marmorlöwen und riesige Akazien einfassen, so wirkt es doch großartiger als sämtliche Stalltore, die mir je inner- oder außerhalb Chinas zu Gesicht kamen. Vielleicht rührt das daher, daß unsere Ställe seinerzeit von den Soldaten der Kaiserlichen Leibgarde benutzt wurden und ein Pikett Kavallerie hier in Quartier lag, wenn ein oder das andere Mandschu-‹Banner› an der Mauer Dienst hatte.

Dieses Hoftor heißt Hsi Ch'iao Mên oder Tor der Glücklichen Sperlinge. Hsi Ch'iao heißt auch ‹Elstern› und man kann den Namen so oder so übersetzen. Ich für meinen Teil halte mich an die gebräuchlichere Form.

Aus all dem ergibt sich aber immer noch nicht, warum ich mein Buch just darnach benannt habe.

Kuniang und ich stritten tagelang.

Sie berief sich darauf, daß wir meistens das kleine Tor benützten, wenn wir in die Stadt gehen. Denn das gewisse unbebaute Grundstück ist zwar an drei Seiten von den Mauern des Shuang Liè Ssè und den Ställen umgeben, an der vierten Seite hat es aber einen Ostausgang in Form eines schmalen Gäßchens, eines ‹hutung›, das auf die Seenpaläste zu führt.

Man geht dort wirklich viel geschickter als vorn längs der Tatarenmauer. Und so betreten wir tatsächlich durch das Tor der Glücklichen Sperlinge die Welt außerhalb unseres Heims. Es leitet sozusagen zu den Seitengassen des Lebens. Habe ich im ‹Schneider Himmlischer Hosen› von uns selbst erzählt, so berichte ich diesmal von dem, was jenseits unserer Schwelle liegt.

Zugleich besitzt der gewählte Titel ‹glückliche Vorbedeutung› – ein wichtiger Umstand, wenn man sich mit chinesischen Dingen befaßt. Allzuviel Glück gibt es in Peking nicht, und im Leben genauso wenig. Seien wir also dankbar, wenn wir ein kleines bißchen bei den niedrigsten Geschöpfen Gottes finden, einen Schritt von unserer Hintertür.

Die Fünf Tiger

Meine chinesischen Diener sind einem weiten Kreis von Freunden, Bekannten und Nebenbuhlern als die ‹Fünf Tugenden› bekannt. Und der einstige Tempel Shuang Liè Ssè, in dem ich wohne, heißt oft das Heim der Fünf Tugenden, womit gesagt ist, daß dort alles und jedes mehr *ihrer* Bequemlichkeit dient als der meinen. Fünf ist eine der mystischen Zahlen, und die Bezeichnung ‹Tugenden› wurde wohl in ironischem Sinn verliehen, nach dem Grundsatz des ‹Lucus a non lucendo›.

Es wäre häßlich und undankbar, setzte ich nicht hinzu, daß die Fünf Tugenden im großen und ganzen gute Diener sind. Wenn ihre Besonderheiten mich manchmal ärgern, so läßt sich doch nicht leugnen, daß wir nach vielen Jahren so weit gekommen sind, unsere Lebensformen wechselseitig zu kennen und zu begreifen.

Aber als ich von einer zweiten Familie chinesischer Diener in Peking hörte, die bei groß und klein ‹Die Fünf Tiger› hießen, empfand ich ein brüderliches Gefühl für ihre Dienstgeber, zumal da diese, neu in China und Neulinge in chinesischen Sitten, sich nach kurzem so hilflos in der Leibeigenschaft ihres Dienerstabs wanden wie einstmals Simson in den Händen der Philister.

Leutnant Lionel von Metresor trat den Dienst bei der Britischen Gesandtschaftswache in Peking kurz nach seiner Verehelichung mit Dorothy Stokes an, Tochter weiland Sir Ebenezer Stokes', dessen großes Vermögen auf einen einzigen Artikel zurückging: – auf Schuhwichse. Da die Jungvermählten über das nötige Kleingeld verfügten, beschlossen sie, nicht die Räumlichkeiten in Anspruch zu nehmen, die ihnen als Dienstwohnung zu Gebote standen, sondern außerhalb des Gesandtschaftsviertels ein Haus zu mieten.

Dorothy Montresor hatte gesellschaftlichen Ehrgeiz. Sie wünschte Diners zu geben und Tanzveranstaltungen zu bieten, die Vertreter der fremden Mächte samt Gemahlinnen bei sich zu empfangen und in der Pekinger ‹Hautevolée› eine führende Rolle zu spielen. Ihr Traum war leicht zu verwirklichen. Die internationale Gesellschaft der chinesischen Residenz schien durchaus gewillt, sich von einer ebenso hübschen wie reichen Gastgeberin bewirten zu lassen. Man schätzte den Wunsch, den Geladenen ein paar angenehme Stunden zu bereiten, und überging taktvoll die Zusammenhänge zwischen der jungen Frau und Schuhwichse.

Der erste Schritt bei der Einrichtung eines Pekinger Haushalts führt zur Wahl eines ‹Boy Nummer Eins›. Der Ausdruck ‹Boy›, der den Hausdienern in Fernost zukommt, schließt keineswegs zwangsläufig den Begriff Jugend in sich. In China kann ein Boy durchaus bejahrt sein. Man beziffert sie nach ihrem Rang, und sie bilden gleich Staatsbeamten ein ‹imperium in imperio›.

Ein Pekinger Haushalt von einiger gesellschaftlicher Stellung verfügt über einen Boy Nummer Eins, Nummer Zwei und bisweilen Nummer Drei, abgesehen vom Koch, Chauffeur, Gärtner usw. und zahlreichen Kulis. Die letzteren achten, wie das Gesinde im Feudalzeitalter, auf das Feuer, waschen das Geschirr, scheuern die Böden, kurz, versehen die niedrigeren häuslichen Obliegenheiten.

Eine der weitest verbreiteten Anschauungen über China geht dahin, chinesische Diener seien denen aller anderen Völker überlegen. Gleich vielen Legenden hat auch diese eine reale Grundlage und einen erdichteten Oberbau. Nach ihr wäre der chinesische Boy eine der Sehenswürdigkeiten des Orients. Ein alter Scherz sagt mit einem Wortspiel: ‹Was ist der Schrei des Ostens?› – ‹Boy!›

Ein guter Boy Nummer Eins – so erzählt man den Freunden in der Heimat – kann einfach alles beschaffen, von der Serviette bis zum Palimpsest, und ebenso kann man ihm alles überlassen, von der Betreuung eines Kanarienvogels bis zu der einer Freundin. Er trägt die Verantwortung für den Frieden und die Behaglichkeit des Heims. Er stellt die übrigen Diener an und entläßt sie, unterweist sie in ihren Pflichten und bürgt für gutes Betragen. Der Hausherr hat sich um nichts zu kümmern, er braucht bloß seine Wünsche auszusprechen und Klage zu führen, wenn er nicht gut bedient wird.

Das alles ist sehr schön – in der Theorie. In der Praxis lassen sich die Vorteile des Systems nur dann verwirklichen, wenn die Boys tüchtig sind. Und tüchtige Boys bekommt man in China genauso schwer wie ordentliche Dienerschaft anderswo.

Die Fünf Tiger waren Brüder: Bediente von tadelloser Schulung und vollkommenen Manieren, aber Diebe einer wie der andere, ohne Gewissensbisse und ohne Beschränkung.

Einer waltete seines Amtes als erster Boy, einer als zweiter, einer als dritter; der vierte war Stallwart oder Ma-fu und der letzte Koch. Sie dienten zusammen; wenn aber ein zukünftiger Hausherr bloß einen oder zwei von ihnen anzustellen wünschte, erhoben sie keinen Einwand. Früher oder später erfolgte jedesmal ihre Wiedervereinigung, indem sie entweder den neuen Herrn von der Zweckmäßigkeit einer Personalvermehrung zu überzeugen wußten oder für die Hinausbeförderung ihrer Nebenbuhler unter der Dienerschaft Sorge trugen. Der Name, der als Titel zu Häupten dieser Geschichte steht, wurde den Brüdern nicht von einem enttäuschten Dienstgeber verliehen, sondern von einem neben ihnen dienenden Gefährten, der an die Luft gesetzt wurde, um einem weiteren Mitglied der Bande Platz zu machen. Und wenn auch der Name an sich als Brandmal der Schändlichkeit gedacht war, schienen die Fünf Tiger auf ihn stolz. Zu Füßen des Familienaltars, vor dem sie den Schatten ihrer Ahnen Weihrauch verbrannten, siedelte der älteste eine kleine

Gruppe von Spielzeugtieren an. Fünf lederne, rundgestopfte Tiger standen dort in einer Reihe, mit gehobenen Schweifen, wild rollenden Augen und wunderbar weiß, rot und gelb gestreiften Leibern. Sie verkörperten sozusagen die Schutzmarke der Firma.

Die Fünf Tiger wurden von den Montresors als Einheit übernommen und bekamen völlig freie Hand in der Verteilung ihrer häuslichen Pflichten und – ihrer Nebeneinkünfte. Der Ehrenwerte Lionel und seine Gattin wurden ebenso bedient wie ausgeraubt, also nicht zu knapp. Ihre Diners konnten kaum von den ersten Pariser Hotels überboten werden, kosteten aber mehr!

Vor dem Dienstantritt bei den Montresors hatten die Fünf Tiger eine ganze Reihe von Herren beglückt und geplündert: einen Kavalleriemajor und ausgesprochenen Epikureer; einen Zollkommissar und angehenden Dandy; und einen bevollmächtigten Minister, der üppige Gelage veranstaltete und großes Haus führte, als wäre er Botschafter in einer Weltstadt.

Während ihrer Tätigkeit bei diesen Herren hatten die Fünf Tiger ein beträchtliches Vermögen zusammengestohlen, allerdings auch die Beherrschung ihrer Pflichten bis zur Vollkommenheit ausgebildet. Alle fünf besaßen die charakteristischen Merkmale des östlichen Menschen: stille Würde des Gehabens, geräuschlose Bewegungen und unerschütterliche Ruhe. Darüber hinaus verfügten sie über eine Eigenschaft, die dem Chinesen angeboren ist und ihn zuweilen befähigt, wirklich jener Musterdiener zu werden, dessen Lob rings in der Welt aus dem Munde von Enthusiasten erschallt. Sie besteht darin, daß ihr Träger jede Arbeit, die er einmal erfolgreich geleistet hat, beliebig oft und mit unverändertem Gelingen zu wiederholen vermag.

Die Vorteile einer Betreuung durch die Fünf Tiger lagen auf der Hand. Montresors Uniform war tadellos gesäubert und gebügelt, seine Stiefel geputzt (natürlich mit Stokes-Glanzwichse), wie Beau Brummels Kammerdiener es nicht besser zustandegebracht hätte, was um so bemerkenswerter schien, als man noch in den Zeiten lebte, da die Mehrzahl der Ausländer im Fernen Osten ihren Boys erst auseinandersetzen mußte, Hemdknöpfe gehörten mit dem Kopf nach außen und den Klappteilen nach innen angesteckt und Schuhwichse sei braunen Fußbekleidungen oder Lackstiefeln eher abträglich.

Ich erwähnte schon die Vorzüglichkeit der Montresorschen Diners. Die Eroberung eines guten Kochs stieß in Peking auf keinerlei Schwierigkeiten seit jenen lang entschwundenen Tagen, da sich ein französischer Gesandter einen Küchenchef namens Jules nach China mitgebracht hatte. Gleich manchen handwerklichen Meistern der Renaissance, die aus der Vaterstadt auszogen, um den zündenden Funken ihres Genius weithin in die Lande zu tragen, gründete Jules eine Schule im Osten Asiens und hinterließ eine Schar von Jüngern zur Fortführung des gedeihlichen

Werkes. Eines der Julesschen Meisterstücke war eine Süßspeise, bekannt unter dem Namen ‹Gateau Saint-Honoré› und verfertigt aus verzuckerten Früchten und Schlagsahne. Noch lange nach der Rückkehr Jules' und seines Herrn in die europäische Heimat wurde der Gateau Saint-Honoré am Ende sämtlicher Pekinger Gelage serviert. Er erschien auch gelegentlich bei den Diners, die der Ehrenwerte Lionel und seine Gattin veranstalteten, wenn auch zu dieser Zeit bereits andere ausländische Köche die chinesische Hauptstadt besucht und deren kulinarische Möglichkeiten weiterentwickelt hatten.

Die außerordentliche Tüchtigkeit der Fünf Tiger zeigte sich unvermindert auch außerhalb des normalen häuslichen Ablaufs und erreichte ihre Höhe angesichts unerwarteter oder schwieriger Umstände. Mrs. Montresor konnte zwölf Personen zum Diner laden, dem Koch ein Stündchen vor Ankunft der Gäste Mitteilung machen und durfte damit rechnen, daß die Besucher ein erlesenes Menu, tadellos zubereitet, vorgesetzt bekamen. Sie konnte Picknicks in entlegenen Tempeln und an malerischen, schwer erreichbaren Aussichtspunkten verabreden, weite Ausflüge zu den Kaisergräbern in den Ost- oder Westbergen veranstalten: aber welches Ziel sie auch wählte, die Boys sorgten immer für ein treffliches Mahl – natürlich kalte Küche im Sommer und warme im Winter. Vom Picknick merkte man in solchen Fällen dem Speisezettel nicht allzuviel an: ‹Mousse de volaille› – ‹Cotelettes de lièvre aux champignons› – ‹Pêches Melba› fanden ihren Abschluß durch Kaffee und Liköre.

Freilich entsagten auch die Fünf Tiger nicht allen Gewohnheiten ihres Standes. Was sie in gröblicher Verletzung sämtlicher Gesetze der Hygiene in Küche und Eisschrank frevelten, bleibt besser unerforscht. Und immer wieder betraten sie zu jeder beliebigen Tages- und Nachtstunde das Schlafzimmer ihrer Herrschaft, ohne anzuklopfen. Wenn sie aber auch solch fremdländischer Marotte abhold schienen, überzeugten sie sich doch jedesmal vor dem Eintreten durch einen Blick durchs Schlüsselloch, ob ihre Gnädige im Kostüm und in der Lage sei, Dienerbesuch zu empfangen, ohne daß Unzukömmlichkeiten zu erwarten stünden.

Nun kommt die Kehrseite der Medaille. Auf ihr prägt sich der tagtägliche Raub ab, der den Aufwand der Montresors verdreifachte!

Über ihre Entlohnung hinaus erheben chinesische Boys eine Kommissionsgebühr auf alles und jedes, was von ihrem Herrn oder für ihn gekauft wird. Dies geschieht, ob es dem Herrn paßt oder nicht, und die Gebühr läuft unter dem Namen ‹Schmiergeld›. Ihre Verteilung unter der Dienerschaft erfolgt nach dem Rang. Bis zu einem gewissen Grad gilt sie in China als ordnungsgemäßes Nebeneinkommen. So stand es auch mit dem Prozentsatz, der in den Tagen des Kaisertums den Hofeunuchen von jedem aus den Provinzen eingehenden Tribut zufiel. Das Ganze läuft auf eine Proportion hinaus. Ist der Boy Nummer Eins ehrlich, wird er nicht mehr als zehn Prozent einheben. Ist er es nicht, dann unterliegt die Beschränkung nach oben einzig und allein der Geschicklichkeit des Herrn, sich zu verteidigen – oder seiner Zahlungsfähigkeit.

Das Schmiergeld, das die Fünf Tiger einkassierten, betrug mindestens dreißig Prozent und erreichte häufig die stattliche Höhe von einhundert, ja selbst fünfhundert Prozent vom Grundwert der einzelnen dem Hause zugeführten Artikel. Allein die Guten verfügten noch über weitere Quellen unerlaubten Gewinns, was den Neid und die Bewunderung anderer Boys hervorrief, die sich nicht so günstiger Bedingungen erfreuten.

Mit einer Regelmäßigkeit, die bei den Ladeninhabern außerordentlichen Beifall fand, kauften die Fünf Tiger dreimal soviel ein, als das Haus tatsächlich brauchte. Der Überschuß wurde zu brüderlichem Nutz und Frommen etwas unter dem Gestehungspreis weiterverkauft. Schließlich errichteten die fünf Kumpane einen eigenen Laden in der Tatarenstadt und setzten dort die Vorräte ab, die sie aus den Beständen des Montresorschen Haushalts zur Verfügung zu stellen wußten. Boys aus anderen Häusern erhielten – gegen Zahlung einer Kommissionsgebühr – das Recht, auch ihrerseits Waren beizusteuern, doch der Großteil stammte von den Gründern der Firma, die darum auch mit Recht die Vorzugsaktien innehatten.

Ein paar ausländische Händler des Gesandtschaftsviertels legten angesichts solcher Preisunterbietung eine gewisse Ängstlichkeit an den Tag, doch man beruhigte sie mit der Erklärung, daß die in Rede stehenden Artikel ja ursprünglich durch sie selbst auf den Markt gebracht worden seien. Ein Wiederverkauf an chinesische Verbraucher oder an die wenigen Ausländer, die ein gutes Geschäft witterten, könne dem Umsatz zum Nutzen aller Beteiligten nur förderlich sein.

Gleich allen chinesischen Häusern setzte sich das der Montresors aus einzelnen, ebenerdigen Pavillons zusammen. Die neuen Bewohner hatten auf eigene Kosten Zentralheizung einbauen lassen, so daß überall eine angenehme Temperatur zu erzielen war, obwohl man natürlich beim Hinübergehen von einem Pavillon zum anderen die offenen Höfe überqueren mußte. Die Fünf Tiger wußten der neumodischen Erfindung Vorteil abzugewinnen und verwandelten das Haus in ein Hotel. Die abgesonderten Dienstwohnungen, das Pförtnerhäuschen, die Wäscherei und die Küche staken allnächtlich bis zum Bersten voll von einer Unmenge Chinesen, die fünf bis zehn Cent für das Vorrecht zahlten, hier Schlafes pflegen zu dürfen. Im Winter war der Pavillon, in dem der Heizkessel stand, von den Stammgästen des «Hotel Montresor» sozusagen am heißesten begehrt und entsprach etwa den Fürstenappartements eines Luxushotels. Drum blieb er auch jenen Besuchern vorbehalten, die sich eine nächtliche Unterkunft bare zwanzig Cent kosten ließen. Die Chinesen haben offenbar etwas dafür übrig, eng aneinandergepreßt zu liegen wie Sardinen in der Büchse, und so beherbergte zu manchen Jahreszeiten, hinter dem Rücken der Wirte, das Haus über hundert «paying guests».

Natürlich gab es Leute genug, die mit der Absicht umgingen, ja darnach lechzten, Montresor und seine Gattin mit der Nase darauf zu stoßen, wie man sie betrog. Die Kameraden des Ehrenwerten Lionel wie die Freundinnen seiner Frau ließen es an Warnungen nicht fehlen. Der Oberst und Kommandant der Gesandtschaftswache sprach Worte der Weisheit:

«Beherzigen Sie meinen Rat», sagte er zu Montresor, «und verabreichen Sie hie und da Ihrem Boy Nummer Eins eine gehörige Tracht Prügel. Sie brauchen gar nicht zu wissen warum – aber verlassen Sie sich darauf: er weiß es!»

Doch weder Montresor noch seine Gattin schenkten solchen Warnungen viel Beachtung. Als Junggeselle hatte sich der Ehrenwerte Lionel immer den Kopf zerbrochen, wie man mit der Gage nur auskäme. Das ungewohnte Gefühl, Geld überreichlich, ja sinnlos auszugeben, wirkte berauschend. Und die junge Frau wußte nur allzugut, daß ihr Erfolg als Gastgeberin vor allem auf die Fähigkeiten ihrer Dienerschaft zurückging. Sie hätte es nie zustande gebracht, einer neuen Gruppe von Boys die verzwickten Regeln des Hausdienstes beizubringen, den die Fünf Tiger derart vollendet beherrschten.

Und so geschah es, daß die Brüder mit einer gelegentlichen Strafpredigt davonkamen, die sie in entsprechender Zerknirschung über sich ergehen ließen, unter gleichzeitiger Beteuerung, in Hinkunft würden die Ausgaben auf das möglichste herabgesetzt. Danach ging alles weiter wie bisher, höchstens noch toller.

Eines Tages ergab sich im Montresorschen Haushalt ein Zwischenfall, wie er bei Jungvermählten nicht allzuselten vorkommt: man stritt sich. Die Ursache der Meinungsverschiedenheit ist unbekannt und hat mit unserer Geschichte auch nichts zu tun. Böse und anscheinend unverzeihliche Worte fielen von beiden Seiten. Vielleicht machte der Ehrenwerte Lionel gewisse Anspielungen auf Schuhwichse, während Dorothy etwa des Bräutigams Schulden in die Waagschale warf, die vor der Trauung eine brautväterliche Regelung gefunden hatten, Ursache hin, Ursache her, das Ärgernis war so beträchtlich, daß jedes Gefühl zwischen den Gatten erkaltete und sie einander nach Tunlichkeit aus dem Weg gingen. Doch achteten sie darauf, ihre schmutzige Wäsche nicht vor aller Welt zu waschen, und nahmen in Gesellschaft an der allgemeinen Unterhaltung teil, als sichtliches Musterehepaar. Daheim sprachen sie miteinander kein Wort.

Der Verdruß entstand im Frühsommer, zur Zeit also, da das Pekinger

Gesellschaftsleben eine Periode verhältnismäßiger Stille durchmacht. Tanzunterhaltungen finden überhaupt nicht statt, und Einladungen zu Diners flattern nur spärlich ins Haus. Wer zur ‹Hautevolée› gehört und wer nicht, denkt bloß daran, sich vor den fast tropischen Regengüssen zu schützen und höchstselbst den Schweiß von der triefenden Stirn zu wischen.

Bereits vor einigen Monaten hatte man beschlossen, daß Mrs. Montresor im Sommer zum Besuch ihrer Verwandten nach England fahren sollte. Der Platz im Transsibirischen Expreß war für Ende Juli vorgemerkt. In stillschweigendem Einvernehmen hielt man bis zur Abreise den Anschein ehelichen Glücks aufrecht.

Ein paar Leute ahnten, es müsse etwas vorgefallen sein, woran der häusliche Friede zerbrach. Die Frau Oberst unterhielt sich mit ihrem Gemahl über das Thema. Er bestätigte den Verdacht durch die Mitteilung, der Ehrenwerte Lionel sei ein eifriger Besucher des Kasinos geworden und nehme dort oft seine Mahlzeiten ein. Die Oberstin war eine kluge Frau und vertrat die Ansicht, solange die junge Montresor ihr Leid nicht klage, sei es am besten, sich nicht einzumischen. So sprach sie bloß die fromme Hoffnung aus, die Dinge würden sich über kurz oder lang von selbst einrenken. Worauf der Herr Oberst mit einer unbestimmten Bemerkung über Frauen im allgemeinen erwiderte und damit die Unzuständigkeit eines Mannes allein in Angelegenheiten so heikler Natur zu verstehen gab.

Die von der Frau Oberst gehegte Hoffnung wäre Wirklichkeit geworden und der ganze Zwist verklungen nach dem Worte ‹Gepriesen sei der Streit, Versöhnung süßt die Liebe›, hätt es sich nicht um die Monatsrechnungen gehandelt!

Am ersten eines jeden Monats fand der Ehrenwerte Lionel die Wirtschaftsrechnungen auf seinem Schreibtisch ausgebreitet. Natürlich war es unter den gegebenen Verhältnissen unmöglich, Mrs. Montresor um Geld anzugehen, drum mußte der Hausherr persönlich daran glauben. Vor dem Zwist hatte immer Dorothy die gemeinsamen Auslagen bestritten. Daß sie nun für die Aufrechterhaltung des Hausstandes nicht mehr Sorge trug, bewies dem Gatten die Tiefe ihres Grolls. Darüber hinaus sah sich der Ehrenwerte Lionel in eine außerordentlich schwierige Lage versetzt, da er neben seiner Gage über keinerlei Einkommen verfügte und diese vollkommen unzulänglich schien, ein Haus nach der von den Fünf Tigern festgelegten Leitlinie zu führen. Doch konnte er schwerlich die Begleichung der Rechnungen ablehnen, ohne vor dem Personal und der Frau Gemahlin ‹das Gesicht zu verlieren›. Noch weniger durfte er die Saiten zu einer Versöhnung stimmen, um nicht in seinen Beweggründen mißverstanden zu werden. Mehr als einmal war er nahe daran, Dorothy aufzusuchen und ihr ein liebes, gewinnendes Wort zu sagen – doch jedesmal gab ihm der Anblick eines Haufens (versteht sich: unbezahlter) Rechnungen auf dem Schreibtisch einen Stich und ließ ihn innehalten.

Eines Nachmittags, knapp vor Dorothys Abreise, saß Montresor im Garten, da hörte er plötzlich Schreie und Fußgetrappel. Im nächsten Augenblick tauchte ein Kuli mit einem Eimer auf, füllte ihn an einem kleinen, mit Lotosblüten halbüberdeckten Teich und stürmte damit in die Richtung des Pavillons, der Mrs. Montresor als Boudoir diente. Was es gab, war leicht zu erraten: einen Kurzschluß bei der elektrischen Leitung. Keine Seltenheit in den Pekinger Sommermonaten. Die Feuchtigkeit infolge der Regengüsse ist daran schuld und schützt zugleich vor der Ausbreitung eines Brandes.

Montresor wollte sich den Umfang des Schadens besehen und, da er wußte, daß Dorothy außer Hause sei, betrat er ihr Boudoir. Der Kurzschluß war erfolgt, während ein Kuli die Stehlampe bei angedrehtem Licht putzte. Das ganze Unglück schien gering: ein paar geschwärzte Drähte und ein leichter Brandgeruch zeugten allein von dem Vorfall. Montresor wollte eben den Raum wieder verlassen, da bemerkte er auf dem Schreibtisch seiner Frau ein Scheckbuch und einen Stoß Rechnungen. Sie waren in chinesischen Schriftzeichen geschrieben, trugen aber daneben den englischen Wortlaut. Montresor nahm ein Blatt zur Hand und las:

Rechnung von Ma-fu

Drei Pony Dinner gegebt.	36 Dollar
Rübe	1 Dollar
Lumpen.	2 Dollar
Ein Pony beschlagt	80 Cent
Lon für Ma-fu	<u>20 Dollar</u>

Suhme Dollar 59 und 80 Cent

Darunter stand in Mrs. Montresors Schrift:
‹10. Juli. Bezahlt.›

Es war eine Rechnung, die Lionel tags zuvor persönlich beglichen hatte. Er erinnerte sich daran ganz genau. Die Anführung von ‹Lumpen› in einer Stallrechnung war ihm aufgefallen. Die Erklärungen des Ersten Ma-fu gingen dahin, es habe sich um Scheuerlappen zur Säuberung von Sätteln und Riemenzeug gehandelt.

Montresor besah die anderen Rechnungen, die auf dem Tisch lagen. Mehrere davon hatte er selbst bezahlt. Ganz versunken in seine Forschungen, merkte er erst nach einiger Zeit, daß mittlerweile Dorothy das Zimmer betreten hatte. Sie sah ihm mit unverkennbarer Überraschung und Mißbilligung zu. Doch angesichts seines Fundes vergaß Montresor für einen Augenblick, wie es zwischen ihnen beiden stand, und, in

17

Gedanken ganz bei der Gegenwart, rief er aus:

«Ah, da bist du ja! Guck dir das mal an . . .» Er hielt ihr ein Bündel Rechnungen unter die Nase. «Der Sache muß man nachgehen. Willst du in mein Arbeitszimmer kommen?» Mitsamt den Papieren marschierte er durch die Tür, die auf eine Veranda hinausging. Höchst erstaunt und leicht unwillig kam Dorothy ihm nach.

In seinem Zimmer angelangt, sah Montresor die letzten Rechnungen auf dem Schreibtisch durch. Sie bestätigten den Verdacht vollauf.

«Wie lange», fragte er die junge Frau, «hast du die Wirtschaftsrechnungen bezahlt?»

«Immer!» erwiderte sie.

«Alle?»

«Ja. Soviel ich weiß.»

Montresor starrte sie einen Augenblick lang an und drückte dann auf die Klingel. Im Nu erschien der Boy Nummer Eins auf der Schwelle. Strengen Tons wandte sich Lionel an ihn:

«Ich stelle fest», begann er, «daß seit einiger Zeit ein und dieselben Rechnungen meiner Frau und mir vorgelegt werden. Wir haben sie beide bezahlt. Mindestens zwei Monate lang. Darf ich um Aufklärung bitten?»

Wenn Montresor erwartet hatte, es werde sich irgendein Anzeichen von Verlegenheit auf dem Gesicht seines Haushofmeisters spiegeln, stand ihm die bitterste Enttäuschung bevor. Der Erste der Fünf Tiger kam nicht so leicht aus der Fassung. In der ruhigen Sicherheit eines Menschen mit durchaus reinem Gewissen entgegnete er:

«He' zahlen Lechnungen von mich. Dame zahlen Lechnungen von Blude' Koch. Vielleicht Fehle' geschehen. Mich nicht wissen.»

«Wollen Sie damit sagen, Sie wüßten nicht, welche Rechnungen der Koch uns vorlegt und wieviel wir davon bezahlen?»

«So ist, He'. Mich in Stleit sein mit Blude'. Nicht splechen zusammen.»

Montresor sah seinem Boy Nummer Eins ins Gesicht. Der kleine Chinese hielt dem Blick mit gelassener Ehrerbietung stand. Keine Spur eines verborgenen Lächelns huschte über die unbewegten Züge. Ihr Ausdruck war Stille und Ernst. Der Ehrenwerte Lionel fühlte sich geschlagen.

«Sie können gehn», sagte er. «Wir sprechen noch darüber.»

Als der Boy sich verzogen hatte, warf Montresor einen Blick nach seiner Frau und sah erstaunt, daß sie das Gesicht im Taschentuch barg. Eine Sekunde glaubte er an Tränen. Nur ein unterdrücktes Glucksen verriet, wie sie mit dem Lachen kämpfte.

Schweigen.

Dann Montresors Stimme:

«Was hältst du von einer Partie Tennis?»

18

Ein paar Minuten später marschierten sie zum Platz. Jeder das Rakett in der Hand. Sie plauderten und lachten.

Hinter den Fenstern der umliegenden Pavillons sahen die Fünf Tiger ihnen nach.

Eine Etikettefrage

Mr. Tang ist mein Chinesischlehrer. Ein Bekannter empfahl ihn mir als ‹gänzlich geruchlos› – eine unbedingt schätzenswerte Eigenschaft an einem Menschen, dem man am selben Tisch im geschlossenen Zimmer gegenübersitzt. Lord Redesdale traf es nicht so gut. In den ‹Memoiren› schildert er seinen Chinesischlehrer als ‹so durchscheinend mager, daß man fast den Knoblauch heraussah, der sich übrigens noch in anderer Weise reichlichst bemerkbar machte›.

Mr. Tang verdient den Dank zahlreicher Schüler, die sich gleich mir an der chinesischen Sprache vergreifen. Geduld ist nicht seine Stärke, und ich bereite ihm heftigen Seelenschmerz durch mangelndes Unterscheidungsvermögen bei Wiedergabe der einzelnen ‹Betonungen›. Auch meine Gleichgültigkeit in Äußerlichkeiten muß qualvoll sein für einen Menschen, dessen Empfindsamkeit (und dessen Armut, fürchte ich) das Leben zu einem ewigen Kampf macht gegen ‹das Verlieren des Gesichts›.

Mr. Tang sieht nicht älter aus als fünfundzwanzig, aber ich glaube, er wird bald vierzig. Er trägt immer ein schwarzes, ärmelloses Jäckchen über dem langen Seidengewand, zugleich aber als Zugeständnis an die ausländische Mode einen Borsalino-Hut und einen Schirm mit silbernem Griff, Geschenk eines ehemaligen Schülers.

Zweimal in der Woche, Montag und Donnerstag, suchen Mr. Tang und ich die Geheimnisse der chinesischen Sprache zu ergründen. In der ersten halben Stunde machen wir uns an die Schriftzeichen. Jedes prangt gedruckt auf einem eigenen Papierblättchen. Mr. Tang nimmt einen Stoß in die Hand und legt die Blättchen, eins ums andere, auf den Tisch vor mich hin. Manchmal legt er zwei oder drei in eine Reihe – natürlich in eine senkrechte –, um einen Satz zu bilden.

Fremde fragen mich bisweilen: «Was *ist* eigentlich ein chinesisches Schriftzeichen?» Doch bis heute habe ich keine Antwort gefunden, die sie oder mich befriedigt hätte. Die Behauptung, es handle sich um ein Ideogramm, trifft nicht völlig das Richtige, so prächtig das Wort auch klingt. Professor Giles äußerte sich dahin, «der Lernbeflissene sollte sich daran gewöhnen, jedes Schriftzeichen als Wurzelbegriff zu betrachten und nicht als eigentlichen Redeteil». Vielleicht versteht der Fachgelehrte diesen Satz. Der Jünger kann jedenfalls wenig damit anfangen, solange er nicht begreift, wie ein Romandialog sich aus Wurzelbegriffen zusammensetzen kann statt aus Wörtern.

Wenn Mr. Tang mir ein Schriftzeichen aufgibt, so habe ich zweierlei zu bedenken: den Sinn und den Lautwert. Nicht *ein* Zug an dem ganzen Gebilde bietet mir einen Schlüssel zur Aussprache, genauso wenig wie die Ziffern der Zahlbegriffe 1, 2, 3.

Mr. Tang legt mir ein Schriftzeichen vor, das eine Türe darstellt, mit einem Suffix, erkennbar als Mund. Ein Mund mit einer Tür bedeutet ‹fragen›, ‹bitten›, während ein Ohr mit einer Tür ‹hören›, ‹lauschen› heißt. In beiden Fällen ist der Lautwert ‹wén›, aber mit verschiedener Betonung ausgesprochen. Ich erinnere mich nicht immer an den Tonfall und sage ‹lauschen›, wenn ich ‹fragen› meine. Dann ärgert sich Mr. Tang.

Kuniang spricht viel besser Chinesisch als ich, weil sie es schon als Kind gelernt hat. Doch sie studierte weder die Schriftzeichen noch die ihnen zugrunde liegende Philosophie. Freilich geben erst beide zusammen der geschriebenen Sprache ihren bezaubernden Reiz. Daß *eine* Frau unter einem Dach ‹Friede› bedeutet, zwei Frauen unter einem Dach ‹Zwietracht› und drei ‹Klatsch›, liefert die untrügliche Bestätigung alter Weisheit.

Selbst wenn man den Sinn und die Aussprachen kennt, die jedem Schriftzeichen zukommen, sind lange noch nicht alle Schwierigkeiten überwunden. Denn dann gilt es zu enträtseln, was jedes einzelne Zeichen im Satzzusammenhang heißt. Eines Tages – ich seh's noch deutlich vor mir – legte Mr. Tang vier Schriftzeichen untereinander in eine Reihe. Ich las laut: «Shuè – Yu – Ta – Yuan.» Diese Einsilbler bedeuten: ‹Wasser – Mittelpunkt – groß oder dick – Rundung.› Mutig unternahm ich einen Übersetzungsversuch: ‹Inmitten runden Wassers (eines Sitzbads?) thront ein dicker Mann.› Ich war auf falscher Fährte. Es handelte sich um eine hochpoetische Anspielung auf den Monduntergang im Meer.

Haben Mr. Tang und ich uns mit den Schriftzeichen genug abgeplagt, geben wir uns den Freuden der Unterhaltung hin. Wenn ich eine Erzählung mit chinesischem Thema geschrieben habe, lese ich sie Mr. Tang vor, teils, um seine Meinung zu hören, teils, um uns Gesprächsstoff zu schaffen. Während ich lese, tadelt der Meister, und seine Bemerkungen sind oft interessanter als meine Geschichte. Angeborene Höflichkeit läßt ihn nur unter Widerstreben Fehler finden und in der Mehrzahl der Fälle weist er bloß auf meine irrtümliche Auslegung der Riten hin, jener zeremoniösen Vorschriften, die dem Herzen jedes Chinesen der alten Schule so teuer sind. Wo es aber um diese Riten geht, ist Mr. Tang unerbittlich. Eine meiner Erzählungen, betitelt ‹Alt-China›, zog sich seine heftige Mißbilligung zu.

Der Held der Geschichte war ein chinesischer Minister, reich an Würden, Gattinnen und Konkubinen. Er hieß Hsiang. Die Darstellung gipfelte darin, daß Hsiang beschloß, ‹more sinico› Selbstmord zu begehen, als Protest gegen die Reformpolitik des Kaisers Kuang-hsu. Er traf alle Vorbereitungen, sich zum Zeitpunkt seiner nächsten Audienz beim Kaiser zu entleiben. Einem alten Brauche gemäß fanden solche Empfänge in der Nacht statt, einige Stunden vor Sonnenaufgang. Da die Tore der Tatarenstadt stets bei Sonnenuntergang geschlossen wurden, mußte jedermann, der in der Chinesenstadt wohnte und nächtlicherweile hinter die Tatarenmauer wollte, sich Schlag mitternachts zum südlichen Haupttor begeben, dem Ch'ien Mên. Denn nur um Mitternacht erschloß sich dieses Stadttor für wenige Minuten, um einzulassen, wen das Amt in den Winterpalast rief.

Zum letzten Male bereitete Hsiang eine Denkschrift vor, die dem Thron seine Anschauungen darlegte. Sie war eigenhändig geschrieben, in zarten, fadendünnen Schriftzeichen, wie es die Sitte gebot für Berichterstattungen an den Sohn des Himmels. Die wunderbar zierlichen Charaktere waren an sich ein Beweis der hohen Kultur des Verfassers. In der Audienznacht barg Hsiang die Denkschrift in einer Lackbüchse, warf sich in Staatsgewänder, legte den Zobelpelz an und setzte den von einem Korallenknopf gekrönten Beamtenhut aufs Haupt. Ein kurzes Gesteck aus Pfauenfedern war an der Hutkrempe befestigt und fiel auf die rechte Schulter herab. Vor dem Verlassen des Hauses wechselte Hsiang noch mit seiner Gemahlin Nummer Eins ein paar Worte und liebkoste die schlafenden Kinder. Dann durchschritt er, von Laternen tragenden Dienern geleitet, die Höfe, bis er vor der Kutsche stand, die, mit einem schönen grauen Maultier bespannt, seiner harrte. Also trat Hsiang die letzte Fahrt an.

Die Pekinger Wagen haben ein Verdeck aus Filz, ähnlich dem ‹felze› einer venezianischen Gondel. Der Kutscher hockt auf der Deichsel. Sitzplätze gibt es nicht, man nimmt zurückgelehnt auf dem Boden des Gefährtes Platz und kann durch die schwarz verschleierten Fenster hinausgucken. Niemand vermag hineinzusehen. Läßt man den vorderen Vorhang herab, ist man auch für den Kutscher unsichtbar.

Auf der Fahrt vom Hause zum kaiserlichen Palast machte Hsiang seinem Leben ein Ende. Er hatte ein Goldplättchen zu sich gesteckt – es ähnelte den Silberpapieren, in die man Schokolade verpackt. Im Dunkel des Pekinger Wagens hauchte er das Blättchen ein, es verschloß die Atmungswege und rief Erstickung hervor. Ahnungslos trieb der Kutscher das graue Maultier an und ratterte durch die menschenleeren Straßen. Tod durch ein Goldblättchen ist eine sehr vornehme Art des Selbstmords, in China bekannt unter dem Namen des ‹Goldessens›.

Nun verlegte ich mich auf die Beschreibung der schweigsamen Fahrt zum Palast. Verweilte bei der Szene vor dem Ch'ien Mên, wo der Wagen hielt, indes die Wächter die mächtigen Torflügel öffneten, deren bronzene Beschläge den Fackelschein widerstrahlten. Dann schilderte ich, wie Hsiangs Wagen in der Verbotenen Stadt eintraf; wie die Mandschu-Bannerleute die Ehrenbezeigung leisteten, als er unter den düsteren Torbogen hindurchfuhr; wie Eunuchen eilfertig hinzusprangen, um dem Minister beim Aussteigen behilflich zu sein; wie sie ehrerbietig warteten, bis es ihm gefällig wäre; wie Überraschung und Zweifel aufstieg, als kein Wink sich kundtat; wie Schreck den Atem verschlug, da die Wahrheit ans Licht kam. Fußfall über Fußfall in schweigenden Höfen. Angstvoll nahen die Überbringer der Botschaft dem Pavillon der Geistesnahrung, in dem der Sohn des Himmels Audienz erteilt. Zitternde Furcht erstattet dem Kaiser die Meldung, der erhaben thront, halb verborgen im Schatten. Noch bleibt die schwanke Hoffnung, des Kanzlers Tod sei auf natürliche Weise erfolgt; eine Hoffnung, vernichtet durch die ersten Worte der Denkschrift, die eines wackeren Mannes Verzweiflung bezeugte.

Bei dieser Stelle brach Mr. Tang, der unruhig auf seinem Sessel hin und her gerutscht war, als könnte er's nicht länger ertragen, in die Worte aus:

«Aber die Riten! Sie lassen die Riten außer acht!»

«Was für Riten?» fragte ich.

Mr. Tang starrte mich an, mehr von Schmerzen als von Ärger erfüllt. Dann erklärte er:

«Die Riten, die für den Freitod vorgeschrieben sind. Was Sie da schildern, würde keiner achtbaren Persönlichkeit beifallen.»

«Warum nicht?»

«Es widerspricht den einfachsten Regeln der Etikette.»

«In welcher Weise?»

«In jeglicher Weise. Ein Mann von Welt, ein Würdenträger des Staats tötet sich nicht sozusagen unter der Hand, ohne seiner Familie Lebewohl zu sagen und Weisungen für die Zukunft zu erteilen. Und völlig unzulässig wäre der Vollzug des Selbstmords innerhalb der Mauern von Peking!»

«Warum gerade von Peking?»

«Weil Peking die Kaiserstadt ist. Das wissen Sie sehr wohl! Wenn Sie die beiden Schriftzeichen Ch'in Ch'ang malen, geben Sie ihnen doppelte Höhe und stellen sie auf neue Zeile. Sich innerhalb der Tatarenstadt zu entleiben, wäre Majestätsbeleidigung. Nur eine Kaiserin könnte Derartiges tun, wie Lung Yu es getan haben soll, oder eine kaiserliche Konkubine, die den Palast nicht verlassen darf. Aber ein Minister – niemals! Sein Protest würde als Beweisgrund jegliches Gewicht verlieren. Man muß sich draußen auf dem Lande töten, wie Wu-ko-tu es tat, als er Einspruch zu bekunden wünschte, weil bei der Wahl des Thronerben die dynastischen Gesetze verletzt worden waren. Er erhängte sich an einem Baum, in der Gegend der Gräber. So war es recht! Warum schreiben Sie nicht die Geschichte Wu-ko-tu's?»

«Die ist schon geschrieben. Kennen Sie keinen anderen und weniger bedeutsamen Selbstmordfall in der Geschichte Chinas?»

Mr. Tang schlürfte eine Tasse Tee, während er die Frage überdachte. Schließlich meinte er:

«Es muß noch viele Fälle gegeben haben, aber augenblicklich vermag ich mich nur eines einzigen zu entsinnen, und der trug sich vor sehr langer Zeit zu.»

«Um so besser. Meine Geschichte heißt ja ‹Alt-China›. Wer war der Selbstmörder?»

«Ein Philosoph und Mitglied der Han Lin-Akademie. Er pflegte von Zeit zu Zeit einem Fürsten seinen Besuch abzustatten. Jedesmal setzte man ihm ein Gericht gesalzener Rüben vor. Eines Tages aber machte er wiederum seinen Besuch, wartete lange, doch die Rüben wurden nicht aufgetischt. Darum beging er Selbstmord.»

«Was beging er?»

«Selbst-mord. Nicht sofort natürlich, sondern ein paar Tage später, am Fuß der Westberge, gemäß den Riten.»

«Bloß deshalb, weil er keine Rüben bekam?»

«Bloß deshalb. Das Gericht, das ihm bei jedem Besuch vorgesetzt wurde, war zu einem Ausdruck der Höflichkeit geworden. Es nicht anzubieten, schien gleichbedeutend mit Demütigung. Statt die Schmach auf sich sitzenzulassen, entleibte er sich.»

«Aber, mein lieber Mr. Tang, wenn ich eine Geschichte schreibe über einen feingebildeten Mann, einen Gelehrten und Philosophen, der Selbstmord begeht, weil er bei einem Besuch im Fürstenpalast keine gesalzenen Rüben bekommt, wird bei mir zu Hause kein Mensch ein Wort davon glauben. Alle werden sagen, das sei blanker Unsinn.»

«Und wenn Sie eine Geschichte über einen chinesischen Minister schreiben, der in seinem Wagen Selbstmord begeht, innerhalb der Mauern von Peking, auf der Fahrt zum Palast, wird jeder, der China kennt, sagen, das sei unmöglich und Sie verstünden nichts von unseren Sitten und Gebräuchen.»

«Wäre das sehr schlimm?»

«Allerdings! Und ich müßte mein Gesicht verlieren, der ich armselig mein Bestes tue, Sie zu unterrichten.»

Fern sei es mir, meinen alten Freund Mr. Tang das ‹Gesicht› verlieren zu lassen. Darum habe ich ‹Alt-China› zerrissen. Aber ich weine ihm nach, denn es war eine hübsche Geschichte.

Unter Buddhas Augen

So manchem ausländischen Missionar in China schulde ich Dank für die herzliche Gastfreundschaft, die mir in naher oder ferner Provinz zuteil wurde. Zwei solcher Priester, beide italienischer Herkunft, kannte ich schon, ehe ich in Peking lebte. Zwei Menschen ganz verschiedenen Schlags, doch jeder in seiner Weise bezeichnend für die Schar der Pioniere, die in einer sich wandelnden Welt das Werk fortsetzten, wie Matteo Ricci es vor vierhundert Jahren begann.

Wir wurden an Bord miteinander bekannt, auf einer Überfahrt von Genua nach Shanghai. Es war meine erste Reise nach dem Fernen Osten, und China bedeutete mir noch ein Buch mit sieben Siegeln. So kam es, daß meine früheste Kenntnis von Land und Leuten auf diese Weggefährten zurückging. Ja, seit damals ist meine Betrachtungsweise Chinas und chinesischer Lebensform mit dem nachsichtigen Skeptizismus jener beiden Männer gefärbt.

Monsignore Paoli ist sechsunddreißig Jahre und schon Bischof. Seine Diözese steht Italien an Flächeninhalt kaum nach, nur verliert sie sich in den Einöden der Mongolei. Bescheiden, fröhlich und ungekünstelt, verkörpert er den Typus des Missionsheiligen, der selbst dem Kirchengegner Sympathie einflößt zugleich mit einem gewissen Bedauern, daß solche Männer ihr Leben fern der unruhvollen Welt verbringen, die ihresgleichen braucht.

Monsignore Paoli ist ein schöner Mann mit scharfgeschnittenen Zügen und durchdringendem, aber dennoch gelassenen Blick. Ein langer Bart verleiht seiner Erscheinung Würde, macht ihn jedoch kaum älter. Überhaupt gehört ein gewisser Ausdruck von Jugendlichkeit zu seinem Wesen, einer Jugendlichkeit des Temperaments, die dem Ablauf der Jahre trotzt. Hört man ihn reden, so klingt es, als wäre das Leben in seiner Diözese ein reines Vergnügen und die windgepeitschten Steppen jenseits der Wüste Gobi nicht weniger erfreulich als die rebenbewachsenen Hänge am Comer See, wo seine Wiege stand.

Mein zweiter Freund, Padre Ignazio, ist dem Zica-wei-Observatorium zugeteilt. Ich glaube, daß er nicht lange in China bleiben wird, doch als anerkannte Autorität auf orientalischem Gebiet erhielt er die Bewilligung zum Aufenthalt im Fernen Osten bis zur Vollendung gewisser Studien, aus denen eine Geschichte Chinas seit Beginn der Missionstätigkeit hervorgehen soll. Padre Ignazio ist von mittlerer Größe und gedrungenem Körperbau. Eine sitzende Lebensweise bedroht seine Taille. Das Gesicht gemahnt an Napoleon: kleine, leicht adlerartig gekrümmte Nase, ein schmallippiger, entschlossener Mund. Die Augen sind kohlschwarz und verraten trotz aller Ausdrucksfülle nichts von dem, was hinter der Stirn vorgeht.

Während Monsignore Paoli den Eindruck eines Mannes macht, der sein Leben in der freien Natur und im Kampf gegen die Elemente verbracht hat, besitzt Padre Ignazio die weißen Hände und das sanfte Gehabe des typisch vatikanischen Prälaten. Die beiden gingen mitsammen in die Schule und studierten am selben Seminar. Und wenn sie heute einander begegnen, verfallen sie wieder in die alte Schuljungensprache und plaudern über ernste Gegenstände mit einer heiteren Fröhlichkeit, daß man das Augurenlächeln zu sehen glaubt. Die bloße Tatsache des Beisammenseins läßt die gute Laune schon aufschäumen. Man neckt einander, streitet ein bißchen und erliegt Anfällen heiterer Stimmung über die bescheidensten Scherze, ja über gar keinen Scherz. Darum treffen sich die Freunde gerne formlos bei mir zu Hause, ungehemmt durch die Gegenwart von Amtsbrüdern oder Untergebenen. Und doch, hinter all dem Frohsinn, hinter aller Laune spürt man die Kraft der Vorsätze, die Sorglichkeit, die in Jahrhunderten denkt, die tiefe Zurückhaltung von Menschen, deren Zwecke weiter reichen als das eigene, dahinschwindende Leben. Solche Geisteshaltung, die dem Tagewerk kaum anzusehen ist, schafft trotzdem Berührungspunkte mit dem fernöstlichen Dasein und bringt ihre beiden Verfechter dem Chinesen näher, dem der Begriff Zeit weniger bedeutet als uns.

«Du hast dir deine Diözese wunderbar ausgesucht!» wandte sich Padre Ignazio an seinen Freund – es war im vergangenen April, und wir saßen nach dem Lunch bei mir auf der Veranda. «Wenn mir recht ist, kommt in der Mongolei bloß ein Einwohner auf je hundert Quadratmeilen. Du taufst vier Leute und meldest nach Rom die Bekehrung einer Provinz. So pflastert man sich den Weg zur Seligsprechung.»

«Und mir scheint es», versetzte der Monsignore und trug dabei den Krieg ins Feindesland vor, «du bist mit deinem wunderbaren Geschichtsbuch auch nicht schlecht dran. Du trittst Pater Wiegers Übersetzung der chinesischen ‹Annalen› breit und zitierst ein paar englische und französische Historiker. Damit bringst du drei, vier Jahre in China zu, die du genau so gut in der Propaganda Fide-Bibliothek in Rom hättest absitzen können.»

«Sollte man's glauben?» rief Padre Ignazio und wandte sich an mich: «Heute morgen ging ich mit ihm Wintervorräte einkaufen. Läßt er sich nicht zwei Faß Brandy (guten Brandy, versteht sich!) und zweihundert Pakete Zigarren kommen? Und sowas spricht von Entbehrungen! Ein Glück, daß er zur Magerkeit neigt. Frönte *ich* einem derart klösterlichen Wohlleben, ich würde dick wie Falstaff.»

«Klösterliches Wohlleben, allerdings!» ereiferte sich der Monsignore. «Vierzig Grad unter Null und der Wind von den gefrorenen Sümpfen . . . Haben wir nicht genug Alkohol im Haus, so ist zu Jahresende wenig von uns übrig!»

«Und die Zigarren, he?»

«Zugegeben – ein Luxus. Doch wenn man tausend Meilen hinter der Zivilisation lebt, braucht man einen kleinen Luxus, um die Trübsal zu verjagen.»

«Stimmt das?» fragte ich mit der gutgemeinten Absicht, das Thema zu wechseln, «daß ein Chinese auf einer Winterreise im offenen Wagen bei Ihnen eintraf, mit total erfrorenen Beinen, so daß beide amputiert werden mußten?»

«Wort für Wort. Und als wir ihn fragten, warum er nicht von Zeit zu Zeit ein paar Schritte gemacht hätte, um sich zu erwärmen, entgegnete er, er habe für eine *Fahrt* gezahlt.»

Als Monsignore Paoli das letztemal nach Peking kam, veranstalteten er, Padre Ignazio und ich einen Ausflug nach dem Sommerpalast. Der Padre war in großer Form. Er hatte Anatole Frances ‹Insel der Pinguine› gelesen und erklärte, der Monsignore erinnere ihn an den kurzsichtigen Geistlichen, der mit einem Boot an einer Insel in der Antarktis landete, die Pinguine am Ufer für menschliche Wesen hielt und auf der Stelle taufte.

Der Monsignore wandte sich zu mir: «Hab ich's Ihnen nicht gesagt? Ein Beispiel für die Studien, die er in China treibt!»

Als wir den Eingang zum Sommerpalast erreichten, tauchte zu unserer Überraschung ein junger Chinese in europäischer Kleidung auf und hielt uns eine Visitenkarte unter die Nase. Wir lasen den gestanzten Text: ‹Monsieur Jean Jacques Wu›.

Damals war zum Besuch des Sommerpalastes eine Bewilligung erforderlich. Bei der Durchsicht unseres diesbezüglichen Ansuchens hatten die chinesischen Behörden zur Kenntnis genommen, daß sich in unserer Gesellschaft ein Bischof befand, und es für nötig erachtet, ihm einen Cicerone zur Verfügung zu stellen. In dieser Eigenschaft meldete sich Mr. Wu jetzt bei uns. Zunächst setzte seine Begleitung unserer guten Laune einen Dämpfer auf. Doch die Stimmung stieg, als wir daraufkamen, daß Mr. Wu bei aller Liebenswürdigkeit und Hingabe zum Führer im Sommerpalast paßte wie die Faust aufs Auge –: er war nämlich noch nie dort gewesen. Mr. Wu sprach französisch, und sein Beitrag zur Erweiterung unserer Wissens bestand darin, daß er vor jedem Kunstwerk und vor jedem malerischen Landschaftsbild in die Worte ausbrach:

«C'est très apprécié ici!»

Im Laufe des Vormittags besuchten wir die Häuser, Tempel und Terassen des sogenannten Neuen Sommerpalastes und das Theater, in dem die Kaiserin-Witwe persönlich aufzutreten pflegte, als Göttin der Barmherzigkeit, während der Obereunuch Li Lien-ying die Hauptrolle innehatte.

Mr. Wu trug Lackschuhe, die offenbar etwas knapp saßen. Gegen elf Uhr begann er Ermüdung zu zeigen, und seine unvermeidlichen Lobeserhebungen ‹C'est très apprécié ici!› klangen weniger überzeugend. Als er hörte, daß wir unsere Wanderung ausdehnen und die ‹Jade-Quelle› sowie den ‹Alten Sommerpalast› besuchen wollten, entschuldigte er sich vielmals und erklärte, er habe eine Verabredung in der Stadt. Wir schieden voneinander mit Ausdrücken des Bedauerns und dem Gefühl innerer Befriedigung.

Der Alte Sommerpalast hatte es Padre Ignazio angetan, plante er doch, dessen wechselvolles Schicksal schriftstellerisch festzuhalten. Monsignore und ich folgten ihm gern überallhin, und nach langen und zuweilen beschwerlichen Wanderungen führte er uns in den Bezirk, der die Jade-Quelle umgibt. Ihr Name stammt von dem kleinen See, den sie bildet, und dessen grün-kaltem Licht, das an Jade-Farbe gemahnt.

Das Interesse des Historikers Ignazio an dem zaubervollen Lustgarten kreiste um den Brand des Sommerpalastes im Jahre 1860 und Lord Elgins Machtwort, das ihn anbefahl. Der Schaden, der damals erwuchs, und die Vernachlässigung der Folgezeit haben den Reiz der verlassenen Stätte nicht zu mindern vermocht. Manche der Ruinen sind nicht weniger eindrucksvoll als der neuere Palast, den die Kaiserin-Witwe erbauen ließ. Drei Pagoden – aus Majolika die eine – ragen hoch und schlank empor, gleich Zypressen um Fiesole. Tempel mit Sandelholzsäulen spiegeln sich in jadefarbenen Wassern. Marmorkolosse halten Wache unter duftenden Fichten, und das Summen der Bienen rings um unerschütterlich dreinblickende Buddhas erneuert das längstverklungene Gemurmel eintöniger Gebete. Doch die Hirse steht hoch in den ausgetrockneten Betten der Lotosteiche, und Globetrotter durchstreifen den ‹Lustpalast›, den ein kaiserlicher Wille schuf. Chinesische Bauern, Männer und Frauen, ununterscheidbar in ihren verschossenen blauen Lumpen, harken den staubigen Boden, um ein paar dürre Grasbüschel dem Hange abzuringen, an dem einst der Sohn des Himmels ruhte von Glanz und Mühe des Drachenthrons.

Wir tranken etliche Flaschen Limonade in einer kleinen Bude für Erfrischungsgetränke, die heute in einem Pavillon nächst dem Bootshaus untergebracht ist. Eine der kaiserlichen Barken war noch flott, eine andere auf Grund gegangen, und ihr Rumpf moderte. Wir bewunderten durch das klare Wasser hindurch die zarten Linien der Fahrzeuge, indes wir einige Brötchen des mitgenommenen Mundvorrats verzehrten. Die Tatkraft, die uns am Morgen beflügelt und der Gesellschaft Mr. Wus beraubt hatte, wich nach dem Mahle einer Neigung für seßhafte Betrachtungen. Trotzdem klommen wir noch eifrig zu einem Pavillon empor, der aus einem Einschnitt zwischen zwei Hügeln hervorguckte. Er schien von neuerer Bauart als die übrigen Häuslichkeiten, war aber ebenso verlassen und leer. Nur im äußeren Hof stießen wir auf einen Wächter, einen alten Mann, der beim Anblick meiner Wenigkeit sich zu verbeugen und mit begeisterter Ehrfurcht zu grinsen begann. Zunächst konnte ich mir soviel

Herzlichkeit gar nicht erklären, doch ich erkannte ihn, als er sich nach seinem Enkelkind erkundigte. Das ‹Enkelkind›, ein recht dummer Junge von siebzehn Jahren, mit einem peinlichen Stottern behaftet, dient meinem Haushalt als ‹tingchai› oder Briefausträger. Der alte Wächter, einst ein Mandschu-Bannermann, gehörte zu der kaiserlichen Garde der Bogenschützen. Er erhebt Anspruch auf Bekanntschaft mit mir seit den Tagen des Boxeraufstands und behauptet, er habe mir sogar das Leben gerettet, obwohl ich mich beim besten Willen daran nicht zu erinnern vermag. Ich kann mir auch nicht vorstellen, wie es dazu gekommen sein sollte, außer, wenn er meint, er hätte einmal nach mir geschossen und mich verfehlt.

Vergangenheit hin, Vergangenheit her – das Zusammentreffen im Sommerpalast schien jedenfalls vorteilhaft, denn der alte Leibgardist, der in jetzigen prosaischeren Zeiten zum Parkwächter herabgesunken war, verschaffte uns, was wir suchten: einen hübschen Ruheplatz. In geschäftiger Gastlichkeit humpelte er herum, schleppte ein Tischchen herbei und drei wacklige, aber nicht unbequeme Korbstühle. Unter fortgesetzten Fragen nach Kuniang, nach den Fünf Tugenden und dem Kleinen Lu bereitete er uns Tee und servierte ihn in alten, grüngrauen Tassen. Das Ruheplätzchen, das wir ihm dankten, war eine etwa zwanzig Meter lange Galerie, die über den Alten Sommerpalast und ein Stück des Neuen hinwegsah. Sie mußte ursprünglich ganz offen gewesen sein, doch spätere Besitzer hatten sie mit Glas verschalt. Anscheinend wohnten einmal Ausländer hier, denn in den Jahren unmittelbar nach 1900 schlugen Mitglieder der fremden Gesandtschaften in solchen Bauwerken ihre Landsitze auf. Viele Fensterscheiben waren zerbrochen, aber es blieben noch immer genug, um uns vor dem Wind zu schützen, der von den Hügeln herüber aufsprang.

Während wir die Beine streckten und unseren Tee tranken, wandte sich das Gespräch begreiflicherweise der Zerstörung des Sommerpalastes und ihrer Veranlassung zu. Wir alle wußten, was Lord Elgins Entschluß herbeigeführt hatte. Bei einer Rastpause im Vormarsch der englisch-französischen Streitkräfte von Tientsin aus begab sich nach einer getroffenen Vereinbarung eine Gruppe ausländischer Offiziere und Dolmetscher ins chinesische Lager, um einen Waffenstillstand zu schließen. Die Abgesandten wurden in verräterischer Weise gefangengenommen und nach dem Sommerpalast geschleppt, wo Kaiser Hsien Feng mit dem Hof residierte. Dort unterwarf man sie solchen Mißhandlungen, daß viele von ihnen starben.

Monsignore Paoli gab die Notwendigkeit von Vergeltungsmaßnahmen zu, beklagte aber den Vandalismus, der zahlreiche chinesische Kunstschätze höchsten Ranges vernichtet habe.

«Lord Elgin», entgegnete Padre Ignazio, «wurde von vielen Historikern getadelt, aber keiner seiner Kritiker sagt, was er sonst hätte tun sollen. Nur dadurch, daß man den Kaiser in seinem persönlichen Besitz traf, schien es möglich, *ihn* zu strafen und nicht andere, die an dem Frevel keinerlei Verantwortung trugen. Hätte Lord Elgin den chinesischen Behörden gesagt: ‹Es müssen die Köpfe derer fallen, die meine Abgesandten gefangen und gemartert haben›, seine Forderung wäre restlos erfüllt worden. Es ist leicht, ja geradezu angenehm, die Gefängnisse durch Massenhinrichtungen zu leeren. Man hätte hundert oder tausend Köpfe in das Lager der Verbündeten geschickt. Und alle diese armen Kerle wären in den Tod gegangen, ohne zu wissen, warum. Aufs höchste für das Schlagwort: ‹die fremden Teufel zu versöhnen›. Ein exemplarisches Strafgericht hätte mit einer Parodie auf die Gerechtigkeit geendet und der Kaiser sich ins Fäustchen gelacht über die Dummheit der Ausländer.»

Monsignore Paoli schüttelte den Kopf. «Ich untersuche nicht die politische Klugheit einer solchen Maßnahme», sagte er. «Ich beklage nur die entschwundene Pracht. Dieser Palast verkörperte Chinas Kunst. Trotz Feuer, trotz halbhundertjähriger Vernachlässigung ist er noch immer schön. Wie schön muß er vor 1860 gewesen sein!»

«Gut», gab Padre Ignazio zu. «Doch wer ist an der Zerstörung schuld? Man darf nicht alles Lord Elgin in die Schuhe schieben. Die Flammen, die er entzünden ließ, verursachten verhältnismäßig geringen Schaden; sicherlich weniger als die lange Plünderung, die ja bis zum heutigen Tage währt. Die Gärten Pekings und nicht wenige Europas und Amerikas stecken voll von Marmor- und Majolikaschätzen, die aus diesen Ruinen stammen. Es ging wie mit dem römischen Kolosseum: ‹Quod non fecerunt barbari, fecerunt Barberini.› Die Chinesen selbst begannen mit dem Plündern. Der Palast war völlig unbewacht, und der Sohn des Himmels wurde von seinen eigenen Untertanen ausgeraubt. Für solche Marodeure bedeutete die Nähe der fremden Truppen keine Störung; im Gegenteil, sie bot unerhörte Möglichkeiten. Die französischen Soldaten sahen aus einem der Pavillons Rauch aufsteigen. Ein chinesischer Pöbelhaufen hatte die Mauern mit Hilfe von Leitern erstiegen und war in den Palast eingedrungen. Dort legte er Hand an die Schätze. Von da an brach die Hölle los, und ein wüstes Plündern begann. Die ausländischen Soldaten dachten natürlich, wenn die Kostbarkeiten schon einmal gestohlen werden sollten, könnten dies genau so gut jene besorgen, die Vergeltung zu üben hätten. Die Kommandanten versuchten Ordnung zu halten, doch mit geringem Erfolg.»

«Wenn das stimmt, was hat Lord Elgin mit dem Ganzen zu tun?» warf ich ein.

«Er war für die Plünderung zunächst nicht verantwortlich. Erst später, als er von der Mißhandlung der Gesandten hörte, die vor der Schlacht bei Pa-li-kao weggeschleppt worden waren, beschloß er, das so gründlich begonnene Werk zu vollenden und die Pavillons anzünden zu lassen. Der

Rauch, durch einen leichten Wind ostwärts getrieben, hing über Peking gleich einem Sinnbild der Rache.»

Monsignore Paoli hatte eine glänzende Idee. «Ihr Freund, der Gardist», sagte er zu mir, «erinnert sich gewiß an die Zerstörung des Palastes. Fordern Sie ihn auf, er soll uns was davon erzählen.»

Der alte Wächter stand neben uns, um auf Verlangen Tee nachzufüllen. Auf meine Frage erwiderte er, er entsinne sich allerdings, wie die Fremden kamen und den Palast in Brand steckten. Sein ‹Banner› hatte damals Dienst an der Nordwestecke der Tatarenstadt. Padre Ignazio wandte sich an ihn:

«Und wußten Sie auch, weshalb die In-guo Chinchai (der britische Gesandte) die Pavillons anzünden ließ?»

«O ja.»

«Also warum?»

«Damit niemand darauf komme, wieviel er gestohlen habe.»

Wir starrten den Alten offenen Mundes an. Padre Ignazio lachte:

«Diese Leute», meinte er, «nehmen immer die Auslegung an, die für sie günstig ist und den Fremden herabsetzt. Übrigens muß man billigerweise hinzufügen, daß ein solches Verhalten sich nicht auf den Chinesen beschränkt.»

Eine Weile schwiegen wir, bis der Monsignore wieder fragte: «Erfuhr man je etwas über das Schicksal der Gefangenen, die 1860 hierhergebracht wurden?»

Der Padre erwiderte: «Nur durch die, die mit dem Leben davonkamen und vom Tod derer berichten konnten, die sie hatten sterben sehen. Über ein paar Kameraden vermochten die Überlebenden keine Auskunft zu geben – man sah und hörte nichts mehr von ihnen. Die Gefangenen wurden hierhergeschafft, man band ihnen Hände und Füße mit Stricken und schüttete Wasser auf die Fesseln, um sie besser anziehen zu können. So ließ man die Unglücklichen tagelang auf den Steinfliesen der Höfe liegen. Manche starben an den brandigen Wunden, die die Fesseln ins Fleisch schnitten. Es war ein grausamer Tod, obzwar keine so ausgeklügelte Marter, wie sie die Rothäute den ersten Missionaren Nordamerikas zuteil werden ließen. Wenn der Chinese grausam sein will, ist er es eher durch Gleichgültigkeit gegenüber einem verlängerten Leiden als durch raffinierte Schadenfreude.»

«Schadenfreude?»

«Jawohl. Eine primitive Form von Humor. In den europäischen Ritterschlössern sieht man heute noch Folterinstrumente, die wahre Wunder des Erfindergeistes darstellen. Die altchinesische Strafe des ‹kang› wird man jedoch kaum Tortur nennen können, obwohl der schwere hölzerne Halskragen oder Block, der den Händen jede Berührung des Gesichtes und Kopfes verbot, heftiges Unbehagen hervorgerufen haben muß, das bis zum Schmerz anstieg. Anderseits kann man hierzulande heute noch tagtäglich Kerkersträflinge sehen, die an Hunger und Entbehrung langsam verenden, wobei ihre Wächter mit völliger Gleichgültigkeit zuschauen. Lord Elgin befreite persönlich die chinesischen Häftlinge, die er in den Gefängnissen vorfand, bloß weil er sich über ihr Elend entsetzte.»

«Könnte ich in der Mongolei nur das gleiche tun», seufzte der Monsignore. «So manche Nacht fand ich keinen Schlaf, weil mir immer vor Augen stand, was ich in einem Bezirksgefängnis gesehen hatte. Ein großer Raum war ganz angefüllt mit verschlossenen hölzernen Kasten. Sie sahen aus wie Särge, nur höher und nicht so lang. An einer Seite befand sich ein Loch, gerade groß genug, daß eine Hand herauslangen konnte. In jedem Kasten stak ein Gefangener. Einmal im Tag kam ein Wärter herein und reichte allen, die eine Hand danach ausstreckten, Speise und Trank.»

«Und wie lange schmachteten die Unglücklichen dort?»

«Sie kamen nie mehr heraus. War eine solche Kiste einmal über ihrem Insassen vernagelt, wurde sie niemals wieder geöffnet. Wenn drei oder vier Tage nacheinander zur Essenszeit keine bettelnde Hand hervorkroch, verbrannte man den Kasten samt allem, was er enthielt.»

Ich schauderte, und um die Erinnerung an die fürchterlichen Kisten auszulöschen, wandte ich mich wieder an den alten Soldaten. Da er uns erzählt hatte, sein ‹Banner› habe an der Nordwestecke der Tatarenstadt Dienst gemacht, bestand nicht viel Aussicht auf Nachrichten aus erster Hand, als ich ihn fragte, ob er sich an die fremden Gefangenen erinnere, die vor der Flucht des Kaisers nach Jehol in den Sommerpalast gebracht wurden. Zu meiner Überraschung erwiderte er mit Ja. Wahrscheinlich hatte er vorher nicht die Wahrheit gesagt.

Padre Ignazio erwartete sich ein paar Einzelheiten von historischem Interesse und forderte darum den alten Mann auf, er solle erzählen, was geschehen sei. Doch auf Fragen allgemeinen Charakters antwortete der Gardist nicht ohne weiteres. Es bedurfte eines peinlichen Verhörs, um aus ihm eine Art zusammenhängender Darstellung herauszubekommen. Wir begannen mit der Erkundigung, wie alt er damals gewesen sei. Er konnte es nicht unmittelbar sagen, erklärte aber, er sei im zweiundzwanzigsten Jahr der Regierung Tao Kwangs geboren. Danach rechneten wir aus, daß er 1860 siebzehn Jahre zählte.

«Wieviel Gefangene haben Sie gesehen?» fragte der Pater.

«Zwei. Aber es waren noch andere da, die ich nicht gesehen habe.»

«Und was hat man mit den zweien gemacht?»

«Nichts, gar nichts gemacht. Sie sind auf der Erde gelegen, fest gebunden.»

«Niemand hat sich um sie gekümmert?»

«Im Hof waren ein paar Jungen. Die haben die Gefangenen gequält und mit Kot beworfen.»

«C'est très apprécié ici!» murmelte ich, getreu Mr. Wu.

«Und was geschah zum Schluß mit den beiden Gefangenen?»

«Einer ist gestorben. Der andere konnte entfliehen. Später ist er aber auch gestorben.»

«Wie denn, wenn niemand ihnen ein Leid tat?»

«Der eine war alt.»

«Natürlich: er starb an Altersschwäche. Aber der andere, der entfloh, wohin kam der?»

«Er versteckte sich in der Grotte der Buddhas, nicht weit von hier.»

«Und fing man ihn wieder ein?»

«Nein. Den fing man nicht wieder ein.»

Padre Ignazio unterbrach die Befragung und wandte sich an uns:

«In dieser Geschichte steckt vielleicht etwas Interessantes, nur ist der alte Mann nicht sehr mitteilsam.»

Monsignore Paoli nahm das Fragespiel auf:

«Wie konnte er entfliehen, wenn er gefesselt war?»

«Ich habe ihm beim Aufbinden geholfen.»

«Aha! Und weshalb?»

«Er hat mir ein paar Goldstücke versprochen, die in seinem Gürtel versteckt waren.»

«Und Sie dachten nicht daran, sie ihm fortzunehmen, solange er noch gefesselt war?»

«Nein! Er hätte sonst die Wache gerufen und diese sich selbst das Geld genommen.»

«Sie sind ein kluger Mann! Und wissen Sie zufällig, wie der Gefangene hieß?»

«Das weiß ich nicht, aber er hat seinen Namen in der Buddha-Grotte aufgeschrieben. Vielleicht kann man die Zeichen lesen.»

«Eine gute Idee!» rief Padre Ignazio. «Sehen wir uns doch mal die Grotte an!»

Im Alten Sommerpalast gibt es zwei Grotten, die beide an den Wänden mit Buddha-Reliefs geschmückt sind. Die größere, am Fuß eines Hügels gelegen, ist leicht zugänglich. Die andere liegt nicht weit unterhalb des Gipfels und hat einen derart versteckten Eingang, daß überhaupt nur wenige Leute von ihrem Vorhandensein wissen. In diese zweite Höhle brachte uns der Gardist nach einem mühevollen Anstieg, der schnurstracks bergauf ging. Eine fast unsichtbare Öffnung inmitten des grasüberwucherten Abhangs war nur zu erreichen, indem man über ein paar Felsen hinwegkletterte: weiter oben kam man dann am anderen Ende heraus. Die Höhlenwände bestanden aus Granit, einem eintönig grau gefärbten Granit, fast ohne jede Spur von Glimmerschiefer. Doch hie und da verschwand der Stein unter einer Schicht verhärteter Erdmasse, die vielleicht das Ergebnis allmählicher, jahrhundertelanger Ablagerung kleiner Staub- und Sandteilchen darstellte, wie der Wind sie hereintrug.

Die Buddhas waren unmittelbar aus dem Fels herausgemeißelt und konnten zum Teil als wirkliche Kunstwerke gelten. Ihr Ausdruck schien streng, und sie trugen klassisch-orientalische Gewänder. Andere Reliefs wieder stellten böse Geister dar, die menschliche Wesen mit Füßen traten und Halsketten aus abgehackten Köpfen trugen. Für einen Augenblick vergaß ich völlig den Zweck unseres Kommens, hielt inne und versenkte mich in die Betrachtung der schönsten Figur. Es war ein Buddha, der abseits von den übrigen Gestalten aus einem sonst unbearbeiteten Wandstück hervortrat und durch die Schönheit seiner Züge sie alle weit hinter sich ließ. Er schien förmlich die Absonderung zu verkörpern, wie sie für orientalische Gottheiten charakteristisch ist, deren Seelenheil in der Zurückgezogenheit liegt. Aus halbgeschlossenen Lidern blickte der Buddha herab, ruhig, aber ohne Verheißung.

Der alte Gardist deutete auf die Wand, in die der Flüchtling damals seinen Namen eingraviert hätte. Doch eine Enttäuschung harrte unser: andere Grottenbesucher hatten das gleiche getan. Mindestens fünfzehn Namen verunzierten die Felswand. Der Monsignore wandte sich an unseren Führer:

«Erinnern Sie sich halbwegs, wo der erste Name stand?»

Der Alte zeigte auf eine Inschrift in rohen und vollkommen verwackelten Buchstaben. Manche davon schienen gänzlich verwischt, vielleicht deshalb, weil die Wandfläche zwar äußerlich glatt, doch von verschiedener Beschaffenheit war, da der harte Stein mit der vergänglicheren Erdablagerung wechselte. Die Inschrift aber lautete so:

RATE
RO AN MA
ELMI
E
X 1860

Schweigend starrten wir die Buchstaben an. Für meine Person zweifelte ich, ob die Inschrift wirklich die gesuchte wäre. Um so größer war mein Erstaunen, als Padre Ignazio zuversichtlich erklärte:

«Unser Freund hat uns die richtige Stelle gezeigt. Wie schade nur, daß der Familienname nicht zu lesen ist. Immerhin wissen wir, daß sein zweiter oder dritter Buchstabe ein E war.»

«Was soll das heißen?» fragte ich.

«Sehen Sie denn nicht? Die Anfangsbuchstaben der einzelnen Worte fehlen. Vielleicht hat der Schreiber diese Buchstaben zu nahe an die Erdablagerung auf dem Granit angesetzt und die Oberschicht veränderte sich in der Folge. Beim Datum fehlt der Monatstag, doch kann dies seinen Grund darin haben, daß der Ärmste sich nicht erinnerte, wieviel Tage seit seiner Gefangennahme vergangen sein mochten. Wenn ich also richtig ergänze, lautet die Inschrift:

ORATE
PRO ANIMA
WILHELMI
. . E
X. 1860

«Lateinisch!» rief ich.

«Jawohl, lateinisch. Es handelte sich demnach um einen gebildeten Mann. Er mußte fühlen, daß sein Ende herannahe, warum hätte er sonst ein Gebet für seine arme Seele erfleht?»

Der alte Wächter sah uns zu und schien sich über unser Interesse sehr zu freuen. Padre Ignazio setzte die Untersuchung der Inschrift weiter fort. Er zog ein Federmesser aus der Tasche und kratzte ein paarmal an der Wand dicht über dem Wort ORATE. Das gleiche tat er dann rechts davon.

«Geben Sie acht», warnte ich: «Sie werden die Klinge brechen.»

Er hörte mit dem Kratzen auf und gab mir zur Antwort: «Ich mußte mich nur vergewissern, wie die ganze Stelle beschaffen ist. Es will mir nicht in den Kopf, warum jemand, der soviel Platz hat, seinen Namen einzugravieren, sich justament diesen Fleck aussucht, wo der harte Stein in die weichere Erde übergeht. Aber ich nehme an, daß sich beide wegen der dicken Moderdecke, die alles überzieht, gleichmäßig anfühlten.»

«Mag sein», versetzte der Monsignore: «Doch die beiden Bestandteile sind deutlich sichtbar, außer wenn man aus irgendeinem Grund genötigt wäre, im Finstern zu arbeiten.»

Padre Ignazio schien ganz in Gedanken versunken. Plötzlich schleuderte er dem Alten die Frage ins Gesicht:

«Haben *Sie* ihn geblendet?»

Vor der Beschuldigung fuhr der Gardist zurück wie unter einem Peitschenhieb:

«Nein, Erhabener Gebieter! *Ich* nicht! Die Knaben im Hof haben es getan. Ich habe ihm geholfen, habe ihm die Fesseln aufgemacht, während die Wachen schliefen. Ich habe ihn hergeführt und ihm Reis und Wasser gebracht . . .»

«Und er starb in dieser Höhle?»

«Nein. Er ist allein fortgegangen, statt zu warten, bis ich komme. So ist er in die Felsen gefallen.»

«Warum hätte er fortgehen sollen?»

«Die fremden Teufel waren gekommen. Sie standen schon unten am Hügel. Er wollte zu ihnen.»

«Woher wußte er, daß sie so nah waren?»

«Er hörte die Trommeln und die Trompeten.»

«Starb er sofort, als er in die Felsen fiel?»

«Nein. Nicht sofort. Erst nach zwei Tagen.»

«Warum riefen Sie seine Landsleute nicht zu Hilfe?»

«Das wagte ich nicht. Ich hatte Angst und floh in die Stadt.»

«Wovor hatten Sie Angst?»

«Daß die fremden Teufel glaubten, *ich* hätt' ihn verletzt.»

Padre Ignazio beendete das Verhör und malte die Inschrift in seinem Notizbuch nach. Wie hatte er nur erschlossen, daß der Schreiber blind gewesen war? Aus der Unsicherheit der Schriftführung und der Wahl einer ungeeigneten Fläche?

Indes wir ergriffen beisammenstanden, versuchte ich – und die anderen taten es wohl genau so –, in Gedanken die Tragödie nachzuempfinden, die sich vor mehr denn einem halben Jahrhundert in dieser Grotte abgespielt hatte: die Leiden des entflohenen Gefangenen, der blind und verlassen zwischen den Buddha-Bildern umherirrte; die Worte, die er todestraurig in die Höhlenwand grub, als er das Ende herannahen fühlte. Auf einmal tönt in seine grause Nacht Trommelwirbel und Trompetenschmettern von unten aus der Ebene. Hilfe, Rettung verheißen diese Klänge. Und nun: die tastenden Schritte den Abhang hinab, der jähe Sturz, das langsame Sterben, indes der chinesische Wächter ihn von weitem beobachtet . . .

«Wir haben nichts mehr zu fragen», sprach Padre Ignazio. «Wenn wir daheim sind, werde ich Nachforschungen anstellen. Vielleicht läßt sich herausfinden, wer der Unglückliche war.»

Er wandte sich zum Gehen, doch Monsignore Paoli gebot uns Halt.

«Wir wollen noch seine Bitte erfüllen», sagte er.

«Welche Bitte?» fragte Padre Ignazio erstaunt.

«Ein Gebet zu verrichten für seine arme Seele.»

Und der Monsignore kniete nieder in den Staub, zu Füßen des lächelnden Buddhas, und sprach die Worte der Totenmesse:

‹Requiem aeternam dona eis, Domine,
Et lux perpetua luceat eis . . .›

Gleichmäßig tönte die betende Stimme. Und bei ihrem Klang löste sich eine Fledermaus aus dem Dunkel über uns und flatterte hinaus ins Freie. Der alte Wächter stand im Eingang der Höhle, sein gebeugter Rücken hob sich scharf ab gegen den verdämmernden Himmel. Padre Ignazio, das Gesicht in die gefalteten Hände vergraben, sang die Responsorien.

Draußen, am Bergeshang, riefen die Vögel einander zur nächtlichen Rast.

Verklärung

Diese Geschichte hat zwei Helden. Man gestatte mir, jeden für sich vorzustellen.

Held Nr. 1 war ein Chinesenjunge, sechzehn Jahre alt, Beruf: Wartung der väterlichen Geißen im Süden der Chinesenstadt. Er hieß Ur-ko, was soviel bedeutet wie ‹zwei Hunde›, aus ‹ur› gleich ‹zwei› und ‹ko› gleich ‹Hund›. Diesen Namen dankte er einem verwickelten Gelübde, das Ur-kos Eltern vor seiner Geburt dem Gott darbrachten, der die Kinder schenkt – einer jener Gottheiten, die in dem großen Tempel dicht vor dem Ch'ao Yang Mên zu Hause sind. Das Kind sollte den Namen unter der Bedingung bekommen, daß es ein Junge wäre.

Ur-kos Bekanntschaft machte ich eines Tages, als ich auf dem freien Gelände zwischen der Südmauer der Chinesenstadt und jener des Himmelstempels einen Ritt unternahm. Die beiden Mauern laufen etwa anderthalb Kilometer lang einander parallel und die Bahn dazwischen scheint wie geschaffen für einen kleinen Galopp. Zudem wird sie kaum je benützt, außer eben von Fremden, die ihre Ponies laufen lassen wollen. Mein Sattelgurt lockerte sich plötzlich, ich stieg ab und sah, daß ein Riemen gerissen war. Zum Glück hatte mein Stallbursch, ‹Reine Tugend›, der hinter mir ritt, ein Stück Bindfaden in der Tasche. Was ein Chinese mit einem Endchen Bindfaden zustande bringt, muß man sehen – sonst glaubt man es nicht. Er repariert ein Auto damit, geschweige denn einen Sattelriemen. Sofort machte sich Reine Tugend ans Werk und legte dabei die unverkennbare Geschicklichkeit seines Volkes für jederlei Notbehelf an den Tag.

Wir standen mitten in dem Korridor zwischen den beiden Mauern, links und rechts war niemand zu sehen, als plötzlich unsere Ponies heftig scheuten. Reine Tugend und ich mußten die Arbeit unterbrechen und gehörig stemmen, daß die erschreckten Tiere uns nicht die Zügel aus der Hand rissen und Reißaus nahmen. Als wir sie endlich beruhigt hatten, sahen wir uns nach der Ursache des Schreckens um. Ein Junge mit einer hohen kegelförmigen Kopfbedeckung, wie man sie etwa von japanischen Elfenbeinarbeiten her kennt, war aus dem Graswuchs vor der Tempelmauer aufgetaucht; er schien wie aus dem Boden hervorgewachsen, und im ersten Augenblick dachte ich, er habe dort geschlafen. Doch eine unwillige Frage Reiner Tugend, dem sein Pony beinahe den Arm ausgerenkt hatte, entlockte dem Jungen das Geständnis, er sei aus dem Bezirk des Himmelstempels herausgekommen – durch einen Wassergraben unten in der Mauer.

Erstaunt über die Erklärung trat ich heran, gab dem Jungen mein Pony zu halten und untersuchte den Boden. Wirklich: etwa alle zweihundert Meter wies der Unterbau der Tempelmauer eine Öffnung auf, die den

Abfluß aus den Parkniederungen bewerkstelligte, wenn diese zur Zeit der sommerlichen Regengüsse unter Wasser standen. Die Öffnungen waren doppelt geschützt: vorn durch eine Reihe kurzer, dicker Steinpfeiler, die das darüber befindliche Mauerwerk trugen, und weiter hinten durch eine Front von Eisenstangen, die so dicht nebeneinander saßen, daß sich wohl niemand hindurchzwängen konnte. Aber die Stangen waren alt und rostig, und eine oberflächliche Prüfung ergab, daß sie zum Teil nur lose in ihren Löchern staken und mit geringer Mühe herausgenommen und wieder an den Platz gebracht werden konnten. War dies aber mit einer Stange geglückt, so schlüpfte ein schmächtiger Junge wie nichts in den heiligen Bezirk. Diesem edlen Zweck hatte sich unser junger Freund gewidmet, statt seines Vaters Ziegen zu hüten, die in dem Raum zwischen den beiden Mauern weideten.

Als ich von der Untersuchung des Wassergrabens zurückkehrte, fand ich Reine Tugend und den Jungen in angeregter Unterhaltung. Ich trat näher, hörte dem Gespräch zu und entnahm ihm zunächst, daß ich, wie gesagt, Herrn Ur-ko vor mir hatte, weiters, daß dieser vor sechs Monaten recht krank gewesen war, bis seine Eltern ihn Ohrringe tragen ließen, in der sicheren Erwartung, die bösen Geister würden ihn dann für ein kleines Mädchen halten und nicht weiter heimsuchen – denn kleine Mädchen verdienen wirklich nicht die Beachtung eines Geistes, der nur einigermaßen auf sich hält.

Der spitzige Hut und die Ohrringe waren so ziemlich alles, was Ur-ko anhatte. Der Rest seines Kostüms bestand aus einem dreieckigen Fetzen roten Baumwolltuchs, das mit einer Schnur um die Hüften festgehalten wurde. Der Junge schien so gut wie nackt, und ich konnte nicht umhin, der außergewöhnlichen Schönheit seiner Gestalt einen Blick der Bewunderung zu schenken. Ur-ko war groß und prachtvoll gebaut, mit schlanker Taille und schönen, breiten Schultern. Selten habe ich so statuenhafte Linien gesehen wie an diesem armen Ziegenhirten. Auch sein Gesicht trug den Stempel der Schönheit und einen geradezu gedankenvollen Ausdruck. Gleich den meisten Chinesen besaß der Junge zarte Hände und Füße.

Als Reine Tugend mit dem Sattelriemen zu Ende war, bestiegen wir unsere Ponies, und ich reichte dem Burschen einige Kupfermünzen, die er in der Hand behielt, da er über keine sonstige Gelegenheit verfügte, sie in Gewahrsam zu bringen.

Soviel über meinen ersten Helden. Der zweite ist eine Heldin. Und zwar niemand Geringerer (ich zitierte nach der Visitenkarte) als ‹Miss Amelia Peterkin Wallace, Seepromenade, Chikago, Ill.›.

Wie es einem menschlichen Lebewesen einfallen konnte, einer solchen Dame eine Empfehlung an mich zu geben, bleibt mir ein Rätsel. Ich bin keine gesellige Natur und habe in Peking nur einen kleinen Bekanntenkreis. Hie und da begegne ich einem Vertreter der Diplomatenwelt, sonst treffe ich außer einigen Geistlichen höchst selten den einen oder anderen Ausländer. Von der amerikanischen Kolonie kenne ich bloß ein paar heftig verheiratete Missionare, deren Lebensaufgabe offenbar darin besteht, Jung-China Wissenswertes über George Washington und Abraham Lincoln beizubringen – Jesus Christus nicht zu vergessen.

Ungeachtet dieser widrigen Umstände erschien Miss Amelia Peterkin Wallace im Heim der Fünf Tugenden und erwies mir die Ehre, in meinem Arbeitszimmer eine Tasse Tee einzunehmen – nach chinesischer Art natürlich, ohne Zucker und Milch. Sie war eine lebhafte kleine Person, erhob keine Ansprüche auf weiblichen Reiz, wohl aber auf Fahrigkeit.

Für Miss Amelia spricht: sie wußte genau, was sie wollte, und ließ es mich ohne Zögern und Zeitverlust wissen. Es handelte sich um zweierlei.

Erstens: Was verwenden die Chinesinnen, um ihre Frisur in Ordnung zu halten? Miss Amelia hatte gehört, daß sie das Haar mit dem Absud des Holzes oder der Rinde eines bestimmten Baums am Kopf festklebten. Leider wußte sie nicht, welches Baums. Ich auch nicht. Aber wir beschieden die Mutter des Kleinen Lu zu uns, und die Angelegenheit klärte sich alsbald zu Miss Amelias vollster Zufriedenheit auf. Beim Weggehen barg sie in ihrer Handtasche ein Pröbchen des Holzes samt genauer Gebrauchsanweisung.

Zweitens: Miss Amelia gedachte ein Bild zu malen, das einen Kaiser von China darstellen sollte (am liebsten einen aus der Ming-Dynastie), der auf dem Altar des Himmels ein Gebet verrichtet. Ich wies darauf hin, daß die betreffende Zeremonie zur Zeit der Wintersonnenwende stattzufinden pflegte und wir gegenwärtig im Hochsommer stünden: die atmosphärischen Verhältnisse seien einigermaßen verschieden.

Miss Amelia entgegnete, das mache ihr nichts.

Ich fragte, was ich in ihrer Sache tun könne.

«Ich brauche eine Bewilligung, daß ich beim Altar des Himmels malen darf.»

«Fangen Sie nur damit nicht an. Die Behörden würden stutzig werden und vielleicht die Erlaubnis verweigern. Geben Sie lieber zunächst einmal den Torwächtern fünf oder zehn Dollar und bezahlen Sie sie dann regelmäßig für das Herbeitragen von Staffelei und Malgeräten. Solange die Leute an Ihrer Arbeit verdienen, haben Sie nichts zu fürchten.»

«Schön. Außerdem brauche ich ein Modell.»

«Was für ein Modell?»

«Einen jungen Mann. Einen halben Knaben. Ich glaube, das Bild wird mehr Effekt machen, wenn die Figur des Kaisers jugendlich und zart ist.»

«Ich nehme an, daß er auf dem Gemälde allein stehen wird.»

«Natürlich. Mitten auf der obersten Terrasse und rundherum Weihrauchwolken bis in den Himmel.»

«Verzeihung, man verbrannte nicht bloß Weihrauch rings um den Altar, sondern zugleich des Kaisers Berichte an die himmlischen Mächte droben, auf Seidenrollen geschrieben. Ich erwähne dies nur, weil es für die Farbe des Rauchs bedeutsam sein dürfte.»

«Darauf kommt's nicht an. Der Rauch dient nur dazu, daß der Hintergrund im Nebel verschwimmt.»

«Bitte sehr. Ich werde mein möglichstes tun.»

Ich erfuhr allerlei über Miss Amelia während ihres Pekinger Aufenthalts. Sie bezog ein stattliches Einkommen aus der Herstellung und dem Verkauf eines bei den Negern der Südstaaten beliebten Haarwassers (daher das Interesse für den Absud der Chinesinnen) und gab viel Geld für Weltreisen aus, auf denen sie Gemälde religiösen Inhalts malte, mit lebhaften Effekten von Helldunkel und spärlichen Kenntnissen der Perspektive. Ich hörte auch eine höchst unehrerbietige Geschichte über eines ihrer Bilder, das Christus darstellte, wie er über das Wasser schreitet. Es gab eine völlig neue Deutung für die Gründe, die den Herrn bewogen, sich doch lieber nicht dem Boot anzuvertrauen.

Die Vorbereitungen zur Errichtung einer Malerwerkstatt beim Altar des Himmels ging munter vonstatten. Miss Amelia suchte den Laden des Kleinen Lu in der Seidenstraße auf und erwarb ein prächtiges Gewand für ihren Kaiser. Desgleichen trafen wir die nötigen Vereinbarungen mit den Torhütern und Parkwächtern im Himmelstempel. Nur die Auffindung eines Modells machte Schwierigkeiten. Die Suche dauerte allmählich so lang, daß ich dachte, die Wintersonnenwende würde wirklich vor der Tür stehen, ehe wir ein passendes Vorbild gefunden hätten. Doch dann war wenigstens die Atmosphäre historisch richtig.

Ich diente als Dolmetsch, wenn Miss Amelia die Bewohner interviewte. Es handelte sich meist um entfernte Verwandte der Fünf Tugenden. Kein einziger entsprach auch nur einigermaßen Miss Amelias Forderung nach einem *jugendlichen* Modell. Ein paar Kandidaten hätten ein treffliches Vorbild für Ch'ien Lung bei seinem sechzigjährigen Regierungsjubiläum abgegeben. Nur *ein* junger Mann stellte sich vor, aber bei dem war das Gesicht von den Ohren abwärts gänzlich verschwollen.

«Ein fescher Kerl!» rief Miss Amelia aus, als sie den Bewerber sah. «Meinen Sie nicht, daß er krank ist?»

«Nicht lebensgefährlich», erwiderte ich und suchte das Lachen zu verbeißen. «Er leidet bloß an einem leichten Mumps.»

Miss Amelia schrie auf. «Weg mit ihm!» befahl sie und fuhr fort: «Sind alle Chinesen so blöd? Was habe ich um Himmels willen von einem Modell mit Mumps? Es muß doch, ich bitte Sie, in ganz Peking ein paar gesunde, hübsche Burschen geben!»

Und da überkam mich die sogenannte Erleuchtung: Ur-ko!

Das Problem schien mir mit einem Schlag gelöst. Ich behielt auch recht darin. Doch unser Leid war noch nicht vorüber. Noch lange nicht.

Bis man dem jungen Ziegenhirten erklärt hatte, was man eigentlich von ihm verlange, bis man die Ziegenhirteneltern überzeugte, daß die Fremden Teufel ihm kein Leid zufügen wollten, bis man die Torhüter und Parkwächter so weit brachte, daß sie Ur-ko in kaiserlichem Gewande auf dem Himmelsaltar Stellung nehmen ließen: das waren lauter Einzelstadien der nun einsetzenden Bemühungen, die viel Zeit in Anspruch nahmen, ehe sie ein gedeihliches Ende fanden. Doch nach Verabreichung von so manchem Dollar setzte Miss Amelia endlich ihren Kopf durch: Ur-ko, gekleidet in einen Mantel von kaiserlichem Gelb, ragte unter Weihrauchwolken bildhaft gegen den abendlichen Himmel.

Soweit schien alles gegeben, was einen Erfolg gewährleisten konnte. Der Jammer war nur, daß Miss Amelia nicht über das nötige Talent und die erforderliche Begabung verfügte, um ein gutes Bild zustande zu bringen.

Der Altar des Himmels ist eines der Weltwunder, seiner sichtbaren Schönheit wegen und zugleich um der großen Idee willen, die den Bau durchgeistigt. Er besteht aus einer kreisrunden Terrasse von weißem Marmor, die an der Basis zweiundsiebzig Meter im Durchmesser mißt und sich in drei Rängen nach oben verjüngt. Das ganze Bauwerk steht auf einer Lichtung inmitten eines Zedernhains. Seine Krönung bildet eine breite, runde Plattform, die knapp über den Wall der Wipfel emporragt und nichts *um* sich sieht als den weiten Horizont, keine Kuppel *über* sich als das Firmament. Vom Mittelpunkt dieser letzten Stufe blickte der Sohn des Himmels in die Unendlichkeit empor und betete für sein Volk. Er beschwor keine einzelne Gottheit, sondern die höchsten Mächte der Natur, wie immer sie hießen.

Der Park des Himmelstempels ist ungeheuer weitläufig und der Himmelsaltar nur eines seiner zahlreichen Gebäude. Ich ritt gelegentlich gegen Abend hinaus, um zu sehen, wie Miss Amelia weiterkam. Dann stand ich am liebsten ein wenig abseits, entzückt von der Schönheit des ganzen Bildes, das sie mit heißem Bemühen wiederzugeben suchte: die jugendlich-schlanke Gestalt im leuchtenden Gewand; das sehnsüchtig zum Himmel erhobene Antlitz; die marmornen Terrassen, die gemeißelten Balustraden und ringsherum die duftenden Wiesen und der schweigende Wald . . .

Mittlerweile war in einem anderen Teil des Tempelbezirks der sogenannte Chi Nien Tien-Pavillon zum Schauplatz der höchst geruhsamen Tätigkeit eines Regierungsausschusses geworden, der aus irgendeinem unerfindlichen Grund (aber zweifellos im Zusammenhang mit ‹Schmiergeld›) dort eine Reihe von Sitzungen abhielt. Ein vielköpfiges Sekretariat stand ihm dabei hilfreich zur Seite. Der Chi Nien Tien ist ein recht hohes Gebäude mit einem dreifachen Dach aus blauen Ziegeln, auf dem eine riesige goldene Kugel sitzt wie ein gleißender Turmknopf. Schon von weitem erblickt man die Dächer, und der ganze Pavillon bildet den

Mittelpunkt einer Anzahl kleinerer Bauten, in denen einstmals Opfer und Zeremonien vollzogen wurden als Vorbereitung für des Kaisers Gebet.

Vom Chi Nien Tien führt zum Altar des Himmels eine breite Dammstraße aus Stein und Marmor, die etwa vierhundert Meter weit über den Waldboden hinläuft. Die Entfernung war also derart groß und zwischen den beiden Endpunkten lagen so viele Tore und Gebäude, daß die Tätigkeit des Regierungsausschusses Miss Amelia kaum je bei der Arbeit hätte stören können. Zudem hielt ja das Komitee seine Sitzungen am Vormittag ab, während die gute Amelia bloß gegen Abend malte. Drum wußte der eine vom andern nichts. Und sogar am letzten Tag der amtlichen Wirksamkeit, als der Ausschuß am Nachmittag zur feierlichen Schlußsitzung zusammentrat, blieb die Anwesenheit Miss Amelias beim Altar des Himmels unbemerkt und beeinträchtigte die Vorgänge in keinerlei Weise.

Ich weiß nicht genau, worum es eigentlich ging, hörte nur soviel, daß man Gesandte und ausländische Bankdirektoren einlud und viel Propaganda für einen Beschluß machte, der die Veranstaltung einer großen ‹Weltmesse› in Peking zum Ziel hatte. Eine derartige Ausstellung würde zweifellos auch dartun, um wieviel die Republik in ihrer Aufgabe, das Land zu modernisieren, weitergekommen war.

Seit jenem schönen Sommernachmittag haben Bürgerkriege und andere Wirren den Plan dieser Messe in das Verlies unverwirklichter Träume gebannt. Aber ich glaube, die Schlußsitzung im Chi Nien Tien war ein großer Erfolg, mit feurigen Ansprachen, entsprechender Begeisterung und einem ausgezeichneten Büfett, beigestellt vom ‹Hôtel des Wagons-Lits›.

Ich war zu der Festveranstaltung nicht eingeladen, stattete aber Miss Amelia meinen üblichen Besuch beim Himmelsaltar ab. Langsam ritt ich unter den Torbogen ein und bahnte mir nur mit Mühe den Weg durch die herausströmende Menge. Der offizielle Teil des Programms war eben zu Ende.

Der Tempelbezirk ist so riesig, daß es recht lang dauerte, bis alle Gäste den Park verlassen hatten, und dabei ergab es sich, daß eine kleine Gruppe chinesischer Standespersonen, im festlichen Schwalbenschwanzfrack mit Ordensauszeichnungen, Zylinder auf dem Kopf, den Weg gänzlich verlor. Statt den Zedernhain zu durchqueren, folgten sie der Stein- und Marmorstraße, die vom Chi Nien Tien zum Altar des Himmels führt.

Ich bemerkte sie, als ich abstieg und Reiner Tugend mein Pferd übergab. Da ich die ganze Besucherschar bei den Toren getroffen hatte, war ich jetzt durchaus nicht erstaunt, als ich einige der Ehrengäste auf der Dammstraße sah. Doch ich konnte mir nicht helfen: ein Schmunzeln zuckte mir um den Mund angesichts ihrer seltsamen Erscheinung im

Abendanzug mit Ordenssternen, an dieser Stätte und zu solcher Stunde.

Die Chinesen sahen mich nicht, denn ich befand mich auf einem tiefer gelegenen Pfad und verschwand halb im Schatten der Bäume. Sie marschierten um einen niedrigen, blau überdachten und mit Lacktüren verschlossenen Pavillon herum, wo einst – falls die Angabe der Parkwächter auf Wahrheit beruht – der Kaiser fastend die Nacht verbrachte. Dann traten sie auf den Pfad hinaus, den ich eingeschlagen hatte. Sie gingen etwa zehn Meter vor mir, setzten aber nur zögernd und unsicher Fuß vor Fuß, als wären sie allmählich darauf gekommen, daß es mit dem Weg nicht stimme – oder vielleicht hatten sie bloß beim Büfett allzuviel süßen Champagner hinter die Binde gegossen.

Und da geschah es:

Als die Bäume auseinandertraten und den Blick auf den Himmelsaltar freigaben, gewahrten wir vor uns Ur-kos Erscheinung im kaiserlichen Gewand wie einen Schattenriß gegen das verblassende Firmament. Die Arme tauchten in den Himmel, und das Antlitz blickte himmelwärts. Wolken von Weihrauch schwammen ringsum im Abenddunst.

Die eleganten Chinesen blieben wie angewurzelt stehen und starrten einen Augenblick, nur einen Augenblick, auf das wundervolle Bild. Und dann – wie Rohr vor dem Gewittersturm – beugten sie sich tief, tief bis auf den Boden hinab, gezogen von unwiderstehlicher Anbetung.

Vergessen die Tünche westlicher Zivilisation, vergessen die republikanischen Ideale, der Glaube an das neue Regime! Ein angeborener Drang, stärker als alles, hieß sie die Stirn zur Erde neigen, auf daß der Blick des Auges die göttliche Gegenwart nicht entweihe. Denn dort, entrückt auf den Himmelsaltar, stand der *Sohn* des Himmels und betete für die Menschheit . . .

Eine halbe Stunde später wanderten wir miteinander heimwärts: Miss Amelia, die eleganten Chinesen und ich. Sie hatten sich von ihrer Überraschung erholt und waren entzückt über die Begegnung mit einer hervorragenden amerikanischen Künstlerin. Einer der Tempelwächter schleppte die Staffelei. Ur-ko, des kaiserlichen Ornats entkleidet, trabte voraus.

Hoch oben, über den drei blauen Dächern, haschte die große goldene Kugel des Chi Nien Tien die letzten Strahlen der untergehenden Sonne.

Der Berg des Siebenfachen Glanzes

In den Jahren vor dem Krieg praktizierte Dr. Folitzky in Peking und hatte zugleich eine Anstellung am Deutschen Hospital. Er war Tscheche und in Prag geboren, doch damals machte niemand einen Unterschied zwischen den Angehörigen der Habsburgermonarchie, und Dr. Folitzky galt einfach als Österreicher. Ich kannte ihn vom Sehen und war oft Zeuge, wie er unter lebhaftem Getöse die Straße hinauffuhr in einem alten Ford jener Type, die damals allgemein ‹Blech-Lizzie› hieß. Im Jahre des Heils 1901 berief man ihn – so wurde mir berichtet –, um Kuniangs Einzug in diese Welt zu leiten, doch dies trug sich ja zu, ehe ich auf die Bildfläche kam.

Ich traf Dr. Folitzky zufällig eines Tages beim Eingang eines kleinen chinesischen Speisehauses, das eine Spezial-Schildkrötensuppe zu bereiten wußte. Dieses ‹Etablissement› liegt außerhalb des Ch'ien Mên, nach rechts zu, in einer Straße, deren Name für mich einen familiären Klang hat, da er so lautet wie der meiner Diener. Sie heißt nämlich ‹Straße der Fünf Tugenden› und es bleibt nur seltsam, daß sie fünf verrufene Häuser aufweist. Aber die Schildkrötensuppe, wie jene bescheidene Gaststätte sie bietet, würde einem City-Bankett in der Guildhall keine Schande machen.

Gewöhnlich geht man tags zuvor hin, bestellt die Suppe und sucht sich je nach der gewünschten Größe seine (natürlich lebendige) Schildkröte aus. Auch empfiehlt es sich, zum Aufwarten bei Tisch den eigenen Diener mitzubringen. Denn die zum Haus gehörigen Kellner sind gewiß sehr brave Leute, doch ich bin im Zweifel, ob sie je die nahe gelegene Badeanstalt aufgesucht haben. Ich war einmal so unklug, mich vom Aufwärter des Hauses bedienen zu lassen, einem höchst beredten jungen Mann, aber als er mir den Napf brachte, stak sein Daumen tief in der Suppe und durch das köstliche Naß hindurch konnte ich ausnahmsweise den Neumond *sehen* – als kohlschwarzen Nagel.

An einem Regennachmittag landete ich dort etwa um drei Uhr nach Tisch, mit der Absicht, für den folgenden Tag ein Dinner zu bestellen. Ein kleiner Mann mit rundem Bäuchlein und Spitzbart stand vor der Eingangstür. Er hielt einen chinesischen Schirm aus Ölpapier über sich, und das Regenwasser tropfte auf einen kleinen patschnassen Hund herunter, der sich ihm an die Füße schmiegte. Im Herankommen erkannte ich Dr. Folitzky. Er fluchte in geläufigem Deutsch mit dem Hündchen, aber im Augenblick, da ich die Szene betrat, ging er zu Französisch über und drückte sich auch darin mit nicht geringerer Deutlichkeit aus. Was seinen Ärger eigentlich hervorgerufen hatte, ließ sich nicht ohne weiteres ersehen. Der Hund war ein ganz gewöhnlicher Pekinese mit breitgequetschter Nase und krummen Beinen. Tropfnaß vom Regen, blickte er mit flehendem Ausdruck zu seinem Herrn empor wie im vollen Bewußtsein begangener Schuld.

«Würden Sie's glauben? Man hat ihn mir als schwarzen Hund verkauft!» schrie der Doktor, platzend vor Wut. Diesmal bediente er sich des Englischen, dieser ‹lingua franca› des fernen Ostens.

«Als schwarz?» fragte ich, ohne zu verstehen, worum es ging.

«Jawohl. Und er *war* auch schwarz. Schwarz wie Kohle. Und schauen Sie sich ihn jetzt an!» Zugleich brach er wieder in eine Flut von Verwünschungen aus – sie klangen noch heftiger als früher.

Ich sah mir den Hund abermals an. Und nun verstand ich. Man hatte ihn schwarz gefärbt, um ihm ein einheitliches Aussehen zu geben und seinen Wert zu erhöhen. Jetzt, in dem strömenden Regen, zeigte er die Naturfarbe seines Fells, ein häßliches Gelb, mit Weiß untermischt.

Der Zwischenfall ersetzte eine formelle Vorstellung, und da uns ein gemeinsames Interesse verband – der Doktor war gleichfalls mit der Absicht hergekommen, eine Bestellung auf Schildkrötensuppe aufzugeben – verabredeten wir, zusammen zu speisen.

Am folgenden Abend trafen wir einander um halb neun an Ort und Stelle, der Doktor brachte seinen Boy mit, den Hund diesmal aber nicht. Ich hatte bald heraus, daß mein Partner ein unermüdlicher Plauderer war, obwohl er zeitweise und auch in Gesellschaft Anwandlungen von Versunkenheit unterlag, in denen er, gedankenverloren, stumm blieb wie ein Fisch. Seine Gespräche verrieten ein reiches Wissen um Menschen und Dinge und hüpften von einem Gegenstand zum andern wie ein Bächlein von Stein zu Stein. Kaum saßen wir bei Tisch, begann er sich schon über den Atmungsapparat der Schildkröte auszulassen und über die Schwierigkeit der Luftzufuhr angesichts mangelnder Elastizität der Schalendecke; weiters über den Einfluß dieser Unelastizität auf die Gemütsart des Tieres. Er sprach mit vollem Mund – das Dämpffleisch, das er bestellt hatte, schien ihm zu schmecken; und mitten in einer Redewendung horchte er in sich hinab, wie ihm die Suppe durch die Kehle glitt. Einmal verlor ich den Faden der Unterhaltung, als ich ein Stückchen grünliches Fleisch aus der Gegend jenes Rückenschildes untersuchte, dessen Ausdehnungsmangel meinem Tischgenossen so naheging. Als meine Aufmerksamkeit wieder wach wurde, hörte ich erstaunt, daß er bereits über eine syrische Reise sprach.

«. . . zeigte man mir in einem Dorf bei Antiochia eine auf dem Boden liegende Säule. Sie war zweiundzwanzig Meter hoch und am oberen Ende eins zwanzig breit. Man versicherte mir, es sei die echte Säule, auf der der heilige Simon Stylites dreißig Jahre lang gelebt hatte, ohne je herunterzusteigen. Er verfügte übrigens über zahlreiche Nachfolger: die Säulenheiligen. Einer von ihnen hauste auf einer Säule am Ufer des Bosporus, etwa eine Stunde weit von Konstantinopel. Leider schien das Klima dort ungünstiger, als er's von daheim gewohnt war: er bekam immer Schnupfen. Drum ließ der Kaiser über die Säule ein Schutzdach bauen, um den Ärmsten vor den Unbilden der Witterung zu schirmen . . .»

Ich hielt es für angemessen, auch wieder einmal ein Wörtlein fallen zu lassen, und bemerkte, es sei wohl an solcher zur Schau getragenen Entbehrung ein gut Teil Scharlatanerie gewesen.

«Natürlich. Die Leute wollten beweisen, ihr Geist sei von religiöser Betrachtung völlig erfüllt und von irdischen Dingen himmelweit entfernt. Wäre das wirklich der Fall gewesen, hätten sie nicht das Bedürfnis des ‹épater le bourgeois› gehabt. Die aufrichtigsten Einsiedler waren die persischen Sufis. Sie bekannten sich zum Pantheismus, und ihr Kult kam zwar vom Islam her, schloß aber trotzdem den Genuß des Weines nicht aus. Ja, die Neigung, sich zu betrinken, fand bei den Anhängern des Jamshid sympathisches Verständnis. Dabei fällt mir ein . . . Der Kerl hat noch immer nicht den Madeira gebracht. Zur Schildkrötensuppe gehört doch Madeira.»

Er rief nach dem Boy, und alsbald tauchte in einer spinnwebenüberzogenen Flasche der Madeira auf. Beim Essen und Trinken schien sich's der Doktor ganz gut gehen zu lassen.

«Die Entdeckung des Weins verdanken wir Persien», sagte er und nahm einen Schluck.

«Die Entdeckung oder die Erfindung?»

«Die Entdeckung! Die Menschheit kam durch Zufall auf dieses köstliche Naß, genau so wie Galvani durch Zufall das elektrische Fluidum in motu musculari oder Bessemer sein Verfahren zur billigeren Stahlerzeugung entdeckte. Kennen Sie die Sage vom Wein? Nein? Dann erzähl' ich sie Ihnen:

Es war einmal eine Sklavin im Harem des Königs von Persien, die war schöner und reizvoller als alle anderen Frauen im Land. Drum wurde sie auch des Königs Favoritin und die Freude seines Herzens. Aber eines Tages brachte ein Händler aus Bagdad eine fränkische Sklavin in den Palast, deren Aussehen den König so sehr entzückte, daß er sie auf der Stelle erwarb und ihr seine ganze Gunst zuteil werden ließ. Die Verlassene war von Schmerz so überwältigt, daß sie beschloß, sich zu töten. Doch sie wußte nicht, welches Mittel sie wählen sollte. Während sie, traurig und einsam, den Garten des Palastes durchirrte, sah sie in einem Winkel einige Krüge, voll eines rötlichen Saftes, der einen bitter-süßen, nicht unangenehmen Geschmack besaß. Sie hoffte, es werde Gift sein, und trank eine Schale davon. Doch der Trunk tat nicht die gewünschte Wirkung, darum trank sie eine zweite Schale und eine dritte. In jenen Krügen, die von Sklaven zurückgelassen und vergessen worden waren, befand sich kein Gift, sondern bloß Traubensaft, der in der Sonne gegoren hatte. Die Schöne vergaß ihre Verlassenheit, die ihr zuvor soviel Kummer geschaffen, und mit einem Becher in der Hand und einem Krug unterm Arm wankte sie zum Alkoven, wo der König neben seiner neuen

Favoritin ruhte. Mit gerötetem Gesicht und leuchtenden Augen trat sie vor ihn. ‹Trink, König!›, sagte sie, ‹denn dies ist der Göttertrank, der die Jugend wiedergibt.› Der König trank und genoß zum ersten Male die Freuden des Weins.»

«Woher haben Sie diese Geschichte?» fragte ich.

«Atmet sie nicht den ganzen Duft des Orients? Wenn ich aufrichtig sein soll: ich habe sie in einem amerikanischen Magazin gelesen.»

«Der echte Duft des Orients findet sich heutzutage einzig und allein in amerikanischen Magazinen – höchstens noch in der ‹San Francisco Police Gazette›.»

Der Doktor lachte leicht boshaft. «Ich höre, daß auch Sie sich aufs Geschichtenschreiben verlegt haben – Herr Schneider Himmlischer Hosen!»

Ich guckte ihn an: «Warum nennen Sie mich so?»

«Man kennt Sie ja in Peking kaum anders. Jeder hat hier einen Spitznamen. Ihrer ist doch ganz hübsch. Sie brauchen sich wirklich nicht zu beklagen.»

«Und wie lautet Ihr Spitzname, wenn man fragen darf?»

«Höher geht's schon nimmer: ich heiße der wiedererstandene Buddha!»

«Da müssen Sie aber rechte Wunderkuren vollbracht haben!»

«Oh, das hat mit meiner ärztlichen Praxis gar nichts zu tun. Es handelt sich bloß um die chinesische Lautübertragung meines Namens. Aus Folitzky wurde Fo Li Ti. Buddha – gekommen – Erde.»

«Förmlich eine Richtschnur fürs Leben!»

«Stimmt. Die Inspiration an sich. Eines Tages werde ich vielleicht Buddhas Pfad betreten und mich einem Leben der Betrachtung weihen. Dann können Sie eine Geschichte über mich schreiben – mit dem echten Duft des Orients.»

Die Worte klangen wie ein Scherz, und doch war ich über den Unterton erstaunt, der mitzuschwingen schien. Meinte es der kleine Mann vielleicht ernst? Ganz plötzlich verfiel er in eine Art Träumerei und starrte geradeaus vor sich hin.

Ich benutzte die Gelegenheit, mir ihn in Muße näher zu betrachten. Viel von Buddha hatte er wirklich nicht, abgesehen von dem jetzt so weltfernen Blick. Er war klein, dick und fast kahl. Spitz- und Schnurrbart erinnerten an den Witzblattfranzosen englischer Karikaturisten. Die Kleider waren nicht sehr gepflegt und die Hände von Chemikalien entstellt.

An diesem Abend sprach er so gut wie nichts mehr. Da wir unser Dinner ohnedies beendet hatten, zahlten wir und gingen.

Bei der Wiedergabe des Gesprächs mit Doktor Folitzky brachte ich seine Worte in einer einzigen Sprache. Doch wenn er mit jemandem redete –

oder wenn er seinen Hund ausschalt! –, war er offenbar nicht imstande, sich in weniger als drei Sprachen auszudrücken, wobei er beständig von der einen zur anderen übersprang. Auch bemerkte ich, daß seine Gedanken immer wieder auf die Vorstellung eines betrachtenden Lebens zurückkamen. Als wir miteinander vertrauter geworden waren, neckte ich ihn mit seinen Eigenheiten. Er lachte und gab zu, er hätte ganz gut zum Portier eines großen, internationalen Hotels getaugt – mit den sieben Sprachen, die er beherrschte. Doch meiner Anspielung auf seinen Lieblingsgedanken begegnete er mit einer unerwarteten Frage: ob ich meinen Dante im Kopf hätte. Als ich einer Hoffnung in dieser Hinsicht Ausdruck gab, fuhr er fort:

«Erinnern Sie sich an den fünften Gesang des ‹Inferno›, an die Erscheinung Francescas? Sie werden dort bemerkt haben, daß in Francescas Ansprache das Wort ‹Friede› innerhalb weniger Verszeilen dreimal vorkommt. Friede ist der Gegensatz zu der Qual des unbarmherzigen Windes – ‹la bufera infernal che mai non resta›. Der Dichter hat eine tiefe Wahrheit festgehalten: die ständige Wiederkehr der Sehnsucht nach dem verlorenen Glück. Ebenso sprechen in den letzten Gesängen die Seelen der Verdammten, die in ewiger Finsternis Qualen leiden, immer und immer vom *Licht* – ‹lo dolce lome›.»

«Was hat das mit unserem Fall zu tun?»

«Mein Bestreben geht dahin, ein kontemplatives Leben zu führen, wie der Osten es kennt. Mein Schicksal aber verdammt mich zum Dasein eines geplagten ‹praktischen› Arztes. Von einer Geburt in der Tatarenstadt schleift mich mein altes Auto zu einer Magenverstimmung im Gesandtschaftsviertel und schleppt wie der Wind im ‹Inferno› meine Seele mit. Wie gern möchte ich gleich Buddha ‹jenseits von Gut und Böse› meditieren, doch ich muß mich abplacken zwischen den Leiden des Fleisches und davon noch leben.»

Etwa zwei Monate nach unserem gemeinsamen Dinner verschwand Dr. Folitzky aus Peking. Ein oder der andere schrieb seinen plötzlichen Abgang politischen Gründen zu und sah darin eine Bestätigung, daß man es mit einem gefährlichen Verschwörer zu tun hätte. Im Krieg war es in China wie überall auf der Welt: wenn die Leute nicht wußten, was sie mit einem Mann oder einer Frau anfangen sollten, schrien sie einfach: Spion! Daß der Doktor nicht mit den übrigen ‹Untertanen der Feindesmächte› interniert worden war, bewies nur, man habe ihm auf Grund seiner tschechischen Nationalität das Recht eingeräumt, unbehelligt in Peking zu leben. Er genoß dabei, so sagte man mir, den Schutz der französischen Gesandtschaft. Gegen Ende dieses Jahres – man schrieb 1918 – strömten die tschechischen Flüchtlinge allmählich aus Rußland nach dem Osten in girlandenbehangenen und mit dem Hussitenkelch geschmückten Eisenbahnzügen. Doch ich weiß nicht, ob der Doktor seine Landsleute jemals sah oder auch nur von ihnen hörte.

Erst auf Umwegen bekam ich Nachricht über ihn durch die chinesischen Behörden, das heißt durch General Kuan Yu-ti, den Chef der Pekinger Gendarmerie.

Seit dem Tage, da ich den General Kuan in voller Uniform, zu Pferd, Hand an der Hüfte, in der Haltung eines Kondottiere, der in eine eroberte Stadt einzieht, abgeknipst habe, ehrt er mich durch seine Freundschaft. Einmal im Jahr lädt er mich zum Dinner, und jedesmal vermisse ich aufs neue einen abhanden gekommenen Brauch des Ostens und merke dafür eine eingedrungene Sitte des Westens. Aus den Menus der einzelnen Jahre hätte man die Entwicklung Chinas einer neuen Zivilisation entgegen ableiten können. Vogelnestsuppe und gedämpfte Haifischflossen wurden ersetzt durch ‹Potage Parmentier› und Büchsenlachs aus dem Baltikum. Schade. Man sieht so ungern alte Sitten entschwinden.

Eines dieser alljährlichen Dinners fand im Februar 1919 statt, und gleich bei meiner Ankunft in dem gastlichen Haus erzählte mir der General von einem ausländischen Einsiedler, der kürzlich auf dem Berg des Siebenfachen Glanzes gestorben sei.

Zu den zahlreichen Dienststellen, die General Kuan innehat, gehört die eines Gesundheitsinspektors der Provinz Chili: ein neues Amt, bezeichnend für neue Ideen. Es bedeutet die Verantwortlichkeit für sämtliche Vorbeugungsmaßnahmen der Seuchenbekämpfung.

Nun, der gute General versteht wenig von Prophylaxe und interessiert sich noch weniger dafür. Er überläßt die Arbeit einem Ärzteausschuß und begnügt sich damit, Verräter köpfen zu lassen, die unentwegt Ladungen infizierter Wolle aus Pestbezirken hereinbringen. Er teilt die allgemein chinesische Anschauung, da der Tod früher oder später kommen müsse, sei es widersinnig, sich darüber aufzuregen, wie man ihm im besonderen aus dem Weg gehen könne. Trotzdem muß General Kuan kraft seines Amtes in sämtlichen Angelegenheiten der Pestabwehr befragt werden. Dies mag erklären, warum man gerade ihm ein Manuskript einhändigte, das der auf dem Berg des Siebenfachen Glanzes verstorbene Klausner hinterlassen hatte: gegen Ende der Handschrift war nämlich mehrmals das Wort Pest gebraucht. Drum legten die Ortsbehörden ihrem Chef die Papiere vor, samt dem Bericht über deren Auffindung.

Der General unterhielt sich mit mir über den Fall während der Stunde vor dem Dinner, die dem Gespräch vorbehalten ist. Obwohl solche Veranstaltungen mehr und mehr verwestlicht werden, richte ich mich noch immer nach dem alten chinesischen Brauch, lange vor der in der Einladung angegebenen Zeit zu erscheinen und noch vor dem letzten Gang zu verschwinden. Damit beweise ich eine schmeichelhafte Eile, die Gesellschaft meines Wirtes zu genießen, und zugleich eine erfreuliche Sättigung, bevor der Speisenvorrat erschöpft ist. Bliebe ich bis zum Ende des Dinners bei Tisch sitzen, würde dies zwangsläufig bedeuten, daß ich noch mehr essen könnte.

Sämtlicher Einleitungen und Ausführungen entkleidet, wie sie im Orient auch einen Polizeirapport schmücken, lautete die Geschichte, die mir der General in der Zeit zwischen meiner Ankunft und der Aufforderung zum Speisen erzählte, wie folgt:

Der Gendarmeriekommandant der westlichen Stadt hatte berichtet, es sei am achten Tag des zwölften Monats (also am 9. Januar) ein Einsiedler gestorben, der eine Zeitlang in einem kleinen Tempel ein beschauliches Leben geführt habe, dort, wo das Tal von Men-to-kou sich gegen das freie Feld öffnet. Der Tempel lag auf der Kuppe eines einzelstehenden Berges oder Hügels, der auf der einen Seite das Tal, auf der andern die Ebene von Peking überblickte und allgemein der Berg des Siebenfachen Glanzes hieß. Der Eremit, lautete der Bericht weiter, war ein Ausländer, vermutlich ein Deutscher. Er lebte nach chinesischer Art und aß, was die Tempelpriester ihm vorsetzten. Mit der Außenwelt stand er nur in Beziehung, wenn er jemanden um Wein oder Arzneien nach Peking sandte, oder wenn die Bewohner der Nachbardörfer zu ihm kamen, um sich behandeln zu lassen. Wer ihn kannte, sang sein Lob. Man sprach von ihm nicht anders als von Fo Li Ti, dem ‹wiedererstandenen Buddha›.

Der Einsiedler hinterließ ein Bündel Papiere, deren Inhalt kurz bevor er starb niedergeschrieben sein mußte, und zwar in einer fremden Sprache, vermutlich deutsch. Der Tod erfolgte in überaus seltsamer Weise. Der kleine Pavillon, in dem der Klausner schlief, brannte völlig ab. Vielleicht starb der Insasse an Erstickung. Der Schlafraum erwies sich jedoch als so klein, daß es unklar schien, warum der Bewohner darinblieb, außer wenn er zufällig schwer betäubt oder gar tot war, ehe das Feuer ausbrach.

In einem Außenhof fand man eine kleine Büchse. Der Priester, der den Dienst des Tempelvorstehers versah, öffnete sie als erster. Er fand nichts darin als Schriften, doch besaß die Büchse einen beißenden Geruch, der indes bald verschwand.

Ich fragte den General, ob er sich den Fall irgendwie erklären könne. Er gab mir zur Antwort, der Tote sei offenbar ein Deutscher gewesen, der Selbstmord beging, als ihm Gerüchte zu Ohren kamen, es würden alle deutschen Untertanen aus China ausgewiesen; darum zog der Einsiedler den Tod dem Kummer der Verbannung vor. Diese Anschauung würde ich wahrscheinlich durch das Manuskript bestätigt finden. Und so bat mich der General, es zu prüfen und ihn das Ergebnis wissen zu lassen. Büchse und Papier wurden mir eingehändigt.

Der chinesische Name Fo Li Ti und die Erwähnung eines beschaulichens Lebens hatten mir sogleich gesagt, der ‹Klausner› könne niemand anderes sein als Dr. Folitzky. Der Inhalt der Büchse, die ich nach dem Dinner mit nach Hause nahm, bestätigte die erste Vermutung. Das Manuskript war mühselig auf Reispapierblätter geschrieben, nicht mit

Feder und Tinte, sondern mit Pinsel und Tusche. Auf einer einzelnen Seite hatte der Verfasser nicht weniger als vier Sprachen verwendet. Beim Lesen der Aufzeichnungen ergab sich, daß er zu Beginn der Arbeit nicht ahnte, wie sie enden würde.

In der Zusammenstellung der Blätter und ihrer Zurückführung auf *eine* Sprache mußte ich mir dem Text gegenüber gewisse Freiheiten gestatten. Es ließ sich nicht vermeiden: das Originalmanuskript war viel zu fragmentarisch, um als Ganzes dargeboten zu werden. Doch habe ich nichts hinzugefügt und bloß fortgelassen, was durchaus unbedeutend schien.

An jenem Abend, als wir zusammen die Schildkrötensuppe verzehrten, prophezeite der Doktor, eines Tages würde ich über ihn eine Geschichte schreiben, mit dem echten Duft des Orients. Zwar erzählt nun *er* die Geschichte, aber trotzdem: die Prophezeiung ist Wahrheit geworden.

Das Manuskript des Dr. Folitzky

Hätte ich Bücher, die mich mit Angaben versorgten, wo mein Gedächtnis mich im Stich läßt, ich schriebe eine Abhandlung über den Einfluß eines betrachtenden Lebens auf Empfindung und Vorstellung. Aber ich besitze keine Bücher und nicht einmal Feder und Tinte zum Schreiben. Diese kärglichen Aufzeichnungen bringe ich ungeschickt zustande mit einem Pinsel, etlichen Boden saugfähigen Papiers und einer leicht parfümierten Tuschstange aus Lampenruß, die ich zum Gebrauch in Wasser anreibe. Natürlich könnte ich den Bonzen nach Peking schicken und mir Schreibmaterial bringen lassen. Doch zweifle ich sehr, ob jemand hierzulande mir Petrarcas ‹De Vita Solitaria› und ‹De Contemptu Mundi› leihen könnte oder das Gedicht über die Beschaulichkeit von Dschelâl ed-dîn Rûmi.

Um ein derartiges Werk allen Ernstes zu beginnen, müßte ich einen weitläufigen Briefwechsel mit Gelehrten und Bibliotheken einleiten, die neuesten Veröffentlichungen auf dem Gebiet geistiger Hygiene studieren und mich persönlichen Forschungen widmen, die nur dann erschöpfend wären, wenn ich den Berg des Siebenfachen Glanzes verließe. Um über das beschauliche Leben zu schreiben, müßte ich es aufgeben.

Ich werde mich daher auf die Niederschrift meiner eigenen Erfahrungen beschränken, indem ich Symptome schildere, die ich an mir selbst beobachtet habe, nicht krankhafte Symptome, sondern Erscheinungen, die eine Steigerung des bewußten Wahrnehmungsvermögens anzuzeigen scheinen. Sollten diese Notizen je einem Psychologen in die Hände fallen, so mag er sich des gesammelten Materials bedienen. Wozu brauche ich in die Welt zurückzukehren, um staubige Bücherregale mit einem neuen Schmöker zu belasten? Weit besser tut die sanfte Ruhe auf meinem Berg des Siebenfachen Glanzes: spes et Fortuna, valete – sat me lusistis.

Über die Frage, was größeren Vorteil biete, die Betrachtung oder die Tätigkeit, werden die Menschen sich niemals einigen können, da bei solchen Streitfällen jeder unbewußt sein eigenes Temperament verteidigt. Ich pflegte bei akademischen Erörterungen früherer Jahre stets die Ansicht zu vertreten, daß ein Leben der Betrachtung, sollte es tatsächlichen Wert besitzen, von Laien geführt werden müsse, ohne mystischen Gefühlsüberschwang oder religiöse Begeisterung. Ein Mann von Bildung und reifem Verstand, der in den Pausen eines tätigen Lebens die Zurückgezogenheit sucht und die Freuden der Stille und Meditation genießt, wird vielleicht daraufkommen, daß seine Sinne sich schärfen und gewisse geistige Fähigkeiten sich höher entwickeln. Bei dem einfachen oder gar unwissenden Menschen tritt allenfalls das Gegenteil ein, indem die Fähigkeiten durch Entwöhnung abnehmen und schwinden. Ein Stock von Wissen ist notwendig, soll der Geist unter dem Mangel äußerer Reize nicht leiden. Mit anderen Worten: man muß den Nachschub in sich haben.

Bei einem von der Religion eingegebenen Leben der Beschaulichkeit trifft dies jedoch nicht zu. Die Rettung unserer Seelen ist nicht unverträglich mit der Stumpfheit unserer Sinne. Religionen, die eine Neigung zum Asketentum aufweisen, nehmen an, die geistige und die stoffliche Welt stünden einander feindlich gegenüber; sie preisen das betrachtende Leben darum, weil es Absonderung mit sich bringt. Ihr Ideal ist der inneren Schau gewidmet. Als der heilige Bernhard das Ufer des Genfer Sees entlang ritt, zog er sich die Kapuze vors Gesicht, damit seine Augen nicht auf der Schönheit von Berg, Himmel und Wasser ruhten.

Ich möchte dem Asketentum den Sinn wiedergeben, den es ursprünglich besaß. Bei den Griechen hieß ‹askesis› soviel wie Übung, Vorbereitung auf Wettkämpfe, und schloß Enthaltung von all dem in sich, was sinnlich und schwächend wirkte; sie war eine Muskelabhärtung, eine Stärkung der Widerstandskräfte, also etwa das, was heutige Sportsleute Training nennen. Erst später wurde der Begriff ‹Askese› vergeistigt, zumal im Osten, wo man ihn der Ausschaltung jeder körperlichen Plage gleichsetzt. Doch sollte das nicht ein Zurückziehen von der Natur bedeuten, sondern ein besseres Verstehen ihrer Kräfte. Ein Beispiel dafür findet sich in Kiplings Erzählung: ‹Das Wunder des Purun Bagat›.

Mein Vorschlag geht dahin, dem Begriff Askese – unter Hintansetzung der Religion – einen naturwissenschaftlichen Sinn zu geben. Wird sie durch körperliche Übungen betätigt, so kommt sie, wie gesagt, dem sportlichen Training gleich, wird sie jedoch in Schweigen und bis zu einem gewissen Grad in regungsloser Betrachtung geübt, so müßte sie unsere geistigen Fähigkeiten steigern, indem sie ihre Intuitionskraft erhöht. Eine solche Vorstellung eines betrachtenden Laienlebens sollte dieses als Mittel zum Erwerb instinktiven Wissens auffassen, welches Wissen durch das Experiment zu überprüfen und zu bestätigen wäre. Auch bei religiösen Menschen ist ja die Kontemplation gewissermaßen ein Mittel zum Zweck, nämlich zur Annäherung der Seele an ihren Schöpfer. Doch liegt dies außerhalb des Gebietes experimenteller Forschung.

Meine Lehre läßt sich demnach etwa als intellektueller Quietismus bezeichnen und folgendermaßen zusammenfassen:

‹Unter Bedingungen, die eine Kontemplation begünstigen, läßt sich die Wahrnehmungsfähigkeit entwickeln und kann die von einem tätigen Leben gesetzten Grenzen überschreiten. Darum ist eine betrachtende Lebensweise Gelehrten als Ergänzung ihrer gewöhnlichen Ausbildung auf wissenschaftlichem Gebiet anzuempfehlen. Ein Arzt wird sein Wissen an Universitäten, seine Erfahrung an Hospitälern erwerben. Eine zeitweise der Kontemplation gewidmete Lebensführung müßte die Kräfte der unmittelbaren Erfassung durch die Sinne entwikkeln und damit auch die Fähigkeit zur richtigen Diagnose.›

Die Tatsachen, die ich nun vorbringen will, beweisen die Anpassung der Theorie an meinen besonderen Fall. Ich schicke einige biographische Angaben voraus:

Ich heiße Jaromir Folitzky und bin 1874 in Prag geboren. Nach Erwerbung des Doktorgrads in Göttingen praktizierte ich zwei Jahre an der Klinik Leyden in Berlin. Dann starb eine Großtante von mir und hinterließ mir genügende Mittel, um meine ‹Wanderlust› zu befriedigen, die junge Leute so oft erfüllt. Ich zog nach Italien, blieb dort zwei Jahre und bereitete mich dann auf eine Reise nach dem Orient vor, indem ich am Britischen Institut für das Studium der Tropenkrankheiten einige Kurse belegte. Zur Zeit der Pest war ich in Indien und gehörte dem Indischen Pestforschungsausschuß an. Ich blieb ein Jahr und reiste dann weiter nach Burma, Java und schließlich China, wo ich seit 1906 mein Heim aufgeschlagen habe. Damals waren von meiner Erbschaft nur mehr ein paar hundert Kronen übrig, doch ich hatte allerhand Erfahrungen erworben und konnte mein Leben unschwer fristen.

Ich ließ mich als praktischer Arzt in Peking nieder und wurde 1911 Mitglied des mandschurischen Pestschutzkomitees. Hieraus ergab sich mir die Möglichkeit experimenteller Arbeit im Zusammenwirken mit chinesischen und ausländischen Ärzten in Mukden. Ohne mich zu rühmen, darf ich wohl sagen, daß eine Anzahl der erfolgreicheren Versuche auf mich zurückging. Ich ermöglichte zum Beispiel den Nachweis, daß das mandschurische Murmeltier (Spermophilus citillus) genau so gut zum Bazillenträger werden kann wie das sibirische Tarbagàn (Arctomys bobac), was Doktor Strong als erster vermutet hat.

Alle zwei Jahre kehrte ich nach Deutschland zurück, um an der Leydenschen Klinik meine alten Kollegen aufzusuchen und mich über neue Forschungsergebnisse zu unterrichten. Und auf einer dieser Reisen erprobte ich an mir zum erstenmal die Auswirkungen eines betrachtenden Lebens. Die Entdeckung erfolgte durch Zufall.

Ich reiste über Kanada nach China zurück und wollte für ein bis zwei Tage die Fahrt in der Station Kenora am Winnipegsee unterbrechen. Kenora ist ein Sommeraufenthalt mit guter Bade- und Fischgelegenheit. Zwar hielt man noch lange nicht bei der ‹Saison›, aber trotzdem veranlaßte mich eine Ankündigung der ‹Canadian Pacific Railway› zum Aussteigen. Ich hatte Zeit genug, nach Vancouver weiterzufahren und dort den Dampfer nach Yokohama zu erreichen. Allein am zweiten Tag, als ich von dem ganzen Zauber allmählich schon genug hatte, fiel ich beim Verlassen des Ruderbootes und riß mir ein paar Rückenmuskeln. Dies bedeutete: fast einen Monat lang liegen. Natürlich versäumte ich das Schiff, auf dem ich die Kabine schon belegt hatte.

Ich wohnte in einem kleinen Landgasthaus am Rande des Sees, das ein Schwede und dessen Frau führten. Der ganze Ort war einfach verödet, da wir erst im April standen und die frühesten Sommergäste nicht vor Mai kamen. Unter Tags schaffte man mein Bett auf die Veranda, die auf den See hinausging, und ich verbrachte die Zeit mit Naturbetrachtung. Natur hieß aber in diesem Fall: eine Wasserfläche mit schwimmenden Baumstämmen, die der Länge nach entzweigeschnitten waren und offenbar später einmal auf Eisenbahnzüge verladen werden sollten; in der Ferne Föhrenwälder und ihr Spiegelbild im See; ein Landungssteg, an dem im Sommer die Dampfer anlegten, der aber jetzt vereinsamt ins Wasser hinausragte; hie und da ein Vogel, der auf einem der schwimmenden Stämme balancierte; ein Fisch, der einer Fliege nachsprang; Kreise, immer größere Kreise im Wasser, wenn er wieder zurückplatschte; Schatten, immer längere Schatten, je mehr die Sonne sich neigte; Sterne, die eben auftauchten, wenn man mich ins Haus zurücktrug – das war alles! Nichts zu lesen. Das alte schwedische Ehepaar konnte mir nur den Schuh- und Stiefelkatalog einer Chikagoer Firma zur Verfügung stellen und den Fahrplan der C. P. R., den ich stundenlang studierte und mich dabei über die seltsamen Stationsnamen unterhielt – eine Haltestelle, ich erinnere mich noch, hieß zum Beispiel ‹Bonheur›. Den ganzen lieben Tag nichts anderes zu tun als schauen und denken, denken und schauen. Doch den ersten Tagen der Trübsal und unsäglichsten Langeweile folgte eine Zeit innerer Ruhe, wie ich sie nie zuvor verspürt. Und diese Ruhe brachte eine ganz außerordentliche geistige Klarheit mit sich. Das Leben eines Arztes ist notwendigerweise bewegt, besonders wenn er eine allgemeine Praxis ausübt. Zwar soll er seinen Patienten gegenüber eine ruhige Art an den Tag legen, aber diese Heiterkeit ist im Kampf gegen die störenden Außenumstände von innen heraus erzwungen. In Kenora jedoch ereignete sich nichts, was mich hätte stören oder ablenken können, außer einer sehr bezeichnenden Episode, die mir beweisen sollte, welchen Einfluß die erzwungene Unbeweglichkeit auf meine Fähigkeiten nahm.

Die alte Frau, die mit ihrem Mann das Wirtshaus führte, verrichtete die ganze häusliche Arbeit, da sich zu solcher Jahreszeit eine Hilfskraft nicht bezahlt machen konnte. Der Gatte unterstützte sie nach Kräften, da es mit ihrer Gesundheit nicht zum besten stand. Sie litt am Magen. Eines Tages erzählte sie mir, während sie mein Zimmer in Ordnung brachte, sie sei kurz vor meiner Ankunft in Moose Jaw beim Doktor gewesen und der habe ihr eine Arznei verschrieben. Von mir verlangte die Alte keinen medizinischen Rat, vielleicht dachte sie, ich verstünde nicht allzuviel von der ärztlichen Kunst, wenn ich so lang brauchte, um mir selbst den Rücken auszukurieren. Drum fragte *ich* sie, ob ihr die Medizin des Doktors aus Moose Jaw gut getan habe. Sie verneinte es.

«Wahrscheinlich sind Ihre Zähne nicht in Ordnung. Sie kauen nicht gut. Gehen Sie zum Zahnarzt.»

Ich warf das bloß hin und gab ihr den Rat ganz zufällig, fast ohne zu denken. Die Alte bedankte sich ebenso gleichmütig, während sie im Zimmer herumwirtschaftete. Das sei wahr, sagte sie, die Zähne machten ihr wirklich zu schaffen. Wenn im Sommer ein Zahnarzt nach Kenora käme, würde sie ihn mal fragen.

Als ich dann im Lauf des Tages über meine Bemerkung nachdachte, staunte ich über das Gefühl vollkommener Sicherheit, daß die Diagnose richtig sei. Nach sorgfältigster Untersuchung hätte ich meiner Sache nicht gewisser sein können.

Ein paar Tage darauf konnte ich Kenora verlassen. Hie und da, während der Fahrt im Zug und beim Aufenthalt in Vancouver, beobachtete ich die Mitreisenden und hatte das Gefühl eines Ahnungsvermögens. Instinktiv wußte ich, an welcher Krankheit jeder litt. Ein oder das andere Mal vermochte ich die Richtigkeit meiner inneren Erkenntnis festzustellen. Wäre ich damals berufsmäßig zu Diagnosen verpflichtet gewesen, ich hätte Wunderkuren vollbracht. Doch mit der Zeit verschwand diese außergewöhnliche Einsichtskraft.

Jetzt ist sie mir wiedergekehrt, auf dem Berg des Siebenfachen Glanzes.

Seltsam: die armen Teufel des chinesischen Dorfes zu meinen Füßen verfügen über einen Heilkünstler, wie Leyden es nicht war – und in Berlin galt er doch als der größte Arzt unserer Zeit. Sehen wir davon ab, daß meine Kräfte nur die Krankheiten des Körpers heilen und seelischen Leiden keine Erleichterung bringen können, verdiene ich beinahe den Namen des wiedererstandenen Buddhas!

Manchmal habe ich das Gefühl, ich sollte die Welt von mir wissen lassen, damit alle kämen und Heilung fänden. Doch dies hieße das Leben der Betrachtung aufgeben und dann würden meine Heilkräfte abnehmen und schließlich schwinden.

Ehe ich auf Einzelheiten meiner ärztlichen Beobachtungen in dieser Umwelt eingehe, wird es vielleicht gut sein, wenn ich die Örtlichkeit an sich und meine Lebensführung kurz schildere.

Der Tempel, den ich wohl mein buen retiro nennen darf, krönt einen ‹Berg› von etwa neunzig Meter Höhe, der einsam mitten aus der Ebene aufsteigt. In der Ferne gewahrt man bei klarem Licht die Bogenschützentürme, die über die Tore Pekings emporragen. Nach der andern Seite, nach Nordwesten also, öffnet sich das Tal von Men-to-kou, von dem Fluß durchströmt, der sich um meinen Hügel schlängelt. Unter mir, und so dicht unter mir, daß ich von meiner Terrasse aus in die Höfe der Häuser hineinschauen kann, liegt ein Dorf und unweit davon eine Baumgruppe – Zedern, Weiden und Zitronenbäume: in ihrem Schatten läuft eine Gräberreihe.

Obwohl ich mich von Peking kaum seit Jahresfrist zurückgezogen habe, kommt es mir vor, als hätte ich hier mein ganzes Leben verbracht. Allerdings muß ich zugeben, daß ich auch früher gelegentlich hierherkam. Die Bewohner meines Dorfes – ich nenne es *mein* Dorf, weil ich es liebgewonnen habe – kenne ich alle vom Sehen. Ich weiß auch das Alter ihrer Kinder und kann mit Bestimmtheit angeben, wann weitere das Licht der Welt erblicken werden. Ich kann auch vorhersagen, wie lange die Kohle ausreichen dürfte, die auf Kamelrücken von Men-to-kou herüberkommt, und wann die ‹Lustige Witwe› sich das nächste Mal begraben lassen wird.

Die ‹Lustige Witwe› heißt in Wirklichkeit Sing Tai-tai, und ihr Leichenbegängnis findet alle drei Monate statt. Sie ist nämlich mit den Verwandten zerstritten und leidet unter der Angst, wenn sie einmal stirbt, wird die Rasselbande ihr kein anständiges Begräbnis widmen und nicht alle vorgeschriebenen Riten beobachten. Drum leitet sie zur Probe ihren eigenen Leichenzug von einem Nachbarhügelchen aus und überschüttet Priester und Träger mit einer Flut von Schimpfworten. Ihre Villa ist übrigens die einzig nette Wohngelegenheit im ganzen Dorf. Auch hier kann ich ungehindert in die Höfe hineingucken. Der erste, gleich beim Eingang, ist im Sommer mit zwei Reihen irdener Töpfe geschmückt, in denen Lotospflanzen gedeihen. Zwischen den Töpfen stehen hohe Stangen, und auf jeder hockt ein Papagei. Acht sind's im ganzen, und sie machen mehr Lärm als das Hamburger ‹Vogelhaus›.

Die Villa, in der die Lustige Witwe wohnt, war einmal ein Gefängnis. Ein Statthalter der Provinz Honan, dessen Hinterziehungen ein bißchen zu sehr zum Himmel stanken, wurde hier eingekerkert. Die Unterkunft entsprach jedoch nicht seinem Geschmack, und da er über die entsprechenden Geldmittel verfügte, ließ er das alte Gefängnis niederreißen und ein neues an seiner Stelle erbauen – eine Villa, kurz gesagt, in der er in behaglichem Luxus sein ‹Kerkerleben› fortsetzte. So wurde das Kaiserliche Edikt, das ihn an diesen Erdenfleck verbannte, voll und ganz erfüllt, ohne daß der Sträfling darunter litt. Leider berichtet die Historie nicht, was mit den übrigen Kittchenbrüdern geschah. Vielleicht traten sie bei ihrem großen Kollegen als Hauspersonal in Dienst.

Auch die Lustige Witwe zählt zu meinen Patienten. Sie leidet an ungewöhnlich hohem Blutdruck. Ich mußte sie warnen, sich bei ihren periodischen Beerdigungen allzusehr aufzuregen. Gibt sie nicht acht, so bekommt sie eines Tages einen Schlaganfall und stirbt. Dann ist Schluß mit den Begräbnissen!

Zu den reizvollsten Eindrücken des irdischen Auges gehört fließendes Wasser: ein Wildbach, ein Fluß, ein Strom. Aber der Fluß, der mir zu Füßen sich gegen Süden schlängelt, liegt doch zu tief, um den ruhevollen Anblick bewegten Wassers zu gewähren. Er fügt sich in ein größeres Panorama ein, in ein Gemälde, das Jahrhunderte hindurch das gleiche bleibt und doch von Tag zu Tag, von Stunde zu Stunde wechselt. Am Spiel von Licht, Schatten und Farben finde ich Ersatz für die Zerstreuungen, die ich aufgab, als ich das tätige Leben fahren ließ.

Im Winter ist der Fluß gefroren und leuchtet weiß, gleich den Kieseln an seinen Ufern. Im Sommer wirkt er blau oder grün, je nach der Tiefe, und diese kühlen Schatten beruhigen das Auge mitten im grellen Glanz der steinigen Böschungen. Stromabwärts, am fernen Rand des Horizonts, gewahre ich eben noch die vielbogige Brücke von Pu-li-sangin, die Marco Polo beschrieben hat.

Mein Pavillon ist das höchste einer Gruppe ähnlicher Bauwerke, die den Südabhang des Hügels zu erklettern scheinen. Er liegt nicht ganz auf dem Gipfel, sondern lehnt sich daran, so daß der Nordwind ihm nichts anhat. Von meiner Terrasse aus – sie mißt zwei Meter in der Breite und sechs in der Länge – sieht man über das Dach des tieferliegenden, übrigens unbewohnten Pavillons hinweg. Es stehen dort Bildsäulen aus bemaltem Holz, die buddhistische Weise verkörpern.

Weiter unten wohnen die Bonzen. Es sind ihrer zwei. Der eine ist ein junger Mann, der die Obliegenheiten eines Dorfpriesters erfüllt; der andere muß, dem Aussehen nach zu urteilen, unglaublich alt sein. Auch er gibt sich einem Leben der Betrachtung hin und verläßt seine Zelle nie, sondern sitzt dort mit gekreuzten Beinen und geradeaus gerichteten Augen, versunken in Meditation. Hie und da höre ich seine quäkende Stimme klagen, daß der Reis, den man ihm bringt, entweder zu viel oder zu wenig gekocht ist. Seine Abkehr von irdischen Dingen kann also nicht so vollständig sein, wie er tut.

Ich rede mir nicht ein wie er, ich sähe nichts von dem, was vor mir liegt. Früher machte ich sogar Spaziergänge in den Bergen oder nahm eine Flinte und ging ostwärts in die Sümpfe auf Schnepfenjagd. Aber es ist schon lange her, seit ich das letztemal in der Ebene drunten war. Im Winter sitze ich an einem geschützten Platz in der Sonne, im Sommer halte ich mich auf der Terrasse auf oder in einem halbverdunkelten Raum hinter einem japanischen Vorhang, der die Fliegen abwehrt.

Ich spreche immer von meiner Terrasse – in Wirklichkeit habe ich zwei, und je nach der Jahreszeit oder Windrichtung wandere ich von der einen zur andern. Beide liegen in gleicher Höhe. Die eine hängt geradezu über dem Dorf, die andere geht auf den Fluß. Dort besehe ich mir das menschliche Drama; hier betrachte ich das Schauspiel der Natur.

Zwar dringen Stimmen an mein Ohr, aber *ich* schweige. Ein Wort des Danks, sobald man mir meine Mahlzeit vorsetzt, ist zuweilen alles, was ich in Tagen spreche. Wenn Leute mich um ärztlichen Rat angehen, sind meine Fragen spärlich, meine Anweisungen kurz. So flöße ich größeres Vertrauen ein. Meine Patienten glauben lieber, die Diagnose beruhe auf einem übernatürlichen Ahnungsvermögen als auf unschicklichen medizinischen Untersuchungen. Und so sollte es auch sein, denn Heilen ist ein Attribut der Gottheit. Chinesische Frauen – außer wenn sie von Missionaren erzogen worden sind – wollen sich nicht einmal vor dem Arzt entkleiden. Doch ich besitze eine jener kleinen Elfenbeinfiguren, wie sie chinesische Heilkünstler verwenden: eine nackte Frau, die auf der Seite liegt, als ruhte sie krank im Bett. Und meine weiblichen Patienten zeigen mir an der kleinen Figur die Stelle, wo ihnen etwas weh tut.

Doch solche diagnostischen Hilfen nützen wenig, und es ist ein Glück, daß das Leben der Betrachtung meine intuitiven Kräfte gesteigert hat. Ich *fühle* beinahe die Ursache jeder Erkrankung durch eine sich mitteilende physische Sympathie.

Ich habe eine kleine Hausapotheke zur Verabreichung von Medikamenten, doch wenn es nötig wird, schreibe ich ein Rezept und meine Patienten lassen es nach Peking schaffen. Die Angestellten der Deutschen Apotheke in der Hata Mên-Straße gehören zu den wenigen, die von meinem hiesigen Aufenthalt wissen. Hie und da begibt sich der jüngere Bonze zur Stadt und bringt mir etwas, was ich brauche: Patronen, Wein oder Arzneien. Doch das ist nur selten der Fall; im Laufe der Zeit wird der Bedarf bei mir immer geringer. Meine einzige Zerstreuung besteht jetzt darin, die Ebene mit dem Feldstecher abzusuchen, und gelegentlich schieße ich auf einen Reiher am Flußufer. Hierzu dient mir ein Mannlicher-Schönauer-Gewehr mit aufgesetztem Zielfernrohr.

Wie ich früher schon sagte, besitze ich keine Bücher und sehe niemals eine Zeitung.

Anmerkung: Bis hierher spricht der Stil von Dr. Folitzkys Manuskript und desgleichen die Handschrift für die Gemütsruhe des Verfassers. Der Schreiber weiß, daß er viel Zeit hat; er verweilt bei Schilderungen, die mit seinem eigentlichen Thema nichts zu tun haben. Trotz Verwendung eines Tuschpinsels statt einer Feder ist die Schrift deutlich. Das alles ändert sich nun völlig: der Stil wird hastig, beinahe telegraphisch; Artikel und Vorwörter fehlen; der Schreiber scheint in Eile . . . Er muß fertig werden, bevor etwas geschieht, etwas, was er fürchtet, aber nicht vermeiden kann. Die Schrift ist fast unleserlich. Abkürzungen herrschen vor.

24. Februar 1919

Ich wollte eigentlich jetzt ein paar Aufzeichnungen über Diagnosen bei ganz verschiedenen Krankheitsfällen folgen lassen, um zu beweisen, wie sehr die Ruhe eines betrachtenden Lebens mein Ahnungsvermögen gesteigert hat. Aber dazu ist keine Zeit mehr. Vor drei Tagen stand ich abends auf der Terrasse über dem Fluß und suchte mit dem Fernglas nach einem Reiher. Da sie die gleiche Farbe haben wie die Steine, sieht man sie nicht so leicht.

Jenseits des Flusses kam eine Chinesin den Hügelpfad herab. Sie ging langsam und blieb immer wieder stehen, um zu rasten. So schleppte sie sich bis zur Furt; das heißt bis zu der Stelle, wo man im Sommer den Fluß durchwaten kann. Jetzt geht man einfach übers Eis.

Die Sonne versank hinter den Westbergen.

Ganz zufällig bekam ich die Frau ins Glas und ließ eine Sekunde den Blick auf ihr ruhen. Plötzlich erfaßte mich eine überwältigende Angst – die Hand zitterte mir. Zwar ging die Frau wie jeder müde Mensch, auch mit normalen Füßen – und die ihren waren eingebunden –, trotzdem hatte ich das Gefühl, sie sei krank! Das wäre noch immer kein Grund zur Überraschung gewesen. Gewiß stak China voll von kranken Weibern, die allein und zu Fuß umherwanderten. Aber ich fühlte es: in dieser einsamen Erscheinung, die langsam und schmerzgeplagt der Furt zuschritt, lag etwas Unheilvolles, etwas Drohendes!

Ich glaubte, nein, ich *wußte* es: die Frau hatte die Pest!

Wer im Osten lebt, kennt die quälende Furcht vor der Pest, vor der Lungenpest zumal, die stets tödlich verläuft. Kennt das Entsetzen, wie sie näher und näher rückt, durch einen ganzen Erdteil, von Provinz zu Provinz, von Dorf zu Dorf . . . Weiß, daß nichts sie aufhalten kann, wie man den Schatten einer Wolke nicht aufzuhalten vermag, der über die Ebene hingleitet.

Und sie kam!

Sie kam über mein Dorf und brachte den Todeskeim!

Das Gewehr war geladen und lag zur Hand für den Fall, daß mir ein Reiher ins Blickfeld käme. Ich riß die Flinte hoch und feuerte einmal, zweimal nach der Frau. Der erste Schuß traf nicht. Beim zweiten fiel sie und lag da, auf den Kieseln, dicht beim Flußrand. Sie kann kaum eine Stunde mehr gelebt haben.

Kein Mensch merkte, was ich getan. Man ist hier gewohnt, meine Flinte zu hören.

Nach etwa zwanzig Minuten verschwand die Sonne hinter den Bergen.

In der Nacht stieg ich hinunter, um die Tote zu bestatten. Eine schwere Arbeit, denn der Boden war hart wie Eisen. Es herrschte bitterste Kälte, und meine Hände erstarrten. Ich wußte nur allzugut, welcher Gefahr ich mich aussetzte, als ich die Leiche begrub. So hatte die Seuche sich durch die Mandschurei verbreitet. Doch was konnte ich tun?

Jetzt weiß ich, daß die Ansteckung mich erfaßt hat. Ich muß dafür sorgen, sie im Tode nicht weiterzugeben. Ein paar Stunden habe ich noch vor mir, gerade genug, um die nötigen Vorkehrungen zu treffen.

Schade! Mein Werk hatte eben begonnen. Und ich war glücklich hier, auf meinem Berg des Siebenfachen Glanzes . . .

Hier bricht das Manuskript ab.

Ich dachte mir immer: welch ein Verlust für die Welt, dieser Tod Dr. Folitzkys, in Unbekanntheit und Vergessenheit, in einem kleinen Chinesendorf auf Sehweite von Peking.

60

Nicht daß ich an jene Theorie des betrachtenden Lebens glaubte. Sie entsprang seiner Natur und Erfahrung. Er war ein nervöser Mensch und sein unaufhörliches Reden in Gesellschaft verriet den seelischen Druck. Aus Selbstverteidigung wurde er zum Schwätzer. Nur wenn er allein und in völliger Ruhe war, das heißt, wenn im Schweigen der Umwelt die Nerven sich entspannten, vermochte er seine ganz außerordentliche Intuition wirken zu lassen. Diese unmittelbare innere Schau, die ihn selbst überraschte, schien nur möglich, wenn die Beengungen des Alltagslebens ihn nicht heimsuchten.

Doch wenn wir uns ausmalen, welch ungeheure Heilkraft der Mann besessen haben muß, als er auf dem Berg des Siebenfachen Glanzes lebte! War er doch von seiner Fähigkeit überzeugt! Und bringt solche Überzeugung nicht alle wundertätigen Kräfte der Suggestion und Hypnose mit sich? Dazu noch die geheimnisvolle Wirkung des Namens und der Umgebung! Ein tüchtiger Reklameagent hätte im Handumdrehen aus dem Ganzen ein lohnendes Unternehmen gemacht. Mit einem Sekretariat unten im Dorf, mit einem Preßbüro in Peking, mit Korrespondenten in New York, London und Paris, und leidende Millionäre aus aller Welt wären hier zusammengeströmt und hätten einer hinter dem anderen gewartet, daß sie hinaufsteigen dürften und geheilt würden durch den wiedererstandenen Buddha! Und auch ohne solche äußere Hilfe auf dem Weg zu Reichtum und Berühmtheit, hätte Dr. Folitzky bloß als Heilkräftiger auf dem Berg des Siebenfachen Glanzes gelebt, sein Ruhm wäre mit der Zeit durch ganz Asien gedrungen und er selbst zur Legende geworden. Vielleicht sogar zum Stifter einer neuen Religion. Früher einmal war es so.

Wir bekamen niemals heraus, ob die Frau wirklich die Pest hatte und ob der Doktor sich bei ihrer Bestattung die Krankheit zuzog. Die Vergewisserung, daß sein gerühmtes Ahnungsvermögen der Wirklichkeit entsprach, hätte eine Exhumierung und neuerliche Leichenuntersuchung erfordert. Doch General Kuan wünschte nicht viel Aufhebens. So kann ich nur sagen, daß damals in Nordchina Pest herrschte und daß sie in den Provinzen außerhalb der Großen Mauer wütete. Tausende starben in Kalgan und in den Dörfern um Naukau.

Nachdem ich das Manuskript gelesen, besuchte ich den Berg des Siebenfachen Glanzes. Es fiel nicht schwer, die sorgfältig beschriebenen Örtlichkeiten wiederzuerkennen. In einem Hof des Tempels stieß ich auf den kleinen Hund, den der Doktor seinerzeit als schwarz gekauft hatte, bis der Regen die Farbe fortwusch. Der arme Kerl war alt geworden und sah nur mehr mit einem Auge. Seltsam eigentlich, daß das Manuskript seiner nie gedachte.

Die Priester verkauften mir ein von einem heimischen Künstler gemaltes Bild, auf dem die Züge des armen Doktors idealisiert erschienen, so daß sie wirklich denen Buddhas glichen. Der Maler hatte seinem Modell einen Heiligenschein und ein Zepter verliehen und die ganze Figur auf einen Thron hinaufgesetzt, vor dem Kohlenbecken, ein Opfergefäß und zwei Zwergfichten standen.

Als ich auf der sonnigen Terrasse verweilte, auf das Dorf hinabsah und den Blick über die Ebene bis Peking gleiten ließ, gewahrte ich eine Prozession, die sich westwärts dahinschob. In Grün und Scharlach gekleidete Träger schleppten einen schweren Katafalk und schwangen Fahnen in der Luft. Hie und da flog eine Handvoll emporgeschleuderter goldener Münzscheiben ins Frühlingssonnenlicht und fiel wieder zur Erde herab. Der Windhauch trug mir einen Hornstoß zu wie einen Zauberton.

Von einem nahen Hügelchen sah eine Frauengruppe zu, wie die Prozession vorüberzog. Eine alte Dame stand in der Mitte, prächtig gekleidet, erteilte von Zeit zu Zeit Befehle und rief Worte aus, die wie Flüche klangen. Unwillkürlich mußte ich lächeln, als ich die Lustige Witwe erkannte, die zu ihrem eigenen Begräbnis den Ton angab.

Himmlische und irdische Liebe

‹Kleiner Allerweltsfreund› nennt Kipling seinen Kim. Manchmal glaube ich, der Name paßte auch ganz gut zu Kuniang. Sie hat eine beneidenswerte Fähigkeit, mit allem und jedem Freundschaft zu schließen: mit Tieren, Menschen und Göttern. Jawohl, auch mit Göttern – das will ich beweisen!

Die Mehrzahl dieser Freundschaften stammt aus der Kinderzeit, als Kuniang noch in die Klosterschule ging. Es waren, wenn ich mich recht erinnere, nicht weniger als siebzehn Nationen in ihrer Klasse vertreten. Diese stattliche Zahl setzte sich genau so gut aus Asiaten wie aus Europäern und Amerikanern zusammen: aus Zöglingen mit weißer, gelber, brauner und schwarzer Haut; aus Kindern mit runden und Kindern mit geschlitzten Augen. Neben den Sprößlingen des deutschen Apothekers aus der Hata Mên-Straße, des indischen Seidenhändlers von der Morrison Street und des Schweizer Uhrmachers gegenüber der amerikanischen Botschaftswache saßen zwei kleine mongolische Prinzessinnen, eine Koreanerin, etliche Mandschus, ein paar Chinesen-, Annamiten- und Siamesenkinder, nicht zu vergessen die Nachkommenschaft des Gesandtschaftspersonals sämtlicher Weltmächte. Mit ihnen allen war Kuniang befreundet.

Wie es anging, einer so bunt zusammengewürfelten Schar einheitlichen Unterricht zu erteilen, bleibt mir ein Rätsel. Ein Kind mußte man schleppen, das andere zügeln. Und kaum hüpften die Kleinen nach Schulschluß über die Schwelle des Klosters, gerieten sie in den Bann ihrer eigenen Umwelt. Die einzige Sprache, die sie miteinander verband, wenn der Ausdruck Sprache dafür überhaupt in Frage kommt, war ein Mischmasch aus Pidgin-Englisch und Chinesisch. In diesem Jargon führte Kuniang die längsten Unterhaltungen mit einem kleinen Portugiesenmädchen aus Macao, mit den mongolischen Prinzessinnen und der Tochter des italienischen Geschäftsträgers. Alles fühlte sich dabei wohl, und Kuniang betete Schwester Chiara an.

Als sie dann täglich zu der Russenfamilie ging, lernte sie dort die bunte Musterkollektion der Freunde des Hauses kennen. Im Sommer versammelte man sich beim Schwimmteich, den Patuschka im Freien angelegt hatte, und badete im Kostüm des Garten Eden vor dem Sündenfall. Sie müssen einander recht gut gekannt haben – diese Bekannten!

Die Fünf Tugenden besitzen zahlreiche Verwandte und Freunde, die Kuniang anscheinend seit langem kennen, und sie ihrerseits verfügt über Gefährten und Lieblinge an den ungewöhnlichsten Örtlichkeiten.

Angesichts dieser Tatsachen war ich durchaus nicht überrascht, als ich dieser Tage nach Hause kam und im Häuschen des K'ai-men-ti einen gelbgekleideten Lama mit geschorenem Kopf sitzen sah. Ich erkundigte mich nach seinen Wünschen und erfuhr, er warte auf Kuniang. Also ein Besuch. Er kam vom anderen Ende der Stadt, aus dem Lamatempel. Die Fünf Tugenden, die über den Gast genau unterrichtet schienen, bedienten ihn mit Tee.

Ich bin selbst mit einigen Lamapriestern befreundet, hatte aber niemals gehört, daß Kuniang einen kenne, außer jenem mongolischen Abt, den wir seinerzeit antrafen, als wir zusammen den Tempel besuchten. Der Priester, den ich nun im Pförtnerhäuschen warten sah, war ein ganz junger Mensch, kaum über zwanzig. Ich fragte Kuniang später, wer er eigentlich sei.

«Er heißt Baldàn», erwiderte sie. «Ein guter alter Freund. Ich kenne ihn, seit er Mönch ist.»

«Das kann nicht sehr lange her sein!»

«Mhm. Zehn oder zwölf Jahre, vielleicht auch länger.»

«Donnerwetter! Da mußt du ja ein Kind gewesen sein, und er auch.»

«Stimmt. Als Baldàn noch nicht zehn war, hängte er den Hirtenstab an den Nagel und wurde ein ‹ch'ela›. Er hat mir alles haargenau erzählt: er schor sich den Kopf, zog ein gelbes Gewand an und trat in Dienst bei einem älteren Mönch, der seinerseits Gehilfe eines noch älteren war, der wiederum den Lebenden Buddha bediente. Baldàn ist das siebente von elf Geschwistern, und vier seiner Brüder sind Mönche wie er.»

«Das Ergebnis der Wirtschaftsnot eines Landes, das vom Weidegrund abhängig ist. Von wo kam er?»

«Irgendwoher aus der Nähe von Urga, obwohl ich glaube, daß sein Geburtsort je nach der Jahreszeit anderswo liegt. Seine werten Angehörigen sind nämlich Nomaden, mußt du wissen, und leben in Filzhütten, die sie auseinandernehmen und am nächsten Standort wieder zusammensetzen.»

«Schön, aber daraus ist mir noch immer nicht klar, wie du ihn kennengelernt hast.»

«Oh, da war er noch nicht lange in Peking. Wir kamen zusammen in eine fürchterliche Patsche. Natürlich hatte ich die Schuld.»

«Ich kann's mir denken. Was hast du angestellt?»

«Das ist eine lange Geschichte. Muß du das wirklich so genau wissen?»

«Selbstverständlich. Es geht mir um jeden Bericht aus deiner dunklen Vergangenheit. Wann spielte sich das Ganze ab?»

«Lang, lang ist's her – ich wohnte damals noch bei Papa, nur war er leider niemals daheim. Und ich kam immer herüber und spielte in deinen Höfen mit dem Kleinen Lu. Eines Tages erschien ich wie gewöhnlich und erfuhr, daß die Fünf Tugenden deinen Aufenthalt in den Westbergen dazu benützen wollten, sich wieder einmal den Teufelstanz im Lamatempel anzusehen. Den Kleinen Lu nahmen sie mit und Berge von Proviant.»

«Aha, und da wolltest du mitkommen?»

«Natürlich. Sie sagten auch ja, gruben irgendwo einen alten pelzgefütterten Lederrock von dir aus und wickelten mich fest ein, denn es war gerade nach dem chinesischen Neujahr und bitterkalt. Außerdem mußten wir in Rickshaws fahren.»

«Haben sie dir wenigstens meine beste Pelzdecke um die Füße gegeben?»

«Na, die beste war's gewiß nicht, aber sie packten mich wunderbar ein und banden mir ein Seidentaschentuch um den Kopf, damit mir die Ohren nicht abfrieren sollten. Der Kleine Lu und ich hatten zusammen eine Rickshaw. Es war höchst behaglich.»

«Ich sehe euch förmlich vor mir, wie eure Gesichter über den Rand der Decke herausgucken und strahlen vor Vergnügen.»

«O ja, es war ein Riesenspaß. Die Chinesen sterben für eine Landpartie und schleppen die Kinder überallhin mit. Man hätte doch gedacht, der Kleine Lu wäre, seinem Namen getreu, für einen Tagesausflug mitten im Winter wirklich zu klein gewesen, aber er führte sich auf wie das reinste Lamm und richtete viel weniger an als ich.»

«Ich muß dir leider wieder glauben. Und was geschah, als ihr kamt?»

«Wir gingen in den Hauptpavillon, wo irgendeine Zeremonie los war, mit riesig viel Weihrauch, Gebetgesums und Trommelschlagen. Der Lebende Buddha saß auf einem Thron am Ende der Halle, die dunklen Schatten des Bösen hinter sich, und guckte auf uns herunter.»

«War es wirklich der Lebende Buddha? Er kommt doch nicht so oft nach Peking!»

«Ich weiß es ganz genau. Er war auf Besuch hier. Und die Priester der Gelben Religion hatten sich aus ganz Asien im Lamatempel zusammengefunden, um ihn zu empfangen. Er sah so großartig aus auf seinem Lackthron mit dem flammenden Heiligenschein hinterm Kopf und Weihrauchwolken zu Füßen.»

«Was meinst du mit ‹flammendem Heiligenschein›? Doch nicht wirkliche Flammen?»

«Keine Spur, bloß vergoldetes Holz: ein Heiligenschein in Form eines Blattes mit der Spitze nach oben, so wie man ihn eben hinter Buddhastatuen anbringt. Und die Halle und die Priesterkleider waren ganz in Gold, Gelb und Orange.»

«Was für ein Vorwurf für Veronese oder Turner! Und woraus bestand die Zeremonie?»

«Das frag' mich nicht – dazu war ich ja noch zu klein. Die Priester saßen an den Wänden der Halle auf Bänken, immer drei Reihen auf jeder Seite, die ältesten ganz hinten und die jüngsten vorn gegen die Mitte zu: kleine Jungen, zum Teil nicht älter als ich, alle in gelben Gewändern mit einer rostfarbenen Schärpe über der Brust und wunderbaren Federhüten, auch ganz in Gelb.

Unvergleichliche Tugend, der Kleine Lu und ich standen dicht beim Ende einer Vorderbank, auf der die jüngsten Priester saßen. Ich beneidete sie glühend, weil jeder eine kleine Trommel auf einem Stock aufgespießt trug. Am Rand jeder Trommel hingen drei oder vier Bändchen, mit kleinen Messingkugeln am unteren Ende. Wenn man den Stock drehte, schlugen die Kügelchen auf die Trommel und machten einen Heidenlärm. Man besorgte das immer in den Pausen zwischen den Gebeten. Eine Art Amen, denk' ich mir.»

«Offenbar. Und da wolltest du mitmachen?»

«Natürlich. Ich fragte den kleinen Priesterjungen neben mir, ob er mich nicht beim nächsten Mal trommeln ließe. Aber er schlug es ab und sah ganz bös drein. Das war Baldàn – der Lamapriester, der vorhin auf mich gewartet hat.»

«Sieht dir ähnlich, Kuniang! Ministrieren bei einem buddhistischen Gottesdienst! Kein Wunder, daß der arme Junge schockiert war!»

«Na, den rechten Schock bekam er erst ein paar Minuten darauf. Als das Gebet wieder einmal schwieg, stibitzte ich ihm die Trommel von dem Tischchen, auf dem er sie niedergelegt hatte, und schüttelte sie wie nicht gescheit. Ich machte mehr Lärm als sonst wer. Es klang wie eine überdimensionale Rassel – ein Höllenspaß!»

«Sag mir, hat man dich nicht aus dem Tempel hinausgeworfen wie weiland die Wechsler im Evangelium?»

«Und ob! Im Bogen!»

«Die Fünf Tugenden müssen nicht wenig ‹Gesicht› verloren haben. Aber ich verstehe noch immer nicht, wie du dazu kamst, mit Baldàn Freundschaft zu schließen. Er dürfte von dir nicht allzu entzückt gewesen sein.»

«Sicher nicht. Aber ich traf ihn noch am selben Tag wieder, und da glichen wir uns aus. Ja, wir verliebten uns einfach ineinander!»

«So sind die Weiber! Und wie hast du ihn verführt, wenn ich fragen darf?»

«Bitte. Das war nämlich so: nach dem Gottesdienst zwischen vier Wänden kam der Teufelstanz im Haupthof. Du weißt, wie das mit solchen chinesischen Festlichkeiten ist: am Morgen sollte es losgehen, aber um halb vier Uhr nachmittags hatte es noch nicht begonnen. Eine Riesenmenge Menschen war da, und in der Mitte blieb für die Priester kaum ein Fleckchen zum Tanzen. Komischerweise mußten die *alten* Herren, wie man so gut sagt, das Tanzbein schwingen und dabei ungeheure Masken balancieren: Hirsch-, Wildschweinköpfe oder Teufelsfratzen. Die jungen Priester stellten das Publikum dar, sie saßen auf einem gelben Teppich und trugen leuchtend weiße, grinsende Masken, Baldàn gehörte zu ihnen. Er war ganz klein. Erst neun Jahre – so wie ich. Und die wirklichen, unmaskierten Zuschauer hatten ihn mitsamt den übrigen Mönchsjungen bald hinausgedrängt.

Ich stand endlos lange herum. Schließlich wurde ich müde, und meine Füße waren wie Eiszapfen. Bloß einem Chinesen wird Warten niemals

zuviel. Ich bin überzeugt, die Fünf Tugenden wären tagelang dort gestanden und hätten sich nicht beschwert.

Drum nahmen sie auch nicht zur Kenntnis, daß ich mich selbständig
machte. Ich zog ab und schlüpfte in den Pavillon, in dem der große
goldene Buddha steht, der mit dem Kopf fast bis ans Dach reicht. Die Luft
war ganz dick vor Weihrauch, und man sah nicht höher als bis zu
Buddhas Händen. Hier fand ich Baldàn – er saß auf dem Boden, mutter-
seelenallein.»

«Natürlich hast du sofort angefangen, mit ihm zu flirten?»

«Wenn du es durchaus so nennen willst . . . Ich hatte Schokoladeplätz-
chen in der Tasche und bot ihm eins an. Er wußte nicht, was damit
machen, denn es war in Silberpapier verpackt. Ich holte also ein zweites
aus der Tasche, wickelte es aus dem Stanniol heraus und steckte es in den
Mund – zum Anschauungsunterricht.»

«Und so begann der Sündenfall. Das Weib versuchte mich und ich aß.»

«Dann probierte ich seine weiße Maske und den gestickten Rock.»

«Na, und wehrte er sich nicht?»

«Es schien ihm gleichgültig, solang wir unter uns waren, im Pavillon
des großen Buddha. Aber ich wollte mich unbedingt dem Kleinen Lu und
den Fünf Tugenden zeigen. Ich stellte mir vor, sie würden außer sich sein
vor Begeisterung, wenn ich so daherkäme und plötzlich die Maske ab-
nähme.»

«Ich sehe, du hast den Geist des Teufelstanzes völlig erfaßt. Und was
dann?»

«Dann stolperte ich ins Freie hinaus, obwohl Baldàn mich zurückhal-
ten wollte. Jetzt bekam er's mit der Angst.»

«Kein Wunder! Die weibliche Neigung, Toilette zu machen, sollte
wenigstens vor Priestergewändern haltmachen. Und so hast du den
armen Kerl in die Patsche gebracht?»

«Es war eigentlich gar keine Patsche. Aber mit dem weißen Zeugs
überm Kopf sah ich natürlich nicht, wohin ich ging. Plötzlich spürte ich
einen Teppich unter den Füßen und marschierte ihn entlang, durch eine
Tür hindurch, in ein Zimmer hinein. Dann hörte ich Baldàn stöhnen und
kam auf den Gedanken, es sei vielleicht nicht alles in Ordnung. Drum
nahm ich die Maske ab, weil ich sehen wollte, was los war.»

Kuniang stockte wie unter dem Eindruck einer heiteren Erinnerung.
Dann fuhr sie fort:

«Wir standen in einem kleinen, leeren Zimmer ganz ohne Möbel, in
einer Art Zelle. Nur ein Mensch war drin, er hockte mit gekreuzten
Beinen auf dem Boden. Ich erkannte sofort den kleinen Mann, der beim
Gottesdienst am Morgen auf dem Thron saß.»

«Der Lebende Buddha!»

«Allerdings. Und der gute Baldàn schien ganz aus dem Häuschen. Ich
verstand eigentlich nicht warum. Der kleine Mann sah so still und

gebrechlich aus. Sein Gesicht war gütig, edel und weise. Er hatte eine Reisschale neben sich und einen Wassernapf. Alles dünkte durchaus einfach – bis auf den Mantel, der von den Schultern herabfiel, die ganze Gestalt verhüllte und noch zu beiden Seiten breit auf dem Boden lag. Der Mantel war aus braunem Atlas, mit Zobel bestzt, und hatte riesige Schnallen aus goldgefaßten Türkisen. Ich sah den Buddha an, er lächelte und winkte mir zu, ich solle näherkommen und mich ihm zu Füßen setzen.»

«Nun und?»

«Da setzte ich mich eben. Und als der arme Baldàn seine Angst überwunden hatte, kam er auch. So saßen wir nebeneinander, und die weiße Maske lag hinter uns auf dem Boden. Das Zimmer war kalt, drum hob der Buddha eine Falte seines Mantels und hüllte uns ein. Du kannst dir nicht vorstellen, wie weich der Stoff war und wie warm.»

«Und sprach der Buddha zu euch?»

«Nein. Kein Wort. Im Anfang sah er uns nicht einmal an. Weißt du, es war mir, als hätte er wirklich etwas Gottähnliches an sich.»

«Und wie der lebende Gott einer anderen Religion ließ er die Kindlein zu sich kommen.»

«Aber die Fünf Tugenden kriegten einen fürchterlichen Schrecken.»

«Weshalb? Weil sie dich verloren hatten?»

«Ja. Und sie fanden mich erst wieder, als alles vorbei war und die Leute sich verliefen.»

«Aber warum bist du nicht früher zurückgekommen? Du scheinst wirklich nicht sehr artig gewesen zu sein!»

«Ich war müde und Baldàn auch. Als sie uns fanden, schliefen wir fest, eingehüllt in den Zobelmantel, und der Buddha hielt Wache.»

So, das ist die Geschichte, wie Kuniang und Baldàn Freunde wurden. Sie sind es seit damals geblieben.

Gibt das nicht ein ganz hübsches Bild? Der Lebende Buddha mit den beiden schlafenden Kindern in den Falten seines Zobelmantels. Und zu ihren Füßen liegt die weiße Maske und lächelt.

Zwischenspiel

Geschichten aus Kuniangs Vergangenheit, die entweder auf ihre Kinderjahre zurückgehen, wie das Abenteuer mit Baldàn, oder auf die Zeit vor unserer Ehe, kommen mir hie und da zu Ohren und jedesmal bedaure ich, daß ich sie nicht schon kannte, als ich den ‹Schneider himmlischer Hosen› schrieb. Mein Buch wäre lebendiger geworden und vielleicht überhaupt ein bißchen anders ausgefallen, hätte ich Kuniangs Tagebücher vor mir gehabt – jene Tagebücher, die mit den übrigen Manuskripten in meiner alten Blechkassette aufbewahrt lagen.

Die meisten Mädchen fangen ungefähr einmal im Jahr ein Tagebuch an und führen es die erste Zeit mit Feuereifer. Allmählich verflackert er wieder. Doch Kuniang hat die jugendliche Gewohnheit bis heute beibehalten. Die Datierung ihrer Aufzeichnungen erfolgt nach dem Mondkalender, und der Text ist mit chinesischen Wörtern und Redewendungen unterspickt, so daß ich bisweilen die Übersetzung hinzufügen mußte.

Ich heiße in den Tagebüchern ‹König Cophetua›. Sich selbst bezeichnet Kuniang als ‹die Bettelprinzessin›.

Sie ist mit der Veröffentlichung einiger Auszüge einverstanden. Dabei muß ich aber für jene Leser, die die ‹Himmlischen Hosen› nicht kennen, vorausschicken, daß Kuniang als ganz kleines Mädchen bei ihrem Vater wohnte, bei Signor Cante, einem italienischen Ingenieur in Diensten der Kin Han-Eisenbahn. Die beiden hausten im Oberstock eines komischen Hauses mit roten Mauern und einem Uhrturm. Kuniang zählte acht Jahre, da lief sie einmal ihrem weißen Kätzchen in meinen Garten nach. Die Fünf Tugenden waren nett zu ihr und forderten sie auf, wiederzukommen, was sie auch tagtäglich tat, wenn sie aus der Klosterschule beim Gesandtschaftsviertel heimkehrte. Unvergleichliche Tugend, mein Boy Nummer Eins, und dessen Gattin, die ‹Mutter des Kleinen Lu›, kümmerten sich wirklich jahrelang um sie – die Geschichte vom Ausflug zum Lamatempel reicht in diese Zeit zurück. Kuniangs Mutter starb, als die Kleine sieben war, und der Vater befand sich fast dauernd draußen auf der Strecke.

Als Kuniang wieder einmal allein in Peking saß – Signor Cante rackerte sich wie immer in Honan – wurde das Haus mit dem Uhrturm niedergerissen und drum schlug Unvergleichliche Tugend mir vor, ich sollte dem Kind im Shuang Liè Ssè eine Zuflucht gewähren. Ich tat es um so lieber, als ich Kuniang gern in den Höfen herumlaufen sah. Daher erteilte ich huldvoll meine Erlaubnis, und die Kleine bekam einen Pavillon für sich allein.

So begann unsere Geschichte.

Die erste Partie der Tagebuchauszüge stammt aus einem Schreibheft, dem Kuniang im Alter von siebzehn Jahren ihre Beobachtungen anvertraute. Sie hatte die Klosterschule verlassen und ging täglich zu einer benachbarten Russenfamilie ‹lernen›. Der Herr des Hauses war gleich Signor Cante bei der Kin Han angestellt. Ein musikalisches Völkchen! Zwar hatten sie keine guten Stimmen, aber trotzdem war ihr Gesang eine reine Freude. Der Junge, Fjodor, besaß ein hübsches Zeichentalent, das sein hauptsächlichstes Lebensinteresse darstellte. Er malte die Porträts seiner Bekannten – in richtigen wie in unrichtigen Augenblicken.

Ich dachte damals, man hätte Kuniang niemals solchen Leuten anvertrauen dürfen. Es war eine verrufene Gesellschaft, obzwar für den Zuschauer höchst amüsant. Schließlich mußte ich mich ins Mittel legen und Kuniang von dort wegnehmen. Doch sie behauptet heute noch, ich hätte die Leutchen nie verstanden. Sie fand es oft scheußlich dort, das gibt sie selbst zu, aber die Russen waren entschieden Meister in der Kunst, Aufregungen – angenehme oder auch unangenehme – hervorzurufen. Und Aufregungen, wenn auch unangenehmer Natur, sind noch immer besser als Langeweile.

Als Signor Cante Kuniang zur Erziehung den Russen überwies, wußte sie, was ihrer harrte, und sah der Zukunft mit Gleichmut entgegen. Sie und die Russenkinder waren etwa gleichaltrig und seit frühester Kindheit miteinander dick befreundet. Vater und Mutter, genannt Patuschka und Matuschka, gebärdeten sich beinahe selbst wie Kinder in ihrer Zerfahrenheit und Zerstreutheit; zumeist sanft und freundlich, litten sie unter verdrießlichen Stimmungen und Anfällen von Eifersucht. Packte sie die schlechte Laune, so ließen sie ihre Gefühle an jedem aus, der ihnen gerade in den Wurf kam.
den Wurf kam.

Die Nonnen der Klosterschule hatten sich bemüht, ihren Zöglingen eine fast schüchterne Sittsamkeit anzuerziehen. Die Russenfamilie geriet munter ins andere Extrem. Von Nacktkult hatte man in China noch nichts gehört: sie schienen ihm zu huldigen. Um bei Sohn und Tochter, die damals fast zwanzig Jahre alt waren, die Zucht aufrechtzuerhalten, bedienten sich die Eltern eines altmodischen Strafwerkzeugs, das aus sorgfältig gewählten Birkenzweigen bestand. Auch Kuniang bekam es zu spüren. Sie beklagte sich nicht. Klagen war nie ihre Sache.

Auf die Widersprüche zwischen Kuniangs Tagebuch und dem ‹Schneider himmlischer Hosen› brauchen wir hier nicht einzugehen. Kennt der Leser das frühere Werk, wird er sie schon selbst merken. Ein Umstand dürfte ihm auffallen, wie er mir auffiel, daß nämlich Fjodor, der Russenjunge, ein weit verwickelterer Charakter war, als ich damals annahm. Aber Kuniang hatte von ihrem Vater strengen Auftrag, mich nicht zu ‹belästigen›, und drum hütete sie sich davor, mir Dinge zu erzählen, die mich ihretwegen noch tiefer beunruhigt hätten. Mein Urteil über die Russenfamilie war ohnedies schlecht genug.

Kuniangs Tagebuch

Siebzehnter Tag des Siebenten Monats
Starker Wind, aber kein Staub – der Boden ist ja noch patschnaß vom Regen. Fjodor und Natascha brachten ihre Papierdrachen herüber und ließen sie auf dem freien Feld hinterm Garten steigen. An dem Drachen stecken Bambuspfeifchen und jedes hat zwei Töne. Das gibt ein Gesums, wenn die Drachen fliegen! Ich habe den halben Nachmittag zugesehen. Und zugehört.

Eine Schar Tauben kam über die Tatarenmauer herüber und flatterte wie toll umher. Man hat nämlich einigen gleichfalls Bambuspfeifchen angesteckt, an die Schwanzfedern, und das gemeinsame Summen klang wie die tiefe Saite einer Orgel und flog auf und davon in den Himmel.

Fjodor hatte einen Freund mitgebracht, einen Russenjungen namens Igor. Der treibt sich jetzt fortwährend dort im Haus herum und Fjodor benützt ihn als Modell. Er ist wirklich ein wunderhübscher Bursch mit gelocktem Haar und einem Teint wie von einem Mädchen, aber dabei kommt mir der gute Igor vor wie leicht übergeschnappt. Jedenfalls ist er noch viel zerfahrener und verrückter als die andern.

Er will mir durchaus den Hof machen, da ich aber nur ein paar Worte Russisch kann, müssen wir miteinander chinesisch sprechen. Und Chinesisch ist zum Hofmachen so ungeeignet wie möglich. Zumindest kommt es mir so vor. Man ist sofort beim springenden Punkt. Und was dann? Entweder man heiratet oder so, oder es ist alles aus.

Zweiter Tag des Achten Monats
Der Kleine Lu steckt heute voller Tratsch. Er behauptet, seine Tante (die Frau von Reiner Tugend) hätte vergangene Nacht einen Sohn empfangen. Natürlich fragte ich ihn, woher er das so genau wisse. Darauf erklärte er, seine Großmutter habe alles gerichtet! Sie ging nämlich gestern (am ersten Tag des neuen Monats) nach dem Niang Niang Miao (dem Tempel der Alten Frau) und brachte von dort ein Baby aus Ton. Das händigte sie Reiner Tugend ein, und der schlang dem Püppchen ein rotes Band um den Hals und nahm es mit nach Hause. So! Geht in Ordnung.

Reine Tugend hat vor mehr als einem Jahr geheiratet, und von einem Kind ist noch immer keine Spur. Sehr unangenehm, denn eine Konkubine könnte er sich nicht leisten!

Dreizehnter Tag des Neunten Monats
‹Han-lu›: ‹Kalter Tau›.
Man stellt die Öfen auf für den Winter, sieht die Fensterläden nach und bessert aus, was nötig ist.

König Cophetua verliert nur selten die Geduld, aber heute nachmittag sah ich, wie der alte bezopfte Kuli auf das Pförtchen loslief, als ging's um sein Leben.

Und was war schuld daran? Man hatte dem Alten aufgetragen, rings im Haus herumzugehen und Spalten an den Fensterläden mit Werg auszufüllen – aber ganz sorgfältig und ja kein Fenster auszulassen. Er faßte das so auf: wenn es einmal keinen Spalt zum Ausfüllen gab, hätte er mit seinem Messer einen anzubringen. König Cophetua erwischte ihn dabei im Studierzimmer. Natürlich gab's einen Krach.

Dreizehnter Tag des Zehnten Monats
Winteranfang.

Mein alter Ziegenpelz ist abgetragen und schon so kurz, daß mir in der Kälte die Knie aufspringen. Ich traue mich kaum in eine Rickshaw, weil's immer von unten so hereinbläst.

Als ich heute von den Russen heimkehrte, kam ich über die Ställe und stieß just auf König Cophetua, der beim Tor der Glücklichen Sperlinge hinauswollte. Er trug etwas in Zeitungspapier eingewickelt und, als er mich sah, erschrak er und schaute schuldbewußt drein, als hätt' ich ihn bei was Unrechtem erwischt. Aber dann blieb er stehen und erklärte mir, er müsse eine arme Hundedame füttern, die mit einem Wurf Jungen im Graben vor der Tatarenmauer wohne.

Ich fragte ihn, warum er nicht beim Haupttor hinausgehe, und darauf erwiderte er, die Fünf Tugenden sollten ihn nicht sehen: «Ich habe ihnen immer gesagt, sie dürften keine Straßenhunde hereinlocken.»

«Also was trägst du da in der Zeitung?»

«Brot, Knochen und Fleisch, die Reste meines Mittagessens. Ich muß bei dem armen Vieh immer stehenbleiben, solange es frißt, sonst würde ein Bettler oder Kuli ihm bestimmt das Futter wegnehmen. Eine große Stadt ist so was Grausames.»

«Fütterst du die Hündin schon lang?»

«Seit zehn Tagen vielleicht. Um diese Zeit gibt's gewöhnlich keine Jungen. Wer weiß, ob sie sie durch den Winter bringt.»

Ich glaube, König Cophetua ist der netteste Mensch auf der Welt. Aber niemand darf's wissen.

Siebenundzwanzigster Tag des Zehnten Monats
‹Hsiao hsueh›: ‹Schwacher Schnee›.

Sehr kalt. Der Kleine Lu trägt schon zwei Steppröcke, einen über dem andern.

Gestern hatte ich keine rechte Lust auf die Russenfamilie und schickte den tingchai, er sollte bestellen, ich käme nicht. Heute früh, als ich hinüberkam, kriegte ich einen rechten Schrecken, denn Natascha erzählte mir, ihre Mutter sei fuchsteufelswild und es würde was setzen!

Zum Glück konnte ich alles aufklären. Natürlich war der tingchai dran schuld. Er hatte meine Botschaft total verkehrt ausgerichtet. Was kann man auch von einem Burschen erwarten, der so stottert, daß man kaum herausbekommt, was er eigentlich meint! Wenn er unterwegs ist, vergeht die halbe Zeit mit Stammeln und Spucken bei seinen mühsamen Sprechversuchen. König Cophetua hat ihn aus lauter Mitleid angestellt. Sein Großvater ist nämlich Parkwächter irgendwo im Sommerpalast und muß eine Riesenfamilie mit zwei Frauen und mehreren alten Müttern (Nebenfrauen seines Vaters) von drei Dollar im Monat erhalten.

Der frühere tingchai war viel tüchtiger. Schade, daß er fort ist. Aber er verdient, glaube ich, mit Erpressungen eine Menge Geld.

Der Neue schaut wirklich aus wie eine Vogelscheuche. Vor ein paar Tagen erschien er in einem modernen Dressing-gown aus grünem Flanell und mit einer Melone auf dem Kopf. Beides hatte er nächtlicherweise auf dem Diebsmarkt vor dem Hata Mên erstanden. Der Dressing-gown schleift hinten im Staub nach und die Melone rutscht ihm über die Ohren. Trotzdem ist er überzeugt, er sei für einen Posten in einem ausländischen Haus tadellos eingekleidet. Die Fünf Tugenden finden offenbar gar nichts daran und König Cophetua lacht bloß.

Aber das eine weiß ich: von mir bekommt er keine Aufträge mehr an die Russen.

Dreizehnter Tag des Elften Monats
‹Ta hsueh›: ‹Großer Schnee›.

Natürlich von Schnee keine Spur. Bloß ein paar Grade weniger. Der Kleine Lu hat einen dritten Stepprock angezogen.

Fjodor malt eifrig Papiergötter – Verzeihung: Heiligenbilder. Es gibt eine Menge Russen hier, die sie ebenso leidenschaftlich verlangen wie die griechisch getauften Chinesen. Auch nach ihrem Übertritt zum Christentum hängen die letzteren an den alten Papiergöttern, die sie zu ‹Kuo Nien›, zu Neujahr, überall aufkleben. Fjodor erzählt, der griechische Bischof habe sich früher immer aus Rußland Heiligenbilder zur Verteilung kommen lassen. Aber seit Kriegsbeginn sind sie nicht mehr zu haben. Drum malt Fjodor solche Bilder und verkauft sie. Sie sind natürlich viel zu gut.

Am besten gefällt mir davon die Geburt Christi mit den Heiligen Drei Königen, die genau so angezogen sind wie die Chinesenkaiser aus der Mingdynastie. Dann kommt der heilige Nikolaus, dann Theodor und schließlich Antonius. Dem Antonius gab er Igors Züge und der heiligen Olga meine.

Mir schenkte er übrigens ein Holztäfelchen, das er selbst geschnitzt und bemalt hat: ein Ikon. Es stellt einen Christuskopf dar mit einer Dornenkrone, und aus den Dornen leuchten Juwelen hervor. Wirklich schön. Ich zeigte es König Cophetua, der ganz erstaunt war und sagte:

«Ich hätte nie gedacht, daß der kleine Lauser so viel Talent und Gefühl hat.»

Die ganze Familie macht morgen einen Ausflug in die Westberge, dort gibt's nämlich eine kleine Russenkolonie. Einmal stand ein wirkliches russisches Dorf an derselben Stelle, aber im Boxeraufstand wurde es zerstört und die meisten Einwohner getötet. Patuschka erklärte mir, es sei ein sibirisches Dorf gewesen, das man von den Ufern des Amur nach Peking gebracht habe samt Kirche, Häusern, Einrichtung, Menschen, Vieh, Hunden, Katzen und Wanzen – alles komplett. Und bloß deshalb, weil der chinesische Kaiser K'ang-hsi wissen wollte, wie ein fremdländisches Dorf eigentlich aussehe.

Es hieß übrigens Albazin.

Vierzehnter Tag des Elften Monats

Im letzten Augenblick entdeckte Matuschka, daß in dem Mietauto, mit dem man nach den Westbergen wollte, noch Platz für mich sei. Das heißt, sie kam einfach darauf, daß der Wagen nur einen Chauffeur hatte. Die meisten Mietautos in Peking haben zwei: einen, der fährt, und einen zweiten, der ihm dabei zuschaut. So durfte ich auf dem leeren Platz mitkommen. Es war ein Riesenspaß, obwohl wir fürchterlich eng saßen: Patuschka und Matuschka, Fjodor, Natascha, Igor, ich und der Chauffeur. Dabei Prachtwetter. Kalt, aber windstill.

Vom Dorf Albazin war leider nicht mehr viel da: ein Treppenweg den Berg hinauf, ein Glockenturm und ein paar Hütten. Es hingen noch drei Glocken im Turm und jede trug einen Adler mit zwei Köpfen und einen Schild, auf dem man laut Patuschka das Wappen des Zaren sah.

Ungefähr dreißig Russen waren so wie wir aus Peking herausgekommen. In den Hütten leben bloß zwei oder drei. Einer davon war ein großer, starker Mann mit riesigen Stiefeln, die aussahen wie aus Holz gemacht. Er zeigte Patuschka die Felle von Tieren, die er in den Bergen erlegt oder in Fallen gefangen hatte: größtenteils Katzen, hie und da fand sich darunter auch ein Dachs.

Wenn man den Berg ein bißchen höher hinaufkletterte, sah man, wie sich das Sonnenlicht auf den gefrorenen Teichen des Sommerpalastes spiegelte. Im Augenblick, da die Sonne sank, wurde es bitterkalt. Wir gingen zurück, setzten uns in einer der Hütten zusammen, in einem langen, leeren Zimmer voller Staub und Spinnweben, und bekamen kleine Gläser mit Wodka und Tee aus dem Samowar. Alles rauchte Zigaretten und, da es nur ein paar Stühle gab, saßen die meisten von uns auf dem Boden.

Ein langer, magerer Mann in einem Militärmantel und einer grauen Astrachanmütze stand am Ende der Stube und sprach. Das Licht kam bloß von zwei Laternen zu seinen Füßen. Es warf verrenkte Schatten an Wände und Decke, doch das Gesicht des Redners blieb im Dunkeln. Er

Auch die beste Schwiegertochter ...

... kann ohne Reis nicht kochen, seufzte Igor (auf chinesisch).

Soll heißen: Liebe geht durch den Magen, aber nicht lange durch den leeren. Ein gut gefüllter Bauch ist nicht die schlechteste Versicherung gegen Ehebruch. Aber vor den gefüllten Bauch haben die Götter eben den gefüllten Geldbeutel gesetzt.

Ohne Geld kann auch die beste Schwiegertochter höchstens vor Wut kochen.

Pfandbrief und Kommunalobligation

Meistgekaufte deutsche Wertpapiere - hoher Zinsertrag - schon ab 100 DM bei allen Banken und Sparkassen

Verbriefte Sicherheit

sprach davon, was in Rußland und Sibirien vorging. Einmal führte er ein chinesisches Sprichwort an: ‹Alle Sterne am Himmel grüßen den Norden!›

Ich verstand ein bißchen von dem, was er sagte. Er verglich Rußland mit China. Hier sei der Kaiserthron gestürzt. Kein Sohn des Himmels bete noch am Himmelsaltar. Und in Rußland seien die Tage des Zarentums gezählt. Die Zeit komme heran, da in zwei Dritteln Asiens die Völker zurückblieben ohne leitenden Stern.

Igor war schuld, daß ich den Schluß der Ansprache versäumte. Er und Fjodor saßen, der eine links, der andere rechts von mir, auf einem Bund Stroh, und es ist mir heute noch ein Rätsel, daß sie ihn mit ihren Glimmstengeln nicht in Brand setzten. Mitten in der Rede machte Igor einen Heiratsantrag. Als ich ihm keine Antwort gab – ich versuchte dem Sprecher zu folgen –, zwickte er mich hinten hinein. Dann wollte er durchaus wissen, ob wir beide zusammen genug Geld hätten, um zu heiraten. Als ich sagte, ich hätte nicht einen Knopf, seufzte er und erklärte (auf chinesisch): «Auch die beste Schwiegertochter kann ohne Reis nicht kochen!» Das heißt offenbar soviel, die Braut müsse doch wenigstens *etwas* haben, aber die Vorstellung, ich sollte Igor heiraten, um für seine Eltern Reis zu kochen, verursachte mir einen Lachkrampf. Darauf war er stockböse. Igor ist ein hübscher Junge, aber ich wollte, er machte Natascha den Hof. Sie würde sich nicht kränken, wenn er ein bißchen ‹begehrlich› wird. Außerdem glaube ich, ist sie schon eifersüchtig, daß er sich so um mich bemüht.

Als der Redner zu Ende war, verschwand er durch die Tür in der Hinterwand der Hütte. Ich sah ihn nicht wieder. Aber als wir alle hinausgingen, stand da ein langer, magerer Chinese mit heruntergezogenem Kappenschild und Ohrenschützern. Er schickte sich gerade zum Fortgehen an und alle Russen grüßten ihn. Vielleicht war es doch ein und derselbe?

Igor zu Gefallen trank ich zwei, drei Gläschen Wodka. Ich bin Trinken nicht gewöhnt, und als wir in der eiskalten Abendluft zurückgingen, wurde mir plötzlich ganz schwindlig und ich mußte mich am Wegrand niedersetzen. Niemand bemerkte es außer Patuschka, weil er hinter den andern daherkam, mit gesenktem Kopf und ganz krank vor Heimweh wie immer, wenn jemand von Rußland spricht. Er guckte auf mich herunter und fragte, ob ich müde sei. Ich nickte bloß. Da zog er seinen großen Pelzmantel aus und wickelte mich ganz hinein, und dann hob er mich auf und trug mich so leicht, als wär' ich ein Kind.

Es war wunderbar traulich, sich so durch die vereisten Felder tragen zu lassen. Die andern gingen weit voraus, und wir waren ganz allein. Hunde bellten in den Dörfern. Sterne funkelten am frostigen Himmel. Der Pelzkragen von Patuschkas Mantel deckte mir den Kopf und fast das ganze Gesicht zu, aber ich bekam gerade noch ein Stückchen Himmel zu

sehen mit dem Großen Bären und dem Nordstern. Im Gehen sang
Patuschka leise vor sich hin.

Als wir beim Auto waren, tat er's nicht anders, ich durfte den Mantel
nicht weggeben, und er hielt mich in den Armen die ganze Fahrt bis nach
Hause. Er ist wirklich ein lieber, guter alter Patuschka!

Neunundzwanzigster Tag des Elften Monats

Die Kälte ist fürchterlich. Patuschka erzählte, heute morgen habe man
fünf Bahnwächter halb erfroren aufgefunden. Zwei davon starben. Dreißig Grad unter Null und ein tobender Sturm. Man bekommt schon
Angst, wenn man ihn um den Eckturm der Tatarenmauer und über
unseren Dächern heulen hört. Alle paar Augenblicke gibt's einen Krach,
wenn ein loser Ziegel auf die Steinfliesen in den Höfen aufschlägt.

König Cophetua ging dick eingepackt aus. Nach wenigen Minuten
erschien er wieder und fragte, ob es im Haus einen Vogelkäfig gebe.
Reine Tugend hat einen Vogel und trägt ihn in einem mit blauem Kattun
verhängten Käfig mit sich herum. Leider waren er und der Vogel gerade
auf dem Markt.

Ich fragte König Cophetua, wozu er einen Käfig brauche, und drauf
sagte er, im Straßengraben gegenüber lägen ein paar halberfrorene Sperlinge. Sie hatten wahrscheinlich irgendwo in der Tatarenmauer genistet,
vielleicht in der Höhlung eines herausgefallenen Ziegels, bis der Sturm
sie davontrug. Wir fanden keinen Käfig, drum packte König Cophetua
einen Kessel und ich eine Teekanne. Darin sammelten wir die Sperlinge und trugen sie nach Hause, damit sie sich im warmen Zimmer er-
holten.

König Cophetua sagt, wir sollten Schüsselchen mit Körnern und Sa-
men aufstellen und Fettbröckchen als Vogelnahrung in die Bäume hängen. Er richtete selbst ein paar solcher Fettklümpchen zu, umwickelte sie
mit Draht, damit die großen Vögel sie nicht auf einmal wegschleppten,
und steckte Hölzchen in das Fett, als Sitzstangen für die kleinen Vögel
während der Mahlzeit.

Zwei von den Sperlingen sind gestorben – geradeso wie die Männer
von der Eisenbahn. Die andern haben sich ganz erholt. Ich schlug vor, wir
sollten sie beim Tor der Glücklichen Sperlinge wieder auslassen. Vielleicht bringt es auch ihnen Glück.

Onkel Podger zeigte ungeheures Interesse für die ganze Angelegenheit
und beschnüffelte den Kessel höchst mißtrauisch, während die Sperlinge
darin herumflatterten.

Dreißigster Tag des Elften Monats

Kein Wind. Grauer Himmel. Vielleicht wird es schneien.

Habe Schwester Chiara im Kloster besucht. Da sagte sie mir, heute sei
Weihnachtsabend. Daran hatte ich gar nicht gedacht. Seit Mutter tot ist,

gab's zu Hause keine Weihnachten mehr. Aber ich erinnere mich noch: sie kaufte immer ein Föhrenbäumchen und behängte es mit Watte, das war der Schnee, und mit Streifen Silberpapier, das waren die Eiszapfen. Und dann beleuchtete sie's mit kleinen bunten Kerzen, und es sah so hübsch und lustig aus.

Sie nannte es Christbaum.

Siebenter Tag des Zwölften Monats
Mein Geburtstag.

Die Fünf Tugenden schenkten mir eine Unmenge Kuchen und Süßigkeiten und ließen mir zu Ehren Feuerfrösche steigen. Der Kleine Lu hatte die Idee gehabt, doch, wie ich später hörte, mißbilligte sie die Alte Gebieterin höchlichst. Man sollte den Geburtstag von jemandem, der so jung sei wie ich, nicht feiern. Erst nach sechzig verdiene man es wirklich!... König Cophetua fragte Unvergleichliche Tugend, was der Lärm zu bedeuten habe, und als er den Grund erfuhr, lachte er und übermittelte mir seine besten Wünsche.

Matuschka war schon am Morgen verdrießlich und gereizt, und je weiter der Tag vorrückte, desto schlimmer wurde es mit ihr. Am Nachmittag hatte ich zweimal das Pech, sie zu ärgern, und sie ließ in der üblichen Weise ihre Wut an mir aus.

Als ich nach Hause kam, ging ich sofort in mein Zimmer und warf mich aufs Bett. Am liebsten hätte ich geheult, aber ich konnt' es nicht. Wie ich diese schreckliche Rute hasse! Und dazu noch an meinem Geburtstag!

Dann spürte ich, daß etwas an meinem Bett sich ungewohnt anfühlte, und guckte unter mich, was das eigentlich sei. Zu meinen Füßen lag eine Ziegenfelldecke, doppelt gefaltet, und darunter ein entzückender Pelzmantel aus Leopardenfell. Eine Karte stak daran, eine Visitenkarte König Cophetuas, und auf ihr stand: ‹Alles Schöne zum Geburtstag!› Da brach ich in Tränen aus.

Ich glaube, man muß sehr jung und allein in der Welt sein, um zu verstehen, was Freundlichkeit heißt.

Aber Onkel Podger ist fest überzeugt, daß die Ziegenfelldecke ihm zugedacht war.

Neunundzwanzigster Tag des Zwölften Monats
Jahresende. Der alte Küchengott ist verbrannt und sein Geist – so sagt die Alte Gebieterin – in den Himmel gefahren, um dem ‹Perlen-Kaiser Aller Götter› Bericht zu erstatten. Aber die Fünf Tugenden waren sorgfältig darauf bedacht, ihm den Mund mit Kandismasse dick einzuschmieren, damit er bestimmt nicht erzählen könnte, wie schlimm wir alle gewesen sind!

Es scheint, daß auch Onkel Podger von dem Kandiszucker gegessen hat. Jedenfalls würgte und hustete er den ganzen Vormittag. Jetzt hat er den heiligen Ulrich angerufen und fühlt sich bedeutend wohler.

Erster Tag des Ersten Monats

Chinesisches Neujahr. Alles ist festlich gestimmt. Sämtliche Schulden sind bezahlt. Ein neues Bild des Küchengotts ist in der Nische überm Herd aufgeklebt und es geht wieder los.

Ich bin ins Kloster gegangen und habe die Mutter Oberin und Schwester Chiara besucht. Sie sehen so nett aus in ihren Hauben und der weißen Nonnentracht mit dem Schleier. Schwester Chiara erzählte, sie habe die üblichen Plackereien gehabt, jene Kinder von der Schule fernzuhalten, die ganz offenkundig an Mumps, Masern oder Schafblattern litten. Die Eltern glauben augenscheinlich, die Schule sei der beste Aufenthaltsort für kranke Kinder; jedenfalls ein viel besserer als daheim.

Über meine Toilette schüttelten die Nonnen die Köpfe. Mein Rock sei viel zu kurz, sagten sie, und die Schuhe müßten zum Schuster. Schwester Chiara bot mir an, sie ginge mit mir in die Hata Mên-Straße einkaufen, sobald die Neujahrsfeierlichkeiten vorbei wären. Man brauchte ein paar Meter Stoff für neue Kleider und Kattun für Wäsche. Anfertigen lassen könnte sie's umsonst in den Handarbeitsstunden der Mädchen, die im Kloster nähen lernen.

Als ich noch in die Schule ging und die Nonnen auf mich achtgaben, war ich immer hübsch angezogen, hatte ordentliche Schuhe, Kleider von richtiger Länge und eine Menge Wäsche.

Ich wollte, ich könnte die Nonnen öfter besuchen. In der guten alten Zeit ersetzten sie mir wirklich die Familie, und das Leben im Kloster war so schön geschützt.

Draußen ist es manchmal wie ein Sandsturm in der Wüste.

Zweiter Tag des Ersten Monats

Als ich heute morgen zu den Russen kam, war Matuschka noch unsichtbar, und Patuschka sah ganz grün und gelb aus. Man hatte nämlich im Wu Tou Chü, einer Weinstube beim Hinrichtungsplatz, mit ein paar Bekannten Neujahr gefeiert und dabei augenscheinlich zu viel Haifischflossen gegessen und zu viel heißen Shansi-Wein getrunken.

Patuschka rüstete sich gerade zu dem alljährlichen Besuch bei seinem Chef im Ch'iao Tung Pu. Leider hatten den Sommer über die Motten ein Stück von seiner Zylinderkrempe aufgegessen. Als man den Hut aus der Schachtel nahm, gab es einen Mordsskandal. Wir beschwichtigten Patuschka, so gut es ging, und halfen mit vereinten Kräften: Fjodor erschien mit dem Malkasten, obwohl kein Mensch wußte wozu, aber Natascha kam mit Nadel und Faden und einem Stück schwarzen Samt aus dem Innensaum von Matuschkas einzigem Abendkleid. Während die treue Gattin sich um den Hut bemühte, holte ich die Mottenkugeln aus den Taschen des alten Salonrocks. Schließlich verstauten wir Patuschka in einer Rickshaw und waren ihn los. Fjodor behauptet, mit dem Zylinder sehe sein Vater aus wie der schiefe Turm von Pisa. Dabei hat er den bestimmt noch nie gesehen.

Als Patuschka endlich fort war, wollte Fjodor, ich sollte noch dableiben. Er hatte wieder einmal einen seiner Liebesanfälle. Die kriegt er hie und da und wird dann sehr zärtlich und leidenschaftlich. Ich weiß nie, was er im nächsten Augenblick machen wird, und ihm scheint es ganz gleichgültig, ob jemand dabei ist oder nicht. Er flirtet mit mir ruhig in einem Zimmer voller Menschen. Natascha saß heute morgen bei uns und erklärte, wenn wir uns so aufführen wollten, ließe sie uns lieber allein. Und rauschte hinaus. Jetzt kam Fjodor damit, er möchte so gern ein paar Skizzen von meinen Knien machen. Knie seien nämlich gar nicht so einfach zu zeichnen. Natürlich ging es ihm um mehr als die Knie, doch im Augenblick, da er ein Skizzenbuch und einen Bleistift in der Hand hatte, hörte er mit der Flirterei auf. Er hätte mich wahrscheinlich den ganzen Vormittag dort behalten, aber da kam der Boy Nummer Eins mit einer Botschaft Matuschkas: Fjodor sollte ihr aus der Deutschen Apotheke in der Hata Mên ein paar Wismutpillen bringen.

So zog ich mir wieder die Strümpfe an und ging nach Hause.

Dritter Tag des Ersten Monats
König Cophetua kann und kann nicht begreifen, wieso die Pekinger Chinesen in den Neujahrsfeiertagen die Häuser im Bezirk der Acht Großen Hutungs besuchen und dabei die ganze Familie mitschleppen. Ich durfte als Kind nie hin, denn die Fünf Tugenden nahmen immer nur den Kleinen Lu mit und mich nie. Sie wollten mich auch heute nicht hingehen lassen. Vielleicht nimmt man überhaupt die Chinesenmädchen nicht mit, sondern bloß die Jungen. Doch als Ausländerin kann ich machen, was ich will, und so ließ ich diesmal nicht locker. Wir besuchten zwei Häuser in der Weidenstraßenpassage. Ich fand das Ganze höchst langweilig. Das erste Haus, in dem wir uns aufhielten, hieß ‹Der Garten der bunten Eisvogel-Elfen›. Aber die Elfen waren dick und glichen eher Wachteln als Eisvögeln. Ihre letzte Mode besteht darin, daß sie europäische Autohauben trugen, was zu Jade-Ohrringen und Brokatmänteln urkomisch aussieht. Man trank Tee und rauchte Zigaretten, und alles ging sehr förmlich und ehrbar zu.

Dann wanderten wir auf den Jahrmarkt in der Liu-li-chang und trafen dort König Cophetua, der Schnupftabakdosen kaufte. Er begrüßte die Fünf Tugenden sehr freundlich und nahm den Kleinen Lu und mich zur Puppenvorstellung mit. Die Puppen tanzten auf einer großen Messingplatte, die man mit einem Holzhammer schlug, damit sie auf und ab schwinge. Zum Schluß schenkte König Cophetua jedem von uns einen Fliegenwedel, ganz in bunten Farben, zum Verjagen der bösen Geister.

Ich hatte meinen neuen Leopardenmantel an, trotzdem war mir sehr
kalt, als wir in den Höfen der Liu-li-chang herumstanden. Wenn ich nur
lange Hosen tragen könnten wie die Pekinger Mädels. Ging' ich angezogen wie eine Chinesin und ließe weniger von meinen Beinen sehen,
vielleicht wäre dann auch Fjodor weniger unternehmungslustig.

Sechster Tag des Ersten Monats
Patuschka und Matuschka waren ausgegangen, als ich heute morgen zu
den Russen kam. Und Fjodor malte ein Brustbild Nataschas in Öl auf
einen Flügel der Schulzimmertür! Ich machte ihn aufmerksam, es würde
beim Nachhausekommen vielleicht Auseinandersetzungen mit den Eltern geben. Aber er sagte bloß, er habe keine Leinwand mehr, und das
Zimmer würde mit bemalten Türen viel hübscher aussehen. Auf den
Flügel gegenüber Natascha sollte Igor kommen.

Da alles beschäftigt war, machte ich mich aus dem Staub. Ich muß
nicht unbedingt dabei sein, wenn Patuschka und Matuschka heimkehren.

Siebenter Tag des Ersten Monats
Ich hab' ganz richtig geraten, was geschehen wird, wenn Patuschka und
Matuschka nach Hause kommen und die Malerei an der Schulzimmertür
bemerken. Fjodor ist heute sehr trübselig, und alles tut ihm weh.

Trotzdem denkt er an nichts anderes als ans Malen und klagt, daß er
keine Modelle bekommt. Weiße Modelle gibt es in Peking überhaupt
nicht. Der einzige Ausländer, der ihm sitzen will, ist Igor. Ein paar
männliche Chinesen sind ganz gut zu verwenden, aber mit den Mädels ist
nichts anzufangen: sie wollen nicht ‹ablegen›.

Natascha taugt nicht sehr zum Modell; sie hat eine elende Figur –
vielleicht gibt sich das, wenn sie älter wird.

Fjodor will durchaus, ich soll ihm sitzen, aber ich tu's lieber nicht. Wer
weiß, was Papa dazu sagte, und König Cophetua würde bestimmt ganz
energisch nein sagen, wenn er es wüßte. Fjodor und ich hatten heute früh
wieder eine lange Auseinandersetzung darüber. Er ist zwar nicht so groß
und stark wie sein Vater, aber bei ‹Auseinandersetzungen› mit ihm ziehe
ich meist den kürzeren. Seine Eltern machen gar keinen Versuch, ihn zu
bändigen, wenn es um mich geht, obwohl sie sofort mit der Rute bei der
Hand sind – armer Kerl! –, wenn er *sie* quält!

Ich weiß wirklich nicht, wie die Geschichte mit dem ‹Sitzen› ausgehen
wird. Natascha höhnt mich, weil ich nicht will, und ihre Eltern würden es
gewiß ganz in der Ordnung finden. Schade, daß er an Igor nicht genug
hat. Heut nachmittag – Natascha und ich saßen am Schultisch und
schrieben – stand der Junge mit nicht viel an beim Klavier, und Fjodor
machte ein paar Skizzen von ihm und jammerte, es sei nicht hell genug.
Zum Schluß erklärte er, Igor sehe aus wie Kupido und müßte Flügel
haben.

Zehnter Tag des Ersten Monats

Patuschkas religiöses Gefühl – behauptete er – läßt sich zum Teil nur durch Tanzen ausdrücken. Und so hat er sich's jetzt in den Kopf gesetzt, daß er Natascha und mir ein paar russische Tänze beibringen will, damit wir ‹graziös› werden. *Er* ist nicht gerade sehr graziös, eher ein Koloß. Aber er würde ausgezeichnet unterrichten, könnte er nur immer bei der Sache bleiben. Wenn er die Schritte erklärt, hebt er uns in die Höhe und stellt uns wieder zurück, als wären wir so leicht wie seine Geige. Er spielt förmlich Puppen mit uns. Und manchmal läßt er die Schülerinnen mitten in der Stunde stehen und widmet sich seinen eigenen Angelegenheiten, ohne nur mehr eine Sekunde an uns zu denken – so wie ein Kind die Puppe liegenläßt, wenn ihm ein lustigeres Spiel eingefallen ist.

Die Tanzstunden begannen mit großem Getue. Fjodor entwarf für uns ‹Trainingskostüme›: schwarze Tuniken, an der Seite zu öffnen, und cremefarbene Seidenhöschen. Wirklich höchst pikant. Am ersten Tag waren noch drei russische Mädchen da außer Natascha und mir. Heute tauchte nur *ein* Russenmädel auf. Da die Kostüme noch nicht fertig waren – ich glaube, sie werden es nie! –, zogen wir die Kleider aus und trugen kurze Wollsweater über den Hemden. Dabei fällt mir ein: wenn ich das nächste Mal von Papa Geld bekomme, muß ich wirklich mit Schwester Chiara in den Clock Store gehen und Stoff für neue Wäsche kaufen. Ich hab' nur mehr ein paar furchtbar enge Höschen, die trag' ich schon seit Jahren, und sie platzen immer auf.

Zwölfter Tag des Ersten Monats

Fjodor fragte mich heute, ob ich in Igor verliebt sei. Als ich nein sagte, schien er enttäuscht. Dabei hatte er mir eine Minute vorher selbst einen Kuß gegeben.

«Warum sollte ich in Igor verliebt sein?» fragte ich. «Er ist doch ein vollkommener Trottel. Ich glaub' auch nicht, daß er je zu Verstand kommt.»

«Tja, er ist ein Parsifal. Aber du hättest dich trotzdem in ihn verlieben können.»

«Was hast denn du davon?»

«Gar nichts. Da wär's mir schon lieber, du verliebst dich in mich. Aber was nutzt das? Zum Schluß wirst du ja doch deinen König Cophetua heiraten. Wär' aber Igor jetzt der Glückliche gewesen, dann hätt' ich dich dazu bringen können, zusammen mit ihm zu ‹sitzen›. Ihr würdet eine entzückende Gruppe geben als Amor und Psyche.»

Er schüttelte bekümmert den Kopf, seufzte, küßte mich noch einmal und ging in die Stadt, Zeichenpapier kaufen.

Fjodors Gedankengängen kann man nicht immer gleich folgen. Aber schließlich und endlich läuft alles auf die Malerei hinaus. Wie kam er nur auf die Idee mit König Cophetua?

Fünfzehnter Tag des Ersten Monats

Heute ist Laternenfest, und die Fünf Tugenden verfertigen mit Feuereifer ‹yuan hsiaos›, weiße Kügelchen aus Zucker und Gerstenmehl mit rotem Gelee in der Mitte. Ich bot Onkel Podger eines an, aber er schnüffelte nur verächtlich daran herum und gähnte. Bei einem Fleischklößchen benahm er sich gleich ganz anders.

Auch Matuschka stand in der Küche und kochte ‹Borschtsch› mit ‹Schtschi›, eine herrliche Suppe aus Fleisch und Kohl, und die sogenannte ‹Kascha›, zu der man nur das feinste Buchweizenmehl nehmen sollte. Doch die Ärmste plagte sich sehr mit dem chinesischen ‹kaoliang› (Hirse). Und im ganzen Haus roch es nach Kohl.

Wir hatten noch eine Tanzstunde bei Patuschka, aber nur Natascha und ich. Alle anderen Russenmädels haben sich gedrückt. Fjodor meint, wir sollten uns Igors annehmen und einen zweiten Nijinsky aus ihm machen. Ich glaube, das wäre gar keine so schlechte Idee.

Natascha hat für den Tanzkurs eigentlich wenig Interesse. Sie ist ein bißchen ungeschickt und deswegen mürrisch und fad. Natürlich ärgert sich Patuschka über uns, obwohl ich mich bemühe, sosehr es geht. Heute ließ Matuschka sogar die Kocherei sein und spielte uns auf dem Klavier auf. Aber Natascha verwechselte alle Schritte und machte mich schließlich ganz konfus. Nach manchen Versuchen, Ordnung in die Sache zu bringen, verloren Patuschka und Matuschka die Geduld. Das Ende vom Lied war, daß Natascha und ich liefen wie die Hasen.

Wir kamen gerade noch mit heiler Haut davon.

Es geht ein starker Wind und er wird vielleicht noch zunehmen. Wenn in Peking ‹gelber Wind› bläst, sind alle Leute außer Rand und Band.

Sechzehnter Tag des Ersten Monats

Der Tag heißt hier ‹Yu shuè›, ‹Regenwasser›, aber ich habe noch nie gehört, daß es in Peking zu dieser Zeit geregnet hätte. Höchstens gab es in der Regentonne noch ein bißchen Wasser, aber bis heute ist es gewiß derart gefroren, daß man nichts davon hat.

Jetzt leiden wir schon den dritten Tag unter Wind und Staub. Alle Leute sind verdrießlich und jeder ist dem andern im Weg. Sogar den König Cophetua scheint's gepackt zu haben, denn er warf die Alte Gebieterin aus dem Gästezimmer hinaus, wo sie sich ganz ohne Grund herumtrieb.

Onkel Podgers Schweifblume flattert im Wind nach links und rechts, wenn er über die Höfe wackelt. Trotzdem verliert er nichts an Gesicht.

Die ganze Russenfamilie ist so nervös, daß man fast für sein Leben fürchten muß. Nur Igor spaziert durchs Haus und grinst freundlich wie immer.

Hoffentlich legt sich der Wind über Nacht.

Siebzehnter Tag des Ersten Monats

Der Wind bläst ärger als je. Der ganze Garten ist mit gelbem Wüstensand förmlich zugedeckt. Kulis schleichen um die äußeren Pavillons herum, eingemummelt bis über die Ohren, und haben Kleistertöpfe und Reispapier mit, um beschädigte Fenster auszubessern. In den Staub auf den Möbeln kann ich meinen Namen schreiben, und wenn ich irgendwo Metall anrühre, bekomme ich einen elektrischen Schlag. Ich bekam sogar einen, als ich den Zeigefinger in den Wassertopf auf dem Ofen tauchte, weil ich bloß sehen wollte, ob das Wasser warm sei.

Als der Rickshaw-Kuli mich vor dem Haus der Russen absetzte, öffnete der Boy Nummer Eins nur einen kleinen Türspalt und steckte den Kopf heraus. An seiner Stirn klebte kreuzweise ein großes Pflaster.

«Missee liebe' wegfahlen kwi-kwi», flüsterte er.

«Was ist mit Ihrem Kopf geschehen?» fragte ich, «hat jemand einen Teller nach Ihnen geworfen?»

«Nicht Telle'. Teetopf. Missee Natascha hat viele bekommt . . .»

Im selben Augenblick hörten wir Matuschka rufen. Da schlug der Boy hastig die Tür zu und ließ mich stehen.

Ich winkte den Rickshaw-Kuli zurück, und er brachte mich wieder nach Hause – kwi-kwi (husch-husch), wie der Boy es empfohlen hatte.

Gleich beim Ankommen meldete mir Unvergleichliche Tugend, der Erhabene Gebieter habe mir etwas zu sagen, und so ging ich ins Studierzimmer. Mr. Tang war gerade da und gab chinesische Stunde. König Cophetua unterbrach für einen Augenblick und sagte:

«Da steht eine Ankündigung in der Zeitung, daß im ‹Peking Pavillon› ein italienischer Film gegeben wird, eine Bearbeitung der ‹Promessi Sposi›. Du weißt so wenig von deiner Heimat, daß du ihn wirklich sehen solltest. Ich möchte dich morgen abend mitnehmen, wenn du Lust dazu hast.»

Ich sagte mit Begeisterung ja und wollte wieder gehen, da fragte mich König Cophetua: «Warum bist du heute nicht bei den Russen?»

«Als ich hinkam, riet mir der Boy, ich sollte lieber verschwinden. Es sei Verdruß drinnen.»

König Cophetua wandte sich an Mr. Tang und sagte:

«Es scheint in China üblich, schleunigst zu verschwinden, wenn es irgendwo Verdruß gibt. Hat das vielleicht Konfuzius vorgeschrieben?»

Mr. Tang nahm die Frage durchaus ernst. Er dachte ein Weilchen nach und erzählte uns dann eine Geschichte:

«Der Meister lehrte uns, es sei das beste, alle Verdrießlichkeiten zu nehmen, wie sie kommen und woher sie kommen. Er selbst gewann diese Erkenntnis in folgender Weise: eines Tages wanderte Er mit Seinen Schülern und stieß auf ein Weib, das vor einem frischen Grab weinte und schluchzte. Also fragte Er die Frau:

‹Um wen trauerst du?›

Und sie antwortete: ‹Um meinen Sohn.›

Da seufzte der Meister: ‹Wie starb er?›

Und das Weib versetzte: ‹Ein Tiger hat ihn getötet.›

Der Meister sah sich um und bemerkte noch andere Gräber. Und fragte, wer dort begraben sei. Entgegnete die Frau:

‹Mein Gatte und meine Tochter.›

‹Und wie starben sie?›

‹Auch sie wurden von Tigern getötet.›

‹Je nun, wenn die Tiger hier so gefährlich sind, warum ziehet ihr nicht fort und lebet anderswo?›

Und die Frau erwiderte:

‹Die Behörde macht uns gerade hier so wenig Schwierigkeiten.›»

Achtzehnter Tag des Ersten Monats

Also, König Cophetua nahm mich wirklich zum ‹Promessi Sposi›-Film mit. In der Loge neben uns saßen ein paar Chinesen und schienen der Ansicht, der Einzug der ‹Landsknechte› in der Lombardei und die Pestszenen in Mailand seien Originalaufnahmen vom italienischen Kriegsschauplatz.

König Cophetua ist zwar die Freundlichkeit selbst, trotzdem nimmt er nicht allzuoft Notiz von mir, und jetzt war es das erstemal, daß er mich aufforderte, mit ihm auszugehen. Ich glaube, eigentlich wollte er sich bei mir über meinen Aufenthalt bei den Russen erkundigen, den er nicht anders nennt, als den ‹Abiturientenkurs im Bärenzwinger›.

Ich wünschte, ich könnte ihm davon erzählen. Ich brauche jemand, zu dem ich Vertrauen haben kann, und es wär' so schön, ihm meine Sorgen anzuhängen wie damals, als ich noch ganz klein war und niederfiel und mir die Knie aufschlug. Dann nahm er mich auf den Schoß und hätschelte mich und gab mir Schokolade. Wenn ich ihm aber jetzt meinen Kummer beichte, wird er bloß an Papa schreiben, und davor habe ich Angst. Der arme Papa hat genug mit sich zu tun und mit den Chinesengenerälen, die um seine Eisenbahn raufen.

Was bleibt mir also übrig, als König Cophetua vorzufaseln, daß alles in Ordnung ist und ein Mordsspaß außerdem? Trotzdem hält er an seiner Meinung fest: wenn ich ein bis zwei Jahre bei den Russen aus und ein gehe und dann noch eine ‹kuniang› bin, so ist das nicht ein Zeichen von gutem Betragen, sondern einfach Glück. Manchmal glaube ich fast, er hat recht, denn mit Fjodor hat man's wirklich nicht leicht. Er ist so stark und ursprünglich unter all diesen Chinesen! Was er sagt oder tut, steigt mir zu Kopf wie Wein. Ich bin nicht verliebt in ihn, aber im ganzen ist es ein Glück, daß er mehr an seine Kunst denkt als an mich.

Neunzehnter Tag des Ersten Monats
Die Russen waren heute verrückter als je.

Der Sturm hat sich gelegt, und sie sind alle in bester Laune, nur förmlich betäubt wie immer nach einem Staubwind.

Patuschka will Natascha keine Tanzstunden mehr geben, und sie hat auch nicht das geringste Bedürfnis darnach. Heute früh erklärte er, ich sollte allein Stunde haben. Da legte ich das Kleid ab.

Patuschka spielte einen Kosakentanz auf der Geige, aber als er damit fertig war, hatte er mich vollkommen vergessen. Er saß singend auf dem Sofa, das Kinn in die Hand gestützt, und starrte gerade vor sich hin, als sähe er über die Schulzimmerwände hinweg die Felder und Wälder seiner Heimat. Ein paar Worte verstand ich von dem Lied, es ging darin um eine fruchtbare Erde, die nicht vom Pflug aufgewühlt war, sondern von Rossehufen, und silberglänzende Fische hüpften aus den Wellen des Don. Das scheint ja alles nicht gar zu traurig, aber Patuschkas Augen füllten sich mit Tränen und auch mir stiegen die Tränen in die Augen.

Der Ofen ging aus, und es war ganz kalt im Zimmer. Ich stand zitternd da, die Hände in den Taschen meines kleinen Sweaters, und bemühte mich, ihn herunterzuziehen. Oberhalb der Strümpfe war ich eine einzige Gänsehaut. Ich nieste, und das trug mir einen Blick Patuschkas ein, doch darüber hinaus nahm er keine Notiz von mir. Um mich zu erwärmen, machte ich Turnübungen, Rumpfkreisen bis zum Boden. Aber meine armen alten Höschen hielten den Ansprüchen nicht stand, und ping-ping sprangen die Knöpfe ab.

Auf dem Schulzimmertisch steht eine alte Schale ohne Henkel, in der sich ausgeschriebene Schreibfedern, Siegellackstückchen und gelegentlich eine Sicherheitsnadel herumtreiben. Ich kramte nach irgend etwas, um mich damit zuzunadeln, aber leider ohne jeden Erfolg.

In diesem Augenblick kam Fjodor ins Zimmer und holte ein Blatt Zeichenpapier, das auf dem Klavier unter den Noten lag. Er schien ganz geschäftig und schenkte mir überhaupt keinen Blick. Patuschka stand vom Sofa auf und legte die Geige in ihren Kasten. Natürlich dachte er nicht im geringsten mehr an eine Tanzstunde. Aber er guckte mich mit einem ganz verworrenen Ausdruck an. Offenbar hatte er das Gefühl, etwas vergessen zu haben, was mit mir irgendwie zusammenhing, und wunderte sich, warum ich eigentlich dastand und mir die Hose unsicher mit der Hand hochhielt.

«Wartest du, daß Matuschka kommt und dich haut?» fragte er. «Oder soll *ich* das besorgen?»

Ich war ganz woanders, daß ich ihn nur angaffen konnte, wenn auch bei der bloßen Erwähnung von Hauen mein Gesicht zu brennen begann. Patuschka nahm das als Zeichen der Zustimmung, kämpfte aber noch mit Hemmungen. Er schüttelte den Kopf und meinte:

«Ich kann wirklich keine Rute nehmen für ein junges Ding wie dich. Komm her, ich klaps' dich so.»

Er war dabei ganz nett und freundlich, aber mir klebte die Zunge am Gaumen fest, und ich hätte über mich ergehen lassen, was kam, wäre Fjodor nicht dazwischengetreten. Gerade im richtigen Augenblick.

«Aber Papachen», sagte er, «darum geht's ja gar nicht.»

«Geht's gar nicht? Wie meinst du das?»

«Kuniang machte sich bloß fertig, um mir zu sitzen.»

Rasche Auffassung ist nicht Patuschkas Sache. Er dachte ein bißchen nach, ehe er entschied, es werde wohl so sein, wie Fjodor gesagt hatte. Dann stellte er mich wieder auf die Füße und lachte:

«Recht hast du, ein besseres Modell für ein junges Mädel wirst du nicht finden. Aber laß doch die arme Kuniang nicht so herumstehen. Hier ist's ja viel zu kalt. Ich sag dir was: du darfst das Gastzimmer als Atelier benützen. Heiz den Ofen, und wenn er warm ist, führ sie hinauf.»

Dann tätschelte er mir den Kopf und wankte, die ‹Wolgaschiffer› summend, davon. Eine Minute später hörte ich ihn den Rickshaw-Kuli rufen, der ihn ins Büro schaffen sollte. Wie Patuschka übrigens dort seine Arbeit verrichtet, bleibt mir ein Rätsel.

Fjodor lachte entzückt.

«Ich hab' dir das Leben gerettet, Kuniang», sagte er. «Dafür kannst du mir das Modellstehen nicht abschlagen. Ich stecke rasch oben den Ofen an.»

«Fjodor! Du weißt doch, ich will nicht!»

Da kam er ganz nah und nahm mich in die Arme.

«*Was* willst du, kleine Taube?» fragte er. «Willst du Liebe? Wenn du dich nicht malen läßt, werd ich bestimmt dein Liebhaber. Such dir's aus: eins oder das andere, wenn du durchaus nicht beides willst.»

«Und wenn ich mich von dir malen lasse und allein mit dir in einem Zimmer bin, was dann? Wirst du dich mit ein paar Küssen begnügen?»

«Kleine Taube, hab ich dich je gequält, wenn wir zusammen im Schwimmteich badeten? Oder wenn wir dann im Garten im Gras lagen und uns sonnten? Dabei hast du auch nicht allzuviel angehabt. Ich hab dich bloß angesehen und später aus dem Gedächtnis Skizzen von dir gemacht in deiner ganzen Lieblichkeit. Ich bin ein Künstler und spüre zwar alle Qualen der Sehnsucht, aber nie in dem Augenblick, wenn ich die Palette am Daumen, die Leinwand vor mir und sämtliche Farben zur Hand habe. Dann spür ich nichts als Schaffensdrang. Steh mir Modell, Kuniang, und ich versprech' dir, ich werde brav sein.»

Ich sagte ihm, ich würde darüber nachdenken.

Aber ich weiß, was dabei herauskommen wird.

Dritter Tag des Zweiten Monats

Ich glaube, Konfuzius hatte recht, und es ist das beste, die Verdrießlichkeiten zu nehmen, wie sie kommen und woher sie kommen.

Nicht, daß ich gerade Verdrießlichkeiten hatte, aber ich stand Fjodor zum erstenmal Modell, weil er es durchaus wollte. Er war sehr entzückt und erfand sogar einen Modellthron, wie er es nannte, eine Art erhöhter Plattform, auf der ich sitze oder stehe. Wir hatten wirklich das Gastzimmer zur Verfügung, der Ofen brannte, und es war angenehm warm. Es ist das beste Schlafzimmer im Hause, dient aber nur selten diesem Zweck. Statt dessen hebt man allerlei komische russische Spezereien dort auf und geräucherte Fische, Heiligenbilder und chinesische Kuriositäten.

Eine davon verwirrte mich besonders, als ich so dastand. Vielleicht bitte ich noch einmal, daß man sie wegnimmt. Es ist ein lachender Buddha auf dem Kamin; eine jener Porzellandarstellungen des Milo Fo mit einem riesigen nackten Bauch und einem schmierigen Grinsen. Als ich auf den Modellthron hinaufstieg, begegnete ich dem Blick des Buddha und schauderte. Fjodor sah es und begann zu lachen:

«Ein gieriges altes Schwein, nicht wahr, Kuniang? Nicht so wie ich. Ich betrachte dich mit dem Auge des Künstlers. Aber ich wette mir dir, König Cophetua würde den Kopf ganz verlieren, wenn er dich so sähe wie jetzt.»

Da mußte ich lachen. «Ich glaube beinahe, du hast recht», sagte ich. «Jedenfalls ist es besser, ich erzähle ihm nichts, oder ich müßte es ihm sehr zart beibringen. Sonst wäre er furchtbar schockiert.»

Fjodor schnaubte verächtlich durch die Nase.

«Ich hab' für Leute nichts übrig», sagte er, «die Zeter und Mordio schreien, wenn ein Modell sich von allen Seiten zeigt. Der menschliche Körper in seiner Vollendung dient einmal dazu, alles Geistige darzustellen. Wir nehmen ein zartes Mädchen, und es verkörpert die unsterbliche Seele. Wir nehmen einen schönen Jüngling, und er ist der Sonnengott, irdisch wie ein Mensch und mit dem Gedankenausdruck eines Gottes. Manchmal glaube ich, die männliche Gestalt sei das Vollendetste, besonders wenn sie fast weiblich ist in ihrer Fülle. Aber wenn ich dich so vor mir sehe, dann weiß ich, das reine Entzücken über jungfräuliche Schönheit hat nicht seinesgleichen auf Erden.»

Ich wußte nie, daß Fjodor so denken, daß er so sprechen kann über meinen Körper, über irgendwas!

Aber der grinsende Buddha auf dem Kamin lachte sein lüsternes, schmieriges Lachen.

Achtzehnter Tag des Zweiten Monats

Im chinesischen Kalender heißt der heutige Tag ‹Ching Ch'è›, ‹Aufgeregte Insekten›. Ich sah, wie Rickshaw-Kulis mit dem Rücken gegen eine sonnenbestrahlte Wand in einer Reihe saßen und ihre Gewänder absuchten. Waren die Insassen ein bißchen zu aufgeregt?

Ich hatte Angst, vielleicht würde die Wanze, die ich einmal im vergangenen Herbst bei mir im Zimmer fand und nicht erwischen konnte, an der allgemeinen Aufregung teilnehmen. Aber sie traf keinerlei Anstalten. Offenbar hat Unvergleichliche Tugend wirklich etwas gegen sie unternommen, wie er behauptete, obwohl er mir vorwarf, ich hätte sie von den Russen mitgebracht.

Der heutige Tag soll für die Landleute besonders wichtig sein. Er hat irgendwas zu tun mit dem Erwachen der Insekten, die die Blüten befruchten. Aber das bedeutet kaum etwas für die armen Städter, die im Schatten der Tatarenmauer hausen. Sogar die Glücklichen Sperlinge an unserem Stalltor scheinen zu zwitschern:

«Unser sind nicht Halmfrucht und Beeren. Wir leben vom Abhub der Verbotenen Stadt!»

«Die leuchtende Lilie»

Ein Roman von Gouverneur Morris trägt diesen Titel. Er erzählt von einem jungen Amerikaner, der mit einer hübschen, reichen Erbin verlobt ist, aber trotzdem ins Innere von China reist auf der Suche nach seltenen Blumen und Knollen für den Bostoner Botanischen Garten. Er kommt bis zum Rand eines Tals, in das er nicht vordringen kann, weil der Zugang auf allen Seiten durch jähe Abstürze versperrt ist. Doch eines Nachts, während er schläft, wird er durch Boten einer chinesischen Prinzessin, die in jenem Tal herrscht, betäubt, entführt und auf geheimen Pfaden in ihren Palast gebracht. Der Stolz des Reiches ist eine als göttlich angesehene Lilie mit selbstleuchtenden Blättern, die von den Tempelpriestern als Heiligtum der Heiligtümer gehegt und gepflegt wird. Natürlich möchte der junge Gelehrte einige Zwiebeln davon nach Hause mitnehmen und ebenso natürlich geht das nicht an. Die Prinzessin verliebt sich in ihn und verlangt, er solle für immer bei ihr bleiben. Doch zum Schluß wird er wieder betäubt und weggebracht vom Tal, den Lilien und dem ganzen Zauber. Die Prinzessin aber bleibt allein zurück. Es ist eine phantastische kleine Geschichte und reizend erzählt.

Nun, viele junge Botaniker verschwinden in den fast unerforschten Gebieten des südwestlichen China auf der Suche nach seltenen Pflanzen und deren Brutzwiebeln. Meist tauchen sie nach einiger Zeit wieder auf und bringen Trophäen der Natur und noch wunderbarere Reiseerzählungen mit heim, obwohl ich noch niemals hörte, es hätte einer die leuchtende Lilie gefunden oder die ‹Princesse Lointaine›.

Allein Gouverneur Morris' kleiner Roman verbindet sich in meinem Kopf mit einer Reise nach China, wie sie Lord Randolph Seymor unternahm, ein junger Aristokrat, der durch seine Manie, auf der Jagd nach botanischen Kostbarkeiten jahrelang der Welt abhanden zu kommen, im Rufe unerhörter Exzentrizität stand. Eine solche Manie an einem derart heiratsfähigen jungen Mann störte die Mütter der gesellschaftlichen Debütantinnen nicht im geringsten. Und so manche junge Dame selbst dachte zweifelsohne, wenn der Narr schon Reisen für sein Herbarium machen müsse, könnte er sie doch wenigstens auf Flitterwochen mitnehmen.

Inzwischen brachte Lord Randolph aus Brasilien eine neue Orchidee heim, der er seinen Namen gab – sie bildet jetzt eine Zierde der Glashäuser in Kew Gardens. Und was vielleicht noch mehr auffällt, er dankte seiner Leidenschaft ein beträchtliches Einkommen. Die Suche nach neuen Musterstücken, vor allem nach unbekannten Spielarten landläufiger Pflanzen, ist bisweilen überaus lohnend.

Im Frühjahr 1914 brach Lord Randolph zu einer Forschungsreise in die Nordwesttäler von Yunnan auf. Er suchte Primeln, die dort in Varietäten gedeihen, wie sie der Westen nicht kennt. Als er durch Peking kam, erwähnte ich im Gespräch den Roman von Gouverneur Morris und nahm ihm das Versprechen ab, falls er je eine leuchtende Lilie fände, müßte er mir eine oder zwei Zwiebeln für meinen Garten überlassen.

Lord Randolph fuhr den Yangtse stromaufwärts bis Tschungking, verschwand dort auf der Straße nach Kwei-tschou, und man sah und hörte von ihm nichts bis Februar 1916, als er den Blauen Fluß herabkam und in Kanton auftauchte. Sein Eintritt in zivilisierte Kreise rief eine gewisse Heiterkeit hervor, da er vom Ausbruch eines Weltkriegs keine Ahnung hatte. Augenscheinlich interessierte ihn diese Tatsache auch nicht besonders. Gleich vielen andern erkannte er nicht sofort die Ausdehnung des Brandherdes und tobte bloß über die Schwierigkeiten, die sich der Heimsendung seiner Funde entgegenstellten. Die Beamten der Britischen Gesandtschaft zogen sich seine unverhohlene Mißbilligung zu, weil sie ihm nicht erlaubten, die Zwiebeln in ein und demselben Briefbeutel mit der Diplomatenpost nach London zu schicken.

Im April traf er in Peking ein, beinahe zwei Jahre nach dem Aufbruch ins Landinnere, und mietete sich einstweilen in einem chinesischen Haus nächst dem Hata Mên ein. Dort arbeitete er an seiner Reiseschilderung, die er bei einer künftigen Rückkehr nach England zu veröffentlichen gedachte.

Die Einrichtung seines Hauses war typisch für den Fernen Osten, diesen Schnittpunkt zweier Kulturen. Neben modernen Büromöbeln fanden sich rotlackierte Shansi-Schränke und riesige Hartholzstühle. Verstreut auf den Tischen und Kasten standen chinesische Antiquitäten zwischen amerikanischen Konservenbüchsen, Schnupftabakdosen aus Jade oder Achat zu Füßen von Gin- und Wermutflaschen, Zigarrenkisten neben Vasen aus K'hang-hsi-Porzellan. Ein bronzener Buddha betrachtete den Widerschein seines Lächelns im spiegelnden Deckel einer Reiseschreibmaschine. Grün-goldene Brokate hingen an der Wand, und Reißnägel hielten an ihnen Karten fest, die Lord Randolphs Reiseroute zeigten. Ein Kodak, zwei Flinten, ein Mandarinhut samt zugehörigen Pfauenfedern, ein Feldbett und eine Siegelsammlung vervollständigten das seltsame Inventar.

Lord Randolph und ich trafen einander oft bei ihm oder bei mir zu Hause. Er hatte eine nette Art, von seinen Abenteuern zu berichten, wenn auch manche seiner Histörchen ‹cum grano salis› zu genießen waren. Eins zum Beispiel galt einer religiösen Zeremonie, die sich nach des Erzählers Behauptung in einem Kloster an der tibetanischen Grenze, im Gebiet des Charchund-Stammes, abgespielt haben sollte. In der geheimsten Halle des Kosters bereiteten Abend um Abend Lord Randolph und der Abt ein sinnbetörendes Getränk, das eine bestimmte Zeit lang in einem bauchigen Metallgefäß geschüttelt werden mußte, unter Beigabe kleiner Eisstückchen. Die Zutaten hatte Lord Randolph persönlich aus weiter Ferne mitgebracht, und er teilte den fertigen Nektartrank mit niemandem als dem Abt, der ihm zum Dank für solch außerordentliche Gunst mancherlei Bequemlichkeit verschaffte.

Hie und da riefen Lord Randolphs Schilderungen der Landstriche, die er bereist hatte, den Wunsch in mir wach, mich augenblicklich aufzumachen und botanisieren zu fahren. Er erzählte von einem grünen Tal, das sich jäh herabsenkte zwischen schneebedeckten Berggipfeln. Zu beiden Seiten eines schäumenden Gießbachs waren die Wiesen übersät mit winzigen veilchenfarbenen Blüten (Callistephus sinensis), während langstielige Mohnblumen im Winde wehten und die wundervollsten Farbwirkungen hervorriefen.

An einem Maiabend speisten Lord Randolph und ich auf der Terrasse des Peking-Klubs. Wie gewöhnlich sprach er von seinen Studien über chinesische Flora, als mir plötzlich einfiel, was ich ihm vor Antritt der Reise ins Landinnere erzählt hatte. Und scherzend fragte ich ihn, ob er jemals auf eine ‹leuchtende Lilie› gestoßen sei. Zu meiner Überraschung antwortete er nicht sofort. Endlich sagte er:

«Ich habe weder die Lilie noch die Prinzessin gefunden, zumindest nicht so wie in jenem Roman; aber ich hatte ein Abenteuer, das mich an Ihre Worte erinnerte, ohne daß ich zu sagen wüßte, warum.»

«Und wie war das?»

Lord Randolph blickte nach allen Seiten, als wollte er sich vergewissern, daß niemand zuhöre. Eine Gesellschaft von Russen saß weiter unten auf der Terrasse über ihren Zakuski, sonst speiste niemand in der Nähe. So tranken wir ungestört unseren Kaffee, und mein Gegenüber erzählte die folgende Geschichte:

«Am Ende meiner Fahrt durch Yunnan kam ich zu Schiff den Blauen Fluß herab, quer durch den Seidenbezirk. Über Nacht legten wir einmal in einer Bucht an, im Schutz eines kleinen Vorgebirges, das in den Strom hinausragte. Drüben begann die Ebene, während auf unserer Seite die Uferböschung jäh und zerklüftet abfiel. Unweit des Vorgebirges, etwa zwanzig Meter stromabwärts, bildete ein vereinzelter Felsbrocken ein Inselchen, das einen Miniaturtempel trug: nur ein Pavillon, von dem eine vielstufige Treppe bis zum Wasser hinabführte. Die rotlackierten Säulchen des Tempels, die aufgebogenen Dachecken und eine reichgeschmückte, doch verfallene Balustrade brachten Kunst und Zierlichkeit in das ungeheure Naturpanorama.

Im Tempel drinnen stand die übliche Buddhastatue und auf einem länglichen Tisch eine Anzahl Opfervasen; draußen fand sich das vorgeschriebene Weihrauchbecken und eine Glocke, die von einem massigen Holzständer herabhing. Das war der Tempel der leuchtenden Lilie.»

«Aber warum . . .?»

«Warten Sie nur, ich komme schon dazu. Meine beiden Boote waren etwa dreihundert Meter unterhalb der Insel vertäut. Vielleicht eine

Viertelstunde abseits lag das Dorf, in das mein ‹lowdah› Mundvorrat einkaufen ging. Ich blieb bis spätabends an Bord und beschäftigte mich mit meinen Brutzwiebeln. Erst nach dem Abendbrot stieg ich ans Ufer, um mich im Mondlicht zu ergehen. Ich hätte auch das nicht getan, wäre ich nicht durch die Belästigungen eines Aussätzigen gequält gewesen, eines jener Unglücklichen, die auf dem Strom umherpaddeln und nie und nirgends zu landen scheinen. Sie führen weißgestrichene Kanus, die von weitem kenntlich sind, und betteln bei den vorüberfahrenden Dschunken oder den binsengedeckten Häuschen an den Flugufern, indem sie einen kleinen Sack am Ende eines langen Bambusstabes hinhalten. Die Leute werfen die Überbleibsel ihres Mahles in den Sack oder gelegentlich ein Kupferstück. So üben sie Wohltat, ohne sich der Berührung und Anstekkung auszusetzen. Der Leprakranke, der nach Einbruch der Dämmerung an unsere Boote herankam, besaß kein Gesicht mehr. Er sah aus wie ein widerlicher Geist, der über dem Wasser dahinschwebt. Obgleich ich ihm die Reste meines Abendbrots und einen Silberdollar in den Sack geworfen hatte, wollte er nicht weg. Um ihn loszuwerden, stieg ich an Land und spazierte auf dem Treidelweg auf das Vorgebirge und die Insel zu. Es mochte neun Uhr abends sein. Im Mondlicht sah das Eiland mit seinem Tempelchen ganz unwirklich aus.

Als ich einen Augenblick stehenblieb, um den ganzen Schauplatz zu erfassen, der aussah wie ein Bühnenbild, trat eine Frauengestalt aus dem Tempel hervor und schritt langsam die Stufen hinab bis an den Wasserrand. Dort verweilte sie, schweigend, die Arme nach mir ausgestreckt. Das Mondlicht war so stark, daß ich jede Einzelheit ihres Gewandes und ihrer Erscheinung wahrnahm. Sie trug seidene Beinkleider, am Knöchel zusammengehalten – sonst nichts.»

«Recht ungewöhnlich hierzulande.»

«Äußerst ungewöhnlich. So sehr, daß ich im ersten Augenblick zweifelte, ob sie überhaupt eine Chinesin sei. Ihre Haut schien viel weißer als die der Flußbewohner sonst. Die Frau war hübsch – etwa so, wie eine Puppe hübsch ist. Ich dachte mir, sie sei wohl eine ortsansässige ‹yaoch'er›, die sich diese unalltägliche Umgebung als Hintergrund für ihre käuflichen Reize gewählt habe.

Die Nacht war duftend warm. Ich schwamm dem Tempel zu wie Lord Byron dem Haus der Geliebten in Venedig. So begann mein Abenteuer. Und das Allerseltsamste daran ist: als ich die Frau um Mitternacht verließ, sah ich sie niemals wieder. Ich bat sie, sie solle ein Weilchen auf mich warten, bis ich ihr Geld brächte – ich hatte nichts bei mir –, und sie versprach es auch; doch als ich zurückkam, war sie nicht mehr dort, und obwohl wir bis zum nächsten Abend warteten, ehe wir südwärts fuhren, erschien sie nicht mehr. Und deshalb glaube ich, sie muß wohl eine Prinzessin gewesen sein – denn ‹yao-ch'ers› verschenken ihre Gunst nicht umsonst, weder in China noch anderswo.»

«Erkundigten Sie sich in der Nachbarschaft?»

«Ich trug es dem ‹Iowdah› auf, doch er erklärte, es sei nichts zu erfahren. Übrigens riet er mir, ich sollte mich mit der Frau nicht einlassen, und behauptete, sie sei gewiß ein Wassergeist und würde mich ertränken, oder ein Fuchsgeist und wolle mir das Blut aussaugen wie ein Vampir.»

«Solche Vorstellungen sind ja in China nichts Neues. Bestimmt hieß es weiter, bei Tag verwandle sich die Frau in einen großen Fisch, oder in einen Fuchs. Aber ich verstehe noch immer nicht, warum Sie sie leuchtende Lilie nannten.»

«Wegen der seltsamen Weiße ihrer Haut, die wirklich einen leuchtenden Schimmer besaß. Wahrscheinlich hatte ich es mit einem Halbblut zu tun, aus Kanton oder Makao. Aber auch das erklärt nicht, weshalb sie sich an ihrem Handel mit einem Fremden so uninteressiert zeigte.»

«Waren die Füße künstlich entstellt?»

«Nein. Doch das beweist nichts. Viele Frauen der ärmeren Klassen am Flußufer haben ungewickelte Füße.»

«Und sind Sie sicher, daß Sie nicht alles von Anfang bis zum Ende geträumt haben?»

«Auch daran habe ich gedacht . . . Das Ganze kommt mir vor wie eine Geschichte von Pierre Loti. Doch als ich tags darauf den kleinen Tempel noch einmal betrat, fand ich eine verwelkte Blume auf dem Boden, eine gelbe Jasminblüte, und erinnerte mich: sie trug sie nachts im Haar . . .»

Bevor wir an diesem Abend nach dem Dinner im Klub auseinandergingen, verabredeten Lord Randolph und ich einen gemeinsamen Ausflug, auf dem wir ein paar interessante Stellen in den Westbergen besuchen wollten – eine jener üblichen Picknickveranstaltungen, die jedermann von Peking aus unternimmt; man bewegt sich dabei teils zu Fuß, teils in Tragstühlen oder auf Eselsrücken vom Fleck. Nicht die Tempel interessierten Lord Randolph als Wanderziel; er habe von Tempeln genug, erklärte er. Doch ich hatte zufällig erwähnt, daß ich einmal auf den Abhängen hinter dem Chieh T'ai Ssè Edelweiß fand, und diese Bemerkung gab meinem Freund den Gedanken ein, die Flora der Pekinger Nachbarberge verdiene vielleicht einen Seitenblick.

Es ist mir unbekannt, wie Lord Randolph während seiner Fahrten im Landinnern wirtschaftete, jedenfalls kam ich jetzt darauf, daß ihm jedes Maßhalten fehlte, wenn es darum ging, den Priestern in den Tempeln oder den Kindern und Bettlern in den Dörfern Almosen zu spenden. Mehr als einmal wurden wir von den begeisterten Gabenempfängern geradezu drangsaliert, und bei einem solchen Anlaß mußte ich ordentlich vom Stock Gebrauch machen, um mich aus einem wüsten Haufen herauszuhauen, der den so freigebigen Fremden Teufel umdrängte.

«Es scheint», sagte ich etwas aufgebracht, als Lord Randolph wieder zu mir stieß, «Sie halten es nachgerade für Ihre Pflicht, alles Geld, das Sie in China durch Sammlung botanischer Kostbarkeiten erwerben, sofort im Lande wieder loszuwerden. Allerdings wäre es mir lieber, Sie besorgten das, wenn ich nicht dabei bin.»

Lord Randolph lachte und säuberte sich den Rock, den seine Verehrer mit ihren schmutzigen Pfoten bekleckert hatten. Um mich zu versöhnen, schlug er vor, wir sollten den nächsten Berg ersteigen, weil wir von dort aus einen prächtigen Blick über das Tal von Men-to-kou haben müßten, und angesichts dieses Bildes könnten wir die mitgebrachten Sandwichs vertilgen und die Flaschen leeren.

Die heilige Stätte, an der wir die Nacht verbringen wollten, führte den Namen ‹Tempel der Weißen Fichten›. Die Diener eilten voraus, um alles für unsere Ankunft vorzubereiten, und da wir nicht mehr weit zu gehen hatten, machten wir's uns leicht: Lord Randolph griff dahin und dorthin, hob kleine Blumen vors Gesicht und besah sie durch eine Taschenlinse. Ich genoß den Ausblick, den leichten Wind und die reine Höhenluft und malte mir aus, man müßte wirklich hier herum einen Tempel mieten und gelegentlich für einige Wochen herauskommen, wie viele Fremde das tun.

Es war schon fast dunkel, als wir uns an den Abstieg machten, man sah nicht mehr recht, wo man die Füße hinsetzte, und plötzlich glitt auch Lord Randolph aus und rutschte unter dem Gepolter nachstürzender Steine den steilen Hang hinab.

«Haben Sie sich wehgetan?» rief ich ihm nach, doch er gab keine Antwort. Aber als ich ihn eingeholt hatte, stand er schon wieder auf den Beinen und guckte an sich herunter. Als einziger Schaden ergab sich ein Riß in der Hose, abgesehen von ein paar Schrammen an den Händen.

Etwas vor acht kamen wir heim – wenn dieser Ausdruck hier am Platze ist – und fanden Unvergleichliche Tugend und Lord Randolphs Boy beim Anstecken der mitgebrachten Petroleumlampen.

Ein paar Minuten darauf untersuchte mein Gefährte, auf dem Rand des Feldbetts sitzend, den Riß in seinen tadellos gebauten Knickerbokkers.

«Komisch», sagte er. «Ich muß mich auch am Bein verletzt haben.»

Dicht unter der rechten Wade hatte ein kleiner Blutstropfen den Strumpf gefärbt. Randolph legte das Bein bloß und wirklich, im Fleisch stak ein langer scharfer Dorn. Er war ganz leicht herauszuziehen, und zum Glück hatte ich einen Jodstift bei meinem Waschzeug. Ich ging ihn sogleich holen.

Als ich zurückkam, saß Randolph noch immer auf dem Bettrand.

«Sehr komisch», sagte er, «daß ich gar keinen Schmerz spüre.»

Eigentlich hätte er darüber froh sein müssen, doch in seiner Stimme lag ein Ton von Ängstlichkeit. Er schien besorgt.

Ich sah mir die Wunde an. Sie hatte nichts zu bedeuten, aber es war wirklich seltsam, daß sie nicht wehtat.

«Und wenn Sie hingreifen», meinte ich, «spüren Sie dann etwas?»

Lord Randolph tastete mit der Hand die Wade ab. «Hier spür' ich was», sagte er, «und hier wieder gar nichts. Beinahe, als hätte ich eine Kokaininjektion bekommen. Der Dorn kann doch nicht giftig sein. Vielleicht kommt das Ganze nur von Übermüdung?»

Ein paar Sekunden lang stand ich neben ihm und zerbrach mir den Kopf, worauf diese seltsame Unempfindlichkeit zurückgehen könnte. Und dann fuhr mir die Erklärung – die *mögliche* Erklärung – durchs Hirn wie ein Blitz. Ich ging aus dem Zimmer, damit Lord Randolph mir nicht ansähe, daß Übelkeit in mir aufstieg.

Die Erinnerung an eine Geschichte, die ich einmal gelesen hatte, gab mir den Schlüssel: die Geschichte des flämischen Paters Damien, der die Leprakolonie auf Molokai, einer der Sandwichinseln, einrichtete und plötzlich entdeckte, daß er selbst an der furchtbaren Krankheit litt. Vom Suchgang nach einer Quelle, die das Lager mit frischem Wasser versorgen sollte, kehrte er heim, zog Schuhe und Strümpfe aus und sah, daß seine Füße voller Blasen und wundgegangen waren, *doch er fühlte keinen Schmerz*. Es war das erste Anzeichen der ‹Lepra anaesthetica›, die durch die Granulation eines Nervs das Empfindungsvermögen aufhob.

Ich war in den Hof gelaufen und stand dort, unschlüssig, was ich tun, was ich dem Ärmsten sagen sollte, da hörte ich Schritte hinter mir und eine Hand legte sich auf meine Schulter – Lord Randolph. Es war so dunkel, daß ich trotz der unmittelbaren Nähe sein Gesicht nicht ausnehmen konnte.

«Was meinen Sie», fragte er, «ist es das Anzeichen einer – einer ernstlichen Krankheit?»

«Ich glaube nicht», entgegnete ich und suchte meiner Stimme einen vertrauenerweckenden Klang zu geben. «Wahrscheinlich handelt es sich um eine lokale Unempfindlichkeit im Zusammenhang mit der allgemeinen Muskelsteife. Eine Ermüdungserscheinung.»

Lord Randolph seufzte und schritt ins Haus zurück. Ich folgte ihm, und wir nahmen einander gegenüber an einem wackeligen Tische Platz, auf dem die Boys das Abendbrot angerichtet hatten. Neben meinem Freund stand ein Teller mit einem länglichen Laib Brot. Randolph schnitt ein paar Scheiben herunter und bot mir an. Ich bediente mich und verriet bei diesem einfachen Vorgang meine Furcht: unwillkürlich wählte ich ein Stück, das seine Finger nicht berührt hatten. Er merkte es und sagte ganz ruhig:

«Sie haben recht. Wir müssen vorsichtig sein. Ich werde meinem Boy sagen, er möge mein Glas und Besteck von dem Ihrigen gesondert halten.»

Was hätte ich erwidern sollen? Ich gab keine Antwort, und wir beendeten unsere Mahlzeit in völliger Stille. Dann traten wir ins Freie und setzten uns auf die kleine Treppe, die vom Hauptpavillon in den Hof hinabführte. Die Lichtkegel der Lampen fielen von innen auf die Steinfliesen und tanzten auf und nieder, je nachdem sich die Boys beim Bettenmachen und Befestigen der Moskitonetze in den Zimmern bewegten.

«Was meinen Sie, wo ich's mir geholt habe?» fragte die Stimme neben mir.

Noch hatte keiner das Wort Lepra ausgesprochen, doch es schien sinnlos, ein Nichtverstehen vorzutäuschen. Ich war überzeugt, er erwarte von mir eine Bestätigung seines Argwohns. Trotzdem zögerte ich einen Augenblick, ehe ich Antwort gab.

«Bei der leuchtenden Lilie.»

«Und warum glauben Sie das?»

Da er solchen Mut bewies, hielt ich es für das beste, ihm zu sagen, was mir durch den Kopf ging:

«Bei den Chinesen der südlichen Provinzen besteht der Aberglaube, man könne sich von dieser Krankheit befreien, indem man sie auf einen andern überträgt – in einer Liebesumarmung.»

Lord Randolph sprach kein Wort. Er erhob sich und begann auf und ab zu laufen. Noch viele Stunden, nachdem ich zu Bett gegangen war und unter meinem Moskitonetz lag, ohne Schlaf zu finden, hörte ich, wie er im Hof auf und ab schritt, auf und ab über die Steinfliesen.

Am nächsten Morgen kehrten wir nach Peking zurück, und ein paar Tage lang hörte und sah ich nichts von ihm. Eine Hemmung hielt mich zurück, ihn selbst aufzusuchen, als wollte ich meinen Verdacht nicht bestätigt finden. Früher oder später mußte ich ja doch alles erfahren. Dann traf ich eines Tages Charlie Lyons von der Britischen Botschaft, der mich fragte:

«Haben Sie schon von Lord Randolph gehört?»

«Was?»

«Er scheint plötzlich daraufgekommen zu sein, daß es in Europa Krieg gibt, und will jetzt auf einmal sofort an die Front. Ich glaube, er würde einen Extrazug nehmen, wenn es sich machen ließe. Da es aber leider nicht geht, vertreibt er sich die Zeit damit, an alle möglichen Leute in England Telegramme loszulassen, in denen er sie anfleht, die Sache zu beschleunigen, damit er nicht erst eine Ausbildungszeit zu überstehen hat. Er ginge als Koch oder Kaplan, aber ins Feld muß er auf jeden Fall. Und dabei tut er, als wollte er gleich am ersten Tag einen Angriff bei der Sturmbrigade kommandieren. Ich weiß wirklich nicht, was mit dem Menschen los ist!»

«Glauben Sie, daß er's durchsetzen wird?»

«Bestimmt. Er ist ja mit dem halben Oberhaus verwandt. Sein Bruder sitzt im Kriegsministerium und einer seiner Onkel ist Oberst und kommandiert ein Regiment irgendwo an der Somme. Außerdem hat seine Schwester einen Minister zum Mann, der übrigens Randolph haßt wie den Tod. Der wird bestimmt sein möglichstes tun, den Schwager zum Kanonenfutter zu befördern. Und das Komische an der ganzen Sache ist, daß der Gute bis vor ein paar Tagen nicht ein Wort über seine Felddienstabsichten verlauten ließ. Man hörte nur von Primeln und noch einmal Primeln.»

Am Abend dieses Tages besuchte mich Lord Randolph und brachte in einer Aktentasche ein großes Schriftenbündel mit.

«Das ist das Manuskript meiner Reiseschilderung», erklärte er, «mit sämtlichen Daten über die botanischen Untersuchungen. Ich möchte es bei Ihnen lassen; nach Kriegsende kann es dann veröffentlicht werden. Irgendwer von Kew Gardens soll die Korrekturen lesen, damit im Abschnitt über die Pflanzen und Knollen keine Satzfehler stehenbleiben.»

«Warum schicken Sie das Manuskript nicht unmittelbar an Ihren Verleger?»

«Zu riskant in diesen tollen Zeiten. Und es selbst mitzunehmen, wage ich genau so wenig. Das Reisen ist heutzutage schwer genug, auch wenn man keine Handschriften bei sich hat. An jeder Grenze würden die Behörden das Ganze von A bis Z durchlesen wollen. Ich übergebe Ihnen eine schriftliche Ermächtigung, den Autorenertrag irgendeinem wohltätigen Zweck im Fernen Osten zuzuführen. Unter vier Augen sage ich Ihnen, es wäre mir am liebsten, wenn Sie ihn den Franziskanern in Mandalay zukommen ließen.»

«Warum Mandalay?»

«Weil dort die Mission für Leprakranke ist.»

«Sie können überzeugt sein, daß ich mich an Ihren Wunsch halten werde. Wann reisen Sie?»

«Am kommenden Mittwoch, mit dem Transsibirischen bis Petersburg und dann über Schweden und Bergen nach Hull oder Newcastle. Es ist alles geordnet, daß ich sofort nach Frankreich kann, zum Regiment meines Onkels. Ich brauche mich in London nur ein paar Stunden aufzuhalten, um mir die Uniform anpassen zu lassen, die mein Schneider wohl vorrätig haben wird.»

«Aber wissen Sie denn genau . . .?»

«Ganz genau. Ich komme gerade noch rechtzeitig heim, daß niemand was merkt.»

«Und dann?»

«Ich habe mir sagen lassen, es sei nicht ungefährlich, den Kopf über den Schützengraben hinauszustrecken. Na, ich werd's schon zuwege bringen, unter den Gefallenen oder Vermißten aufzuscheinen. Schlimmstenfalls vertraue ich mich meinem Onkel an und bitte ihn, mir zu einem Soldatentod zu verhelfen, ohne daß ich andere dabei unnütz gefährde.»

«Warum wollen Sie nicht versuchen, gesund zu werden? Ich glaube, es ist nicht unmöglich, wenn man rechtzeitig darangeht.»

«Das sagt auch der Doktor hier. Er spricht von ‹aufgehaltenen Fällen›. Aber ich muß anständig leben oder gar nicht. Ich glaube, die meisten Leute werden mir recht geben, wenn ich die Verlustliste vorziehe . . . Zeit verlieren darf ich freilich nicht.»

Er blieb noch ein paar Minuten und sprach über sein Manuskript. Als er sich empfahl, hielt er mir die Rechte zum Abschied hin. Während des ganzen Besuchs hatte er die Handschuhe anbehalten.

Der Name Seymor stand in der ‹Ehrenliste› des Juli 1916. Lord Randolph war in der Offensive nördlich der Somme gefallen, auf dem Plateau von Pozières. Felix opportunitate mortis . . .

Er mußte mich seiner Schwester gegenüber mündlich oder schriftlich erwähnt haben, denn ich erhielt von ihr ein Schreiben voll der herzlichsten Ausdrücke von Dankbarkeit und Sympathie für ‹des armen Randolph Freund›. Später übersandte sie mir eine Aufnahme des bunten Glasfensters, das ihm zum Gedächtnis in der Familienkapelle eingesetzt worden war.

Er erscheint dort als heiliger Georg. Unter der Rittergestalt steht ein Bibelvers, doch auf dem Bilde war die Inschrift so klein, daß ich sie nicht lesen konnte. Gewiß aber stammte sie nicht aus dem fünften Kapitel des zweiten Buches der Könige, wo es von Naeman, dem Feldhauptmann des Königs zu Syrien, heißt: ‹Er war ein trefflicher Mann vor seinem Herrn und hoch gehalten . . . jedoch aussätzig!›

Die Hunde von Lu-Tai

Kuniang hatte einmal eine Bermerkung gemacht über die Hunde, die sich an den Toren Pekings sammeln, weil dort die Garküchen für die hereinkommenden Landleute gelegen sind. Unwillkürlich dachte ich bei ihren Worten an die Hunde von Lu-tai.

Der Bahnhof von Lu-tai liegt am Nordrand einer sumpfigen Ebene, die sich unweit der Mündung des Hai Ho längs der Küste hinzieht. Ich spreche vom Bahnhof, weil ich von ganz Lu-tai nichts kenne als den Bahnsteig und auch nie den Wunsch verspürt habe, meine dortigen Ortskenntnisse zu erweitern. Der Peking-Mukden-Expreß hält hier gegen zwei Uhr nachmittags auf der Ausweichstelle und wartet auf den Gegenzug nach Süden. Fahrplanmäßig sollte man in Lu-tai bloß fünf Minuten Aufenthalt haben, aber es kommt oft vor, daß man eine halbe Stunde oder noch länger zubringen muß.

Verläßt man dabei den Zug und geht auf dem Bahnsteig auf und ab, so quält einen der jammervolle Anblick der Hunde und Bettler, die sich zur Stunde der Zugbegegnung auf dem Bahnhof einfinden. Die Hunde bemerkt man zuerst, weil sie bis zu den Wagen vordringen dürfen, während die Bettler durch eine Abteilung chinesischer Soldaten in Schach gehalten werden. Mit Gewehr und aufgepflanztem Bajonett bewaffnet, patrouillieren die Krieger auf dem Bahnsteig und lassen die begehrliche Gruppe nicht heran. So müssen die Ärmsten jenseits eines hölzernen Zauns stehenbleiben, hinter dem sie flehentliche und mitleiderregende Gesten vollführen, wozu sie mit rauhen Stimmen rufen: ‹Ta Laiè! Ta Laiè!› – ‹Großer Gebieter! Großer Gebieter!› Meist sind es alte Frauen, wiewohl an diesen formlosen Lumpengestalten das Geschlecht nur an den kleinen, künstlich entstellten Füßen kenntlich ist. Die ‹Lilienfüße›, die eine Kaiserin einst in Mode gebracht hat, verraten heute das Ewig-Weibliche an den armen, hungrigen Hexen hinter dem Holzzaun von Lu-tai.

Auch die Hunde, die mit den alten Weibern im Kampf ums Dasein wetteifern, scheinen bis auf die tiefste Stufe der hündischen Gesellschaftsordnung herabgesunken zu sein. Sie rufen mehr Abscheu hervor als Mitleid. Jämmerlich mager, zumeist lahm, mit Wunden und Ungeziefer bedeckt, kriechen sie zwischen den Rädern der Eisenbahnwagen aus und ein und beschnüffeln den Boden unentwegt nach Abfällen, die aus den Fenstern herausfliegen könnten.

Ein höchst bezeichnendes Merkmal drängt sich dabei dem Betrachter auf, ein Merkmal, das die Hunde von Lu-tai mit denen des übrigen China teilen: niemals heben sie den Kopf, um den Blick der Reisenden auf sich zu ziehen und sie mit Winseln und Schweifwedeln um einen Brocken anzubetteln. Sie halten die Augen unablässig auf den Boden gerichtet, warten, bis ihnen etwas vor die Nase fällt, und dann schnappen sie danach und schlingen den Bissen hinunter, damit der, der ihn fallen ließ, ihn ja nicht wieder aufheben könnte. Da sie einmal durch zahllose Generationen daran gewöhnt sind, vom Menschen niemals etwas unmittelbar zu bekommen, bauen sie nicht mehr auf seine Großmut, sondern nur auf seine Fahrlässigkeit. Kuniang hat ein weiches Herz, besonders wenn sich's um Tiere handelt, und sie machte mich zuerst auf diesen Zug der chinesischen ‹wonks› aufmerksam. Der ganze Fall verrät übrigens viel mehr als bloß das Verhalten des Orientalen gegenüber herrenlosen Hunden. Er spiegelt den Pessimismus wider, der zutiefst im Herzen eines sonst freundlichen und langmütigen Volkes liegt. Mildtätigkeit im kleinen an Hunden oder Menschen (mit Ausnahme jener Berufsbettler, die eine Art Erpressergeld beziehen) scheint unnütz in einem Lande wimmelnder Millionen. Sie führt nur immer mehr und mehr Bedürftige zusammen, bis man aus Selbstschutz die Flucht ergreift. Das Gebot der Nächstenliebe ward durch eine Religion ersetzt, die Zurückgezogenheit von allem Irdischen lehrt.

Die einzige mitleidige Tat, die ich jemals an den Hunden von Lu-tai verübt sah, fußte gleichfalls auf dieser Philosophie.

An einem heißen Sommertag fuhr ich mit Monsieur de Velde, dem Herausgeber des ‹Courrier de Pékin›, von Peking nach Mukden. Er war das, was wir einen ‹Alten Chinesen› nennen, einer jener langjährigen Ansiedler, denen gründliche Erfahrung mit Land und Leuten geradezu das Gefühl eines Besitzrechtes gegeben hat. Vom Augenblick, da wir um halb neun Uhr morgens Peking verließen, plauderte Monsieur de Velde ununterbrochen, und das Gespräch drehte sich zumeist um die guten alten Zeiten, als es noch keine Bahnen in China gab und man die Hauptstadt mit Flußbooten erreichte, denselben Booten, die dem Kaiser den Tribut an Reis auf dem Großen Kanal zuführten. Zwischen Tientsin und Tang-ku erzählte mir mein Begleiter eine nicht alltägliche Geschichte über die Bahn, mit der wir eben fuhren. Sie war in den neunziger Jahren von einer Privatgesellschaft erbaut worden, zum Zweck des Kohlentransports aus den Kai-ping-Bergwerken. Dann kaufte die chinesische Regierung das Unternehmen an, bloß in der Absicht, es zu vernichten. Man brauchte in China keine Bahnen! Aber obwohl ein kaiserlicher Erlaß nach dem andern herauskam, der den Verkehr ausdrücklich verbot, fuhren die Züge munter weiter. Der Oberingenieur war ein Engländer, das Vorbild – wenn ich Monsieur de Velde glauben darf – für Kiplings ‹Stalky›. Sooft nun die Regierungsinspektoren in Tang-ku erschienen und Klage führten, es gingen noch immer Züge, bewies er ihnen restlos, sie müßten falsch unterrichtet sein: er habe ja keine Lokomotiven! Und ohne Lokomotive, erklärte er, gäb's keinen Zug! In Wirklichkeit besaß er eine einzige Maschine, aber wenn die chinesischen Beamten in Tang-ku auftauchten, war sie nicht zu erblicken. ‹Stalky› (falls er es wirklich war) wußte immer ganz genau, wann die Behörde sich einstellen würde, und ließ dann die Lokomotive in einem riesigen Erdloch eingraben, das man eigens für diesen Zweck ausgehoben hatte. Waren die Inspektoren verduftet, so buddelte man die Maschine wieder heraus. Monsieur de Velde erklärte, in dieser Geschichte stecke das ganze China.

Während unser Zug in Tang-ku hielt, warf er wütende Blicke aus dem Wagenfenster auf eine kleine chinesische Dame, die ein Seidenjäckchen, Hosen nach dem althergebrachten Schnitt und einen kühn geschwungenen grünen Hut unverkennbar fremdländischer Herkunft trug. Ein eifriges Gespräch fesselte sie an einen jungen chinesischen Bahnbeamten, dessen Toilette vollkommen europäisch war, angefangen vom Filzhut, der leider um ein paar Nummern zu groß schien, bis zu den purpurroten Socken und den Lackschuhen.

«Wer ist das schon wieder, diese Person mit dem Deckel auf dem Kopf?» schrie Monsieur de Velde, schnaubend vor Verachtung. «Vor fünfzehn Jahren hätte sie es nicht gewagt, sich so ein Zeug aufzusetzen. Und wäre der junge Laffe in solcher Narrentracht auf der Straße aufgetaucht, man hätte ihn zum nächsten ‹yamen› geschleift und ihm fünfzig mit dem Bambus verabreicht. Aber China ist heutzutage nicht mehr China und, was noch viel bedauerlicher, es ist nicht mehr amüsant.»

Zwischen Tang-ku und Lu-tai ist die Ebene mit Sträuchern bedeckt, die im Laufe des Herbstes sich färben wie Weinlaub. ‹Lu-tai› bedeutet auch ‹Terrasse der Seegräser›. Hie und da sieht man an den offenen Tümpeln einen Reiher, der im Schlamm nach Fröschen oder kleinen Krabben sucht.

Die einzigen Anzeichen menschlicher Besiedlung sind die kleinen Grabhügel der Verstorbenen und die Windmühlen, die Wasser in das Reservoir des Salzwerks heben. Die Hitze, die um die Mitte eines heißen Tages über dem Blachfeld lastet, ist unvorstellbar: kochende Luft zittert über dem Riedgras.

Als wir in Lu-tai ankamen, stiegen Monsieur de Velde und ich aus, um die Beine zu strecken und ein bißchen frische Luft zu atmen. Wie immer begrüßte uns hinter dem hölzernen Zaun ein Chor alter Weiber mit dem Geschrei: ‹Ta Laiè! Ta Laiè!› Und wie immer krochen die Hunde zwischen und unter den Wagen herum, während Monsieur de Velde unentwegt weitersprach:

«Haben Sie sich jemals die Hunde an der transsibirischen Strecke angesehen? Sie kommen von weit her zu den Bahnhöfen, weil sie sich von den Gastwirtschaften und den Speisewagen etwas erwarten. Es geht ihnen ungleich besser als den wonks, obwohl's doch dort viel kälter ist. Wahrscheinlich haben die sibirischen Hunde sogar einen Herrn, während diese armen Viecher wirklich nichts anderes sind als Straßenreiniger, wie seinerzeit ihre Kollegen in Konstantinopel. Traurig, aber wahr: es gibt viel zu viel Hunde hier in Lu-tai.»

Ein armer Köter, eine Hündin, deren hervortretende Rippen mich an Dorés Illustrationen zum Münchhausen gemahnten, beschnüffelte den Kies zu meinen Füßen. Der klägliche Anblick erinnerte mich daran, daß ich ein paar Butterbrote in der Tasche trug, die der Koch mir für die Reise mitgegeben hatte: da aber Monsieur de Velde durchaus mit mir im Speisewagen lunchen mußte, waren sie noch unberührt. Ich löste die Schnur und warf der ausgehungerten Hündin ein Stück zu. Sie schlang es hinunter und schnüffelte weiter am Kies, ohne den Kopf hochzuheben. Erfahrung hatte sie gelehrt, daß solch ein unverhoffter Bissen ausschließlich dem Zufall zu danken war. Anders als Dickens' kleiner Oliver Twist bei der Suppenausteilung dachte sie nie daran, ‹noch zu wollen›.

«Aber das ist ja ein Setter!»

Der Ausruf, im Ton lebhaftester Überraschung, kam aus Monsieur de Veldes Mund. Ich wandte mich meinem Gefährten zu, um festzustellen, was ihn so sehr in Erstaunen setzte, und gewahrte vor ihm einen Hund, genau so erbärmlich wie alle anderen, der aus einer leeren Seekrabbenschale, die ein Dritterklassepassagier zum Fenster hinausgeworfen hatte, noch ein Atom an Eßbarem herauszukratzen suchte. Krabben sind eine Spezialität des schlammigen Küstenstrichs. In Lu-tai wandern immer ein oder zwei Hausierer auf dem Bahnsteig herum und verkaufen sie gargekocht.

Der Hund, den Monsieur de Velde unentwegt anstarrte, besaß ein Fell von rötlicher Farbe mit weißen Flecken, das in besseren Tagen seidig und wellig gewesen sein mochte. Jetzt aber sah es so aus wie der Staub zu unseren Füßen und war über und über mit Schmutz und Fliegen bedeckt. Da und dort fehlte das Haar, und die nackten Stellen zeigten Wunden, die auf Ungeziefer oder die schlechte Ernährung zurückgingen. Der Hund war jedenfalls sehr alt. Die Augen trieften, und wenn jemand auf dem Bahnsteig an ihm vorbeiging, gab er sich einen plötzlichen Ruck, als hätten ihn seine Sinne nicht rechtzeitig gewarnt, daß ein menschlicher Fuß nahe sei und ihn treten könne.

Monsieur de Velde betrachtete das Tier angelegentlich.

«Das ist kein wonk», sagte er. «Das ist ein Rassehund. Ich glaube ein irischer Setter.»

«Wirklich, der Hund hatte andere Bewegungen als die wonks. Trotz seinem jämmerlichen und leidenden Zustand zeigte er Spuren von guter Abkunft. Furchtsam, wie er war, hob er die halbblinden Augen zu den Wagenfenstern und den herausgebeugten Reisenden empor. Weder eigene Erfahrung noch die seiner Voreltern hatten ihn gelehrt, daß es nutzlos sei, menschliche Wesen um Nahrung anzubetteln. Drum hielt er den Kopf in die Höhe und wedelte mit dem Schweif, um sich dort beliebt zu machen, wo er seine Götter sah.

«Gebt Almosen dem blinden Belisar!» zitierte Monsieur de Velde.

Ich warf dem Hund ein Brot hin. Er schlang es hinab und kehrte sich mir zu. Als ich ihm nicht sofort ein zweites gab, schnüffelte er nicht wieder am Boden herum, wie ein wonk es getan hätte, winselte auch nicht wie jeder bettelnde Hund, sondern plumpste vor mich hin und streckte sich steif.

Monsieur de Velde war außer sich vor Verwunderung. «Den Trick muß ihm jemand beigebracht haben», rief er. «Ich habe einmal gesehen, wie englische Soldaten einen Pudel lehrten, fürs Vaterland zu sterben.»

Ich warf dem Hund einen zweiten Bissen hin. Als er drunten war, sagte ich deutlich: «Guter Hund! Stirb für den König!»

Sofort schmiß er sich wie vorhin zu meinen Füßen nieder und bekam noch ein Brötchen.

«Armes Vieh!» sagte Monsieur de Velde. «Sein Herr muß ihn im Sumpfland auf der Schnepfen- oder Wildentenjagd verloren haben. Wahrscheinlich war er einmal ein verwöhnter Hund. Und jetzt schleckt er vergeblich an den leeren Krabbenschalen im Bahnhof von Lu-tai. Wär er jünger und weniger räudig, ich nähme ihn zu mir. Aber er hat nicht mehr lange zu leben. Pauvre vieux toutou, viens! Ich erspar dir ein paar Monate Hunger und Schmerz!»

Ein unerwarteter Schuß scheuchte viele Gesichter, weiße und gelbe, zu den Waggonfenstern. Monsieur de Velde hatte, wie alle ‹Alten Chinesen›, stets eine Waffe bei sich. Jetzt steckte er den kleinen Revolver wieder in die Tasche und blickte auf den Tierkörper zu seinen Füßen. Diesmal war der alte Hund wirklich gestorben, wenn auch nicht ‹für den König›. Dünne Blutfäden sickerten aus der Nase und hinter dem einen Ohr.

Ein Soldat trat auf uns zu und sagte etwas, was ich nicht verstand. Wahrscheinlich wollte er wissen, warum wir von all den Kötern auf dem Bahnsteig just diesen Hund vertilgt hätten. Erschrocken über den plötzlichen Knall des Schusses, hielten die Bettlerinnen einen Augenblick in ihrem Geheul inne. Sowie sie aber sahen, daß nichts geschehen war, hoben sie von neuem an:

‹Ta Laiè! Ta Laiè!›

Monsieur de Velde und ich nahmen die Plätze im Zug wieder ein. Der Nordwind trug uns einen Pfiff entgegen. Das Bahnamt meldete den Mukden-Expreß.

«O du lieber Augustin»

Etwas muß los gewesen sein in Shan-hai-kwàn, im Spätsommer 1915, das hab' ich mir immer gedacht – nur leider wußt' ich nicht, *was*.

In den letzten Jahren ist der Name Shan-hai-kwàn in Zeitungsnachrichten über die Mandschurei oft aufgetaucht. Indes im Jahre 1915 hatten außerhalb Chinas nur wenige Leute je von dem Nest gehört, und bestimmt verschwendete in Kriegszeiten kein Mensch einen Gedanken daran.

‹Shan› bedeutet Berg, ‹hai› Meer und ‹kwàn› etwa Sperre oder Schlagbaum. So läßt sich der Name ‹Shan-hai-kwàn› wiedergeben: ‹Die Sperre zwischen Berg und Meer›. Die befestigte Stadt liegt nämlich am Fuße der letzten Ausläufer einer langen Gebirgskette, die fast bis zur Küste reicht. Jede Invasionsarmee, die von der Mandschurei aus nach China vorstieß, mußte sich ihren Weg durch das ‹Defilee›, den schmalen Landstrich zwischen Berghang und Strand, bahnen. Als im siebzehnten Jahrhundert die Mandschustämme in die von den Mingkaisern beherrschten Gebiete einzudringen suchten, wurden sie dreißig Jahre lang durch den ‹Schlagbaum› der kleinen Festungsstadt aufgehalten.

Die Große Chinesische Mauer, die auf nahezu dreitausend Kilometer über Berg und Tal hinweg die nördlichen Provinzen beschirmt, endet bei Shan-hai-kwàn buchstäblich im Meer – die Chinesen freilich, die offenbar immer gegenteiliger Ansicht sind, erklären, die Mauer *beginne* im Meer, erhebe sich aus den Wellen und ende im fernen Sin-kiang. Heutzutage ist sie nichts als eine Grenzbezeichnung und ein Denkmal großer Vergangenheit. Der ebene Weg innerhalb ihrer Zinnen dient zwischen Shan-hai-kwàn und der Küste als Nebenstraße von und zur Stadt. An kühlen Sommerabenden geht oder reitet man dort spazieren.

An der Innenseite der Großen Mauer liegen alte chinesische Forts, die 1900 von den Befreiungstruppen der Gesandtschaften eingenommen und besetzt wurden. Diese Forts dienten später den Pekinger Botschaftswachen als Sommerquartiere. Am äußersten Ende der Mauer, beim Meer, liegt das britische Fort; dann kommt das italienische, das französische und schließlich, am nächsten zur Stadt, das japanische.

Während des Weltkrieges befanden sich diese kleinen Festungen, mit Ausnahme der japanischen, in einem Zustand fast völliger Verlassenheit. In der britischen hausten nur ein paar Belutschen von der indischen Armee, große, turbangeschmückte Männer, die in ihrer Freizeit im Wald oder auf der Mauerhöhe herumstrabanzten, jeden Fremden würdevoll grüßten und jedes Huhn verschwinden ließen, das ihnen über den Weg lief. Die Italiener waren bloß ein Dutzend Matrosen unter dem Kommando eines Unteroffiziers. Frankreich ließ sich durch eine Handvoll ältlicher, rasch zum Lokaldienst einberufener Reservisten vertreten, nicht zu reden von einer Kompagnie Annamiten, die aus Indochina Weib und Kind mitgebracht hatten.

Unter diesen spärlichen Abgesandten einer (auf dem Papier) glänzenden internationalen Besatzung war der Rangälteste ein englischer Offizier, Leutnant Edward Harrison, der nach dem Abtransport der Britischen Gesandtschaftswache an den französischen oder türkischen Kriegsschauplatz das Kommando über ein paar Belutschen in Shan-hai-kwàn übernommen hatte. Einem halbwegs ehrgeizigen jungen Offizier mußte die Aufgabe, gewissermaßen als Hausbesorger eines chinesischen Forts am Ende der Welt zu hocken, geradezu wie eine Katastrophe vorkommen. Selbst die Belutschen fühlten sich als ‹Etappenschweine› beleidigt und träumten davon, zu den Sikhs zu stoßen, die in Mesopotamien kämpfen durften. Ihr Kommandant teilte diese Anschauungen völlig, wenn er auch seine Leute ermahnte, ihr Los mit Würde zu tragen, und das möglichste tat, ihnen mit den alltäglichen Felddienstübungen die Zeit zu vertreiben.

Er selbst suchte Zerstreuung im Sport: im Schwimmen, Reiten, Tennisspielen oder in ausgedehnten Pirschgängen mit dem Gewehr in der Hand, auf der Suche nach Schnepfen an den Ufern des Flüßchens oder nach Wildenten im Sumpfland längs der Küste. Zuweilen unternahm er auch Ausflüge in die Berge, jedoch sein unstillbarer Durst nach Neuigkeiten von der Front verwehrte es ihm, sich mehr als ein paar Stunden von Shan-hai-kwàn zu entfernen, weil dort der englische Ingenieur, der den Bahnhofsdienst versah, von den in Tientsin und Peking einlangenden Reuterdepeschen Nachricht bekam.

Wäre Harrison in Japan stationiert gewesen statt in China, hätte er im Umgang mit ‹Allerwelt-San's› Trost finden können. Leider fehlte aber in Shan-hai-kwàn der Reiz des Ewigweiblichen völlig, und die Naturschönheiten von Meer, Berg und Wald sprachen nicht zu einem Spazierläufer, dessen Gedanken in flandrischen Schützengräben weilten.

Mit einem einzigen Gefährten konnte sich Harrison die Zeit vertreiben: mit dem Anführer der französischen Reservisten, einem Herrn, den man in China gut kannte, wenn auch nicht in militärischer Eigenschaft; sprach man doch von ihm unbeschadet des Subalternoffiziersranges, der ihn seit kurzem zierte, meist als dem ‹Père Antoine›. Er war ein Ordensgeistlicher, den geographische Studien im Fernen Osten festhielten. Die Aufgabe, die ihm nach Kriegsausbruch zugefallen war, trug er mit christlicher Ergebenheit. Er entschuldigte sich bei seinen Vorgesetzten, daß er leider ihren Befehlen nicht ohne weiteres nachzukommen wisse, und bei den Untergebenen, daß er nicht über die nötige Erfahrung im Kommandieren verfüge. Trotz solchen bescheidenen Erklärungen wurde Père Antoine nach kurzem ein tüchtiger Offizier. Er kannte seinen Weg.

Als ich ihm gegenüber meinen Verdacht äußerte, es müsse im Sommer 1915 etwas in Shan-hai-kwàn vorgegangen sein, schüttelte er den Kopf.

«Wie kommen Sie auf diese Idee?» fragte er.

«Schwer zu sagen. Ich habe so das Gefühl . . .»

«Was hätte denn los sein sollen? Es war ja kein Mensch dort außer Harrison und mir, und Harrison ging im September an die Front.»

«Aber es trieb sich noch jemand bei Ihnen herum – ich habe ihn gesehen, als ich ein paar Tage in Shan-hai-kwàn baden war. Sie kannten ihn gewiß: ein Deutscher oder Österreicher. Irgendwer erzählte mir, er sei ein durchgebrannter sibirischer Kriegsgefangener. Was ist aus ihm geworden?»

«Ach der! Ja, der verschwand bald nach Harrison. Ich glaube, er kam nach Tientsin und wurde dort mit den übrigen Angehörigen der Mittelmächte interniert, als China an die Seite der Alliierten trat.»

«Und nichts geschah vor seinem Abgang?»

Père Antoine verstummte einen Augenblick. Dann lachte er und sagte:

«Gar nichts. Aber eben dieses Garnichts ergibt eine komische Geschichte. Wenn Sie wollen, erzähl' ich sie Ihnen.»

Will man Père Antoines Bericht entsprechend einschätzen, muß man unbedingt einiges über die Person des Erzählers wissen. Gleich den meisten Patres, die im Zi-ca-wei-Observatorium bei Shanghai hausen, war Père Antoine ein erfahrener Sinologe und Gelehrter von nicht geringem Ruf. Es lag einige Komik darin, daß ein solcher Mann als Unterleutnant und Kommandant eines Häufleins Reservisten in Shan-hai-kwàn auftreten sollte. Indes, die Geschichte des Weltkrieges ist an derlei Beispielen nicht arm.

Père Antoines Erscheinung war einzigartig. Eine Adlernase, ein Geißbart und Ringellocken, die das graublonde Haar hinter den Ohren zu bilden pflegte, ließen ihn bisweilen aussehen wie einen Satyr. Doch nichts erinnerte an den Wald- und Flurgott, wenn man dem wohlwollend milden Blick begegnete, den Père Antoine durch seine stahlgefaßten Augengläser auf die Umwelt warf. Gleich Janus besaß er zwei Gesichter. Etwas Unschuldiges, ja Heiliges lag im Ausdruck des Antlitzes, doch das Profil erschien ungünstig und verhieß nichts Gutes. Ich fragte mich oft, welcher der beiden Anblicke den echten Père Antoine wiedergab.

Im Gespräch zeigte er sich freundlich und liebenswürdig und wußte den bescheidenen Wunsch, von aller Welt mit Nachrichten versorgt zu werden, durch die Bereitwilligkeit aufzuwiegen, mit der er jedermann die Schätze des eigenen großen Wissens zur Verfügung stellte. Sein Auftreten ließ die kriegerischen Eigenschaften, die der Uniform entsprochen hätten, durchaus missen, und oft vergaß er den militärischen Gruß durch Handheben bis zum Kappenrand, lüftete aber statt dessen hochachtungsvoll das Käppi oder den Tropenhelm, wobei die Tonsur zutage trat.

Harrison und Père Antoine hatten eigentlich wenig gemein, trotzdem staken sie immer zusammen. Die gemütliche Unterhaltung mit dem

Pater übte einen beständigen Einfluß auf die Nerven des andern. Père Antoine dagegen betrachtete den jungen Kameraden unter anderm als Auskunftsbüro für jene militärischen Gegenstände, in denen er seinem eigenen Zugeständnis nach so blank war.

An einem heißen Sommerabend, knapp vor Sonnenuntergang, saßen Harrison und Père Antoine nebeneinander am Rand einer jener Bastionen, die von der Großen Mauer gegen Norden vorspringen. Es war der richtige Platz, um die abendliche Brise vom Meer herüber und den Ausblick auf die Ebene zu genießen. Die Morgendepeschen hatten den Kriegsbericht über eine zweite Dardanellenschlacht gemeldet und wie stets die bitteren Klagen des Engländers hervorgerufen, den die Entbehrungen seiner Landsleute an die Kläglichkeit des eigenen, allzu üppigen Loses gemahnten. Père Antoine ließ den Gefühlen des jungen Freundes freien Lauf und besah sich inzwischen die Mais- und Hirsefelder, die zwischen der Küste zur Rechten und der Bergkette zur Linken dalagen. Unweit des Ruheplätzchens der beiden kam die Eisenbahnlinie aus einem Einschnitt der Mauer hervor und verschwand in der Richtung auf Mukden am Horizont.

Auf einem schmalen Karrenweg schob sich mitten durch die Hirsefelder eine kleine Prozession auf Shan-hai-kwàn zu, unter der Begleitung eines primitiven Orchesters von Gongs, Pfeifen und Tamburinen.

«Was wollen diese Leute?» fragte Harrison, als die Brise seinem Ohr die Klänge zutrug.

Père Antoine war über örtliche Bräuche und Zeremonien durchaus im Bilde.

«Sie kehren vom Gestade zurück», erklärte er, «wo sie um Regen gebetet haben, gleich den Baalspfaffen, die falsche Götter anrufen. Der verschlossene Palankin in der Mitte birgt wahrscheinlich das Bildnis des ‹Drachen-Großvaters›, der Flüsse, Meere und Wolken beherrscht. Man hat das Bild zum Strand hinabgetragen, Weihrauch verbrannt und Gebete gesprochen. Regnet es dann, beanspruchen die Priester ein Zehntel der Ernte.»

«Die Musik kommt mir aber gar nicht chinesisch vor. Es klingt irgendein Flötenton dazwischen, ein Walzer- oder Polkatakt.»

«Sie haben recht. Zu komisch . . .»

Père Antoine guckte mit verwundertem Gesichtsausdruck auf die Prozession hinab. Aus dem Schall der Zimbeln und dem Geschrei der Kinder, die den Drachen umsprangen und umjagten, erhob sich eine ganz unorientalische Melodie. Die Trommelwirbel und der dumpfe Ton des chinesischen Horns erstickten bisweilen den fremdartigen Klang, doch wenn sie verstummten, stieg wieder die kleine Melodie empor, rein und süß wie Vogelsang.

Der letzte der Andächtigen kam zum Vorschein und mit ihm die Erklärung. Am Ende des Aufzugs marschierte ein Mann, der trotz seiner

Kleidung, dem gewöhnlichen blauen Baumwollgewand des chinesischen Bauern, und der landesüblichen Beschuhung sichtlich kein Chinese war. Er trug keinen Hut, und seine gesamte Erscheinung dünkte recht kläglich. Im Gehen hielt er eine Flöte an die Lippen und entlockte ihr die Weise, die die beiden Offiziere auf der Mauer so verwundert hatte. Ein großer Hund, der selbst auf solche Entfernung müde und halb verhungert aussah, humpelte schwerfällig dem seltsamen Musikanten nach.

Die Wagenspur, die der Prozession Richtung gab, kreuzte das ausgetrocknete Bett eines Flusses. An der Uferböschung blieb der Flötenbläser stehen und sah sich um, indes er das Instrument in der Tasche versorgte. Von seinem Standort aus konnte er die beiden Männer oben auf der Mauer sehen, er beschattete die Augen mit der Hand gegen das Sonnenlicht und blickte empor. Dann sonderte er sich vom Zuge ab und schlug einen Feldweg ein.

Geröll, das von dem verfallenden Mauerwerk ständig herunterrieselte, und Sand, wie ihn der Wind herzutrug, hatten eine Art Böschung gebildet, auf der man zum Mauerkranz hinaufsteigen konnte. So kletterte der Flötenbläser bis zu einer Stelle, die nur ein paar Meter von Harrisons und Père Antoine Sitzplatz entfernt, aber so ziemlich auf gleicher Höhe lag. Der Hund war ihm nachgetrottet.

In der Nähe sah der Wanderer noch heruntergekommener aus als von weitem. Die blauen Baumwollkleider hingen in Fetzen, und die aus Filz verfertigten mongolischen Schuhe zeigten Blutspuren. Das eine Auge war verbunden, die Bandage aber so schmutzig, daß man sie von ferne gar nicht gesehen hatte, da sie mit dem schmierigen Gesicht in eins verschwamm. Rötlicher Staub lag verkrustet auf Haut, Haar und dem verwilderten Bart. Der ganze Mann sah aus wie eine Terrakottafigur, deren einzigen Farbfleck das unverbundene Auge bildete mit seinem leuchtenden Hellblau.

Aus diesem einen Auge starrte der Fremdling auf die beiden sitzenden Herren, und etwas an ihrer Erscheinung schien ihm Furcht einzuflößen, denn er trat zurück und schickte sich zum Gehen an. Doch Père Antoines wohlwollender Blick gewährte offenbar ebensosehr Beruhigung wie die Tonsur, die zu sehen war, da der Helm des guten Paters auf dem Boden lag. Der Wanderer machte eine grüßende Bewegung, und in einem Englisch, das keinerlei fremden Akzent verriet, fragte er, wie die Stadt dort hinten heiße.

«Das ist Shan-hai-kwàn», versetzte Harrison.

«In China?»

«Natürlich. Aber auch die Mandschurei, von der Sie kommen, ist eine chinesische Provinz.»

«Das sagte man mir. Doch ich muß gestehen, der Anblick der vielen russischen und japanischen Monturen längs der Bahnlinie beruhigte mich keineswegs über die Neutralität des Landes, durch das ich kam.»

«Sie sind Kriegsteilnehmer?» fragte Père Antoine.

«Ja. Und nach Ihren Uniformen zu urteilen, gehören wir verschiedenen Lagern an.

«Sind Sie Deutscher?» erkundigte sich Harrison.

«Nein. Österreicher.»

«Und wie kommen Sie in diese Gegend?»

«Ich wurde vor etwa drei Monaten in den Karpaten gefangengenommen und nach Sibirien geschickt. Unterwegs sprang ich vom Zug ab und wanderte zu Fuß bis hierher, indem ich der Richtung der Bahn folgte, dem Geleise aber immer ein gutes Stück auswich.»

«Donnerwetter!»

«Jesus Maria!»

So klangen die Rufe durcheinander, mit denen die beiden Zuhörer ihr Staunen zum Ausdruck brachten. Von Sibirien bis Shan-hai-kwàn zu Fuß – das hieß, halb Asien durchqueren!

«Und wovon lebten Sie?» fragte Harrison.

«Gutherzige Leute halfen mir, und einer, dessen Namen ich niemals erfuhr, gab mir Geld und vernünftige Ratschläge. Offenbar ging's mir noch immer nicht ganz schlecht, warum hätte sich sonst der Hund da um jeden Preis an mich angeschlossen? Dummerweise gab ich ihm eine Brotrinde. Es war augenscheinlich das erstemal, daß ihm ein Mensch was anbot. Von dieser Sekunde an ging er mir nicht von den Fersen. Trotz meiner bescheidenen Lebensumstände bin ich anscheinend noch immer der Held seiner Träume.»

Eine Spur von Spott lag in des Fremden Stimme und im Blick seines blauen Auges. Père Antoine betrachtete neugierig den seltsamen Sprecher und sagte:

«Und wie ist Ihr Name, wenn ich fragen darf?»

«Ich heiße Augustin Lieber und bin Korporal bei den Tiroler Kaiserjägern.»

Einen Augenblick lang schien Père Antoine ganz verblüfft. Dann hellte sich sein Gesicht auf, und er lächelte verbindlich:

«Augustin Lieber», wiederholte er: «Oder sagen wir vielleicht ‹Lieber Augustin›? Ich verstehe die Anspielung. In meiner Jugend hielt ich mich einmal im Kloster Heiligenkreuz bei Wien auf, und an Frühlingssonntagen hörte ich die Studenten singen, wenn sie durch den Wienerwald zogen. Irre ich nicht, so war der liebe Augustin jener volkstümliche Dudelsackpfeifer und Wirtshaussänger, der in böser Pestzeit die Wiener mit seinen Weisen erheiterte – mit einer besonders, die seither zu ihren Lieblingsliedern gehört.»

Und mit einer recht taktfesten Stimme begann Père Antoine die Melodie zu trällern, die ein paar Minuten früher erklungen war, als der Aufzug vom Gestade herankam:

‹O du lieber Augustin,
Geld ist hin,
Weib ist hin,
O du lieber Augustin,
Alles ist hin!›

«Das sind eigentlich keine Verse für einen Geistlichen», setzte er rasch hinzu. «Doch die Uniform, die ich trage, gestattet mir schon gewisse Freiheiten. Jedenfalls, mein Herr, wollen wir Ihr Inkognito achten und den Namen, den Sie führen, gelten lassen. Ich wüßte höchstens noch einen, der zu Ihnen paßte: Wotan, der einäugige Wanderer. Aber Sie müssen müde und vor allem hungrig sein. Mein priesterlicher Beruf rechtfertigt es, einem Gegner Gastfreundschaft anzubieten, falls Sie mit meinem Hause und meiner Küche vorliebnehmen wollen.»

Hier legte sich Harrison rasch ins Mittel.

«Obwohl ich nicht berufsmäßig verpflichtet bin, allen Notleidenden beizustehen, wäre ich glücklich, einem Feind in der Not Gastfreundschaft anbieten zu dürfen, sobald es mir nicht vergönnt ist, ihm im Feld gegenüberzutreten.»

Der Wanderer sah mit dem gesunden Auge von einem zum andern und lachte:

«Bei diesem edlen Wettstreit muß wohl *ich* den Preis zuerkennen. Darf ich mich durch materielle Erwägungen leiten lassen? Ich bin nämlich wirklich müde und sehr, sehr hungrig. Drum nehme ich die Einladung desjenigen an, der näher wohnt.»

«Ich! Ich!» riefen Harrison und Père Antoine wie aus einem Munde.

«Sehen Sie, bitte: mein Haus liegt dort hinter den Bäumen», deutete Père Antoine.

«Und meines dort, wo Sie die Fahne sehen», überbot Harrison.

Der Fremdling lachte.

«Fern sei es von mir», sagte er, «an dem Wort eines Mannes zu zweifeln, der Priester und Offizier zugleich ist. Aber ich kann's mal nicht anders machen: Ihr Haus sieht man von hier aus nicht – doch die Fahne sieht man! Und sie winkt so einladend! Deshalb, Sir, nehme ich *Ihre* Gastfreundschaft an.»

Der Fremde wandte sich Harrison zu und verbeugte sich vor ihm. Trotz seiner kläglichen Erscheinung schien er durchaus zu wissen, wie eine tadellose Verbeugung zustande kommt.

Père Antoine begleitete die beiden bis zum Eingang des britischen Forts und begab sich dann zu seiner eigenen Behausung. Er gehörte übrigens zu jenen methodischen Menschen, die ein Tagebuch führen (später zeigte er mir ein paar Seiten daraus). Am Abend der Ankunft des lieben Augustin wurde das Ereignis mit folgenden Worten festgehalten:

‹Heute traf hier zu Fuß ein Österreicher ein, angeblich aus einem sibirischen Kriegsgefangenentransport entsprungen. Er ist zweifellos von hoher Abkunft und legt sich den falschen Namen ‹Lieber Augustin› bei. Behauptet, er wäre bloß Korporal bei den Kaiserjägern.

Er ist der erste entflohene Kriegsgefangene, mit dem ich sprechen kann. Man könnte von ihm etwas über die Vorschriften erfahren, die der Gegner hinsichtlich der Fluchtergreifung sibirischer Kriegsgefangener aufgestellt hat.

Vielleicht ist es schade, daß der l. A. Harrisons Gast ist und nicht der meine.›

Der liebe Augustin blieb ein paar Tage auf dem britischen Fort und stellte seine Gesundheit wieder her, die unter den Entbehrungen der langen Wanderung einigermaßen gelitten hatte. Er trug Uniformstücke seines Gastgebers, die ihm ganz gut paßten, da beide die gleiche Größe und Gestalt besaßen. Wenn auch der Österreicher der ältere war, so zeigte sich dies weniger in körperlichen Zügen – beide Herren waren blond und sahen jugendlich aus – als in einer gewissen Art selbstbewußter Überlegenheit. Er stutzte sich den Bart und entfernte nach ein oder zwei Tagen den Verband vom Auge, das Spuren einer leichten Bindehautentzündung aufwies.

Der Ankömmling schrieb einige Briefe nach Tientsin und Peking und bekam Antworten mit der Adresse: Mr. A. Lieber. Die Antwortschreiben enthielten übrigens Geldsummen, mit deren Hilfe er einen Abstecher nach Tientsin machte, um sich neu einzukleiden und verschiedene notwendige Besorgungen zu machen.

Er hätte ja beim österreichischen Marinedetachement in Peking, das den Dienst der Gesandtschaftswache versah, Quartier nehmen können, allein er zog es vor, nach Shan-hai-kwàn zurückzukehren, wo er einen Tempel in den Bergen bezog, mit einem von Père Antoine empfohlenen Boy, einem Koch, zwei Kulis und dem Hund. Die Sitte, in Tempeln zu wohnen, ist in China so weit verbreitet, daß Augustins Anwesenheit gar nicht auffiel.

Gleich den übrigen Untertanen der Mittelmächte wurde der liebe Augustin, ehe China die Neutralität aufgab, nicht interniert, doch war er von seiner Heimat und der Front abgeschnitten. Außer mit einem falschen Paß konnte er unmöglich nach Österreich zurück. Denn Land- und Seerouten wurden von den Alliierten überwacht. Sein Wiedereintreffen in Shan-hai-kwàn bewies, daß er die Hoffnung auf eine Rückkehr zur Front aufgegeben hatte.

Der liebe Augustin und Harrison befanden sich in ähnlicher Lage. Beide sehnten sich nach Europa, um am Krieg teilzunehmen, beiden blieb es versagt, und dies erhöhte nur noch eine wechselseitige Sympathie, die schon bei der ersten Begegnung aufgetaucht war. Daß man gegnerischen

Armeen angehörte, gab der aufkeimenden Freundschaft einen Stich ins Paradoxe, ohne jedoch die Wärme des Gefühls irgendwie abzukühlen. Auch Père Antoine stand zu dem entsprungenen Kriegsgefangenen in guter Beziehung, setzte sich aber, im Gegensatz zu Harrison, niemals mit ihm zu einem kleinen Trunk zusammen.

In den ersten acht Kriegsmonaten hatte der liebe Augustin an der österreichich-russischen Front gekämpft. Wenn er von seiner Felddienstleistung sprach, achtete er sorgfältig darauf, seinen militärischen Rang nicht zu verraten, allein der Engländer entdeckte in dem Gesprächspartner eine unerschöpfliche Quelle jener ins Einzelne gehenden Form von Wissen, wie nur Erfahrung aus erster Hand es verschaffen und nur ein Offizier in leitender Kommandostellung es besitzen kann. In stillschweigendem Einverständnis unterließ man jede Anspielung auf politische Themen. Man unterhielt sich über die Schwierigkeiten des Gebirgskriegs, über neue Befestigungssysteme und die moderne Kunst der ‹Maskierung› oder Verkleidung von Stellungen, Batterien und so weiter.

«Ich glaubte immer, ich verstünde mich auf Maskierung ganz gut», sagte der liebe Augustin. «Aber das kam vielleicht bloß daher, daß ich mit Russen zu tun hatte, die in dieser Kunst durchaus keine Meister sind.»

«Ich kann mir nicht denken, daß ich es darin zu etwas brächte», klagte Père Antoine. «Die einzige Maskierung, die mir höchstens gelingt, ist die, daß ich wie ein als Soldat verkleideter Priester ausschaue.»

«Die allerbeste Maskierung», sagte Harrison, «wäre, daß man aussähe wie ein gegnerischer Soldat. Nur fürchte ich, man könnte dann bei den eigenen Kameraden auf Schwierigkeiten stoßen.»

Derartige Unterhaltungen fanden in Harrisons Privatwohnung oder auch in dem Tempel statt, den der liebe Augustin auf dem Berg droben gemietet hatte. Die Wahl eines solchen Wohnsitzes bewies, daß sein Inhaber wirklich zu einem berühmten Alpenregiment gehörte, denn der Aufstieg zum Tempel war steil und langwierig. Dafür sah man sich durch den Rundblick von der Kammhöhe reichlichst belohnt. Ostwärts schweifte das Auge die Küste entlang bis zu dem kleinen Hafen Chinwang-tao, in dem Kohlenbunker vor Anker lagen. Westwärts, also gegen das Landesinnere, folgte man dem Lauf der Großen Mauer über die Berge hinweg und in die Täler hinab. Der kleine Fluß, der nahe dem britischen Fort ins Meer mündet, schlängelte sich aus dem Gebirge in die Ebene und floß tief unter dem Tempel dahin. Bei Sonnenuntergang spiegelte sich der rötliche Himmel in den Mäanderschlingen des Wassers zwischen den jäh abfallenden Ufern. Vor dem Tempel lag eine Terrasse. Hier verbrachte der liebe Augustin meist seine Zeit mit Lesen oder Flötenspielen.

Ein paar Möbelstücke hatte man aus Tientsin heraufgeschafft: ein Feldbett, einen Schrank, Tische und Stühle. Einen besonderen Luxus stellte ein großer Teppich dar, der den chinesischen ‹kang› bedeckte und noch darüber hinaus bis zur halben Wandhöhe emporgespannt war. Ein schöner Teppich, doch der liebe Augustin ließ den Hund darauf schlafen.

Zwei Ponies, in einer Farm am Weg zur Stadt eingestellt, dienten dem Tempelbewohner zu Ausflügen in die Umgebung. Auch ein Gewehr hatte Augustin erstanden, mit dem er in die Berge pirschen ging, wenn er nicht zusammen mit dem Engländer im Sumpfgebiet am Meer Enten jagte.

Im Sommer kam er täglich vom Tempel herab und ging mit Harrison baden. Man schwamm bis zu einer Sandbank, die dem Ufer parallel lief. Père Antoine leistete den beiden nur am Strand Gesellschaft, da er Nichtschwimmer war.

Der Sommer verging, und die Hirse reifte der Ernte entgegen. Die rostfarbenen Rispen auf den hohen Halmen gaben der Landschaft nördlich und südlich der Mauer einen bräunlichen Ton. Der Mais war schon eingebracht, und die goldgelben Kolben trockneten auf den Hüttendächern.

Zu Anfang September erhielt Harrison den Befehl, nach Europa zurückzukehren und sich beim Hauptquartier in Flandern zu melden. Obwohl der letzte Monat seines Aufenthalts in Shan-hai-kwàn weniger langweilig gewesen war als die früheren, erfüllte ihn doch der unerwartete Ruf zu den Waffen mit einer Genugtuung, die er nicht zu verhehlen suchte. Père Antoine war der erste, dem er die Nachricht von der Einberufung brühwarm weitergab. Der Franzose brachte seine Glückwünsche zum Ausdruck und setzte hinzu:

«Sie würden es wohl nicht zustande bringen, den Grund Ihrer Abreise geheimzuhalten? Könnten Sie nicht zum Beispiel sagen, Sie müßten nach Shanghai fahren, und sich von dort aus schriftlich verabschieden?»

»Warum so viel Geheimnistuerei?»

«Ich dachte an unseren Freund. Es wäre besser, wenn er's nicht wüßte.»

Harrison schüttelte den Kopf. «Auch wenn ich es ihm nicht sagte, würde er es sofort von jemand anderm erfahren.»

Er hatte natürlich vollkommen recht: denn ehe er noch den lieben Augustin wiedersah, bekam er einen Zettel von ihm, auf dem nichts stand als: «Herzlichen Glückwunsch!» Doch ein paar Tage lang kam der Österreicher nicht wie sonst zum Baden an den Strand.

Ganz zu Anfang, als Augustin seinen Bergtempel bezog, hatte Père Antoine, wie wir uns erinnern, ihm unter anderm einen chinesischen Boy und einen Koch verschafft. Dieser letztere war der Bruder des Kochs beim französischen Detachement. Die beiden Biedermeier trafen einander täglich auf dem Markt in Shan-hai-kwàn und taten, was alle Diener auf Erden tun: sie schwatzten über ihre Herren.

Père Antoine bediente sich im Verkehr mit seinem Personal der chinesischen Umgangssprache und erhielt auf diesem Weg Nachrichten aller

Art, die andern und weniger methodischen Menschen unbedeutend vorgekommen wären. Nach Einlangen der telegraphischen Marschorder für Harrison ermahnte der Pater seinen Boy und vor allem den Koch, ihm sämtliche erreichbaren Nachrichten über das Verhalten des ‹Fremden Teufels› auf dem Bergtempel zu hinterbringen. In Père Antoines Tagebuch aus den ersten Septembertagen 1915 wird des lieben Augustin öfters gedacht:

‹*1. September*: Wetter kühler. Nachricht über d. l. A. (laut Aussagen des Kochs): Herr sehr traurig, gestern ganzen Tag auf Terrasse gesitzt; Aussicht anschauen, rauchen, sehr wenig essen, Flöte blasen.
2. September: Wetter schön. Nachricht über d. l. A.: Herr sehr traurig. Nacht nicht schlafen; heute früh Brief schicken nach Tientsin.
5. September: Regen. Nachricht über d. l. A.: Herr Telegramm gekriegt. Nicht mehr so traurig, aber wenig schlafen. Ganze Zeit herumlaufen auf Terrasse.
6. September: Wetter schön, viel kühler. Nachricht über d. l. A.: Herr auf Jagd in Berge. Hund mitgenehmt. Sonst Hund nicht mitgenehmt: er nicht gut für Jagd. Heute Hund läuft Hase nach, wie Herr schießt; Hund tot, Herr sehr traurig.›

Am 7. September kam Augustin nach Shan-hai-kwàn und besuchte Harrison und den Pater. Er erzählte ihnen vom Unfall des Hundes und schien darüber sehr betrübt. An Harrisons Reisevorbereitungen nahm er freundliches Interesse und erklärte, er wolle ihm, wenn es so weit sei, das Geleite geben. Auch sagte er, er würde die wenigen Tage, die noch blieben, immer zum Bad an den Strand herabkommen.

Harrison war nun zur Abfahrt fast fertig. Er hatte noch einen Sprung nach Tientsin gemacht, um ein paar Kleinigkeiten zu besorgen und den Militärpaß abzuholen. Er wollte mit einem Dampfer der Kailan-Bergwerksgesellschaft von Chin-wang-tao nach Shanghai fahren und dort das japanische Postschiff besteigen, das ihn nach Marseille bringen sollte. Die Entfernung von Shan-hai-kwàn bis Chin-wang-tao beträgt etwa fünfundzwanzig Kilometer, darum mußte Harrison mit dem einzigen Morgenzug hinfahren, obwohl der Dampfer fahrplanmäßig erst spätnachts im Hafen eintraf. Doch Augustin bot ihm eines seiner Ponies an, für den Fall, daß er lieber erst gegen Abend aufbräche, und erklärte sich bereit, ihn auf dem zweiten Pferd bis Chin-wang-tao zu begleiten. Der Leutnant nahm mit Dank an, und man verabredete eine Zusammenkunft am Strand, um den letzten Tag zu dritt miteinander zu verbringen.

Harrisons Abreise wurde endgültig auf den 10. September angesetzt. Um der Hitze zu entgehen, beschloß er, Shan-hai-kwàn knapp vor Sonnenuntergang zu verlassen und derart dank Augustins Angebot den Ritt zum größten Teil im Schein des vollen Mondes zurückzulegen. Das

Gepäck wurde mit der Bahn vorausgesandt und sollte von der Agentur der Bergwerksgesellschaft ohne weiteres Dazutun an Bord gebracht werden. Damit waren sämtliche Vorbereitungen erledigt und Harrison konnte in aller Ruhe den letzten Tag den beiden Freunden widmen wie seinerzeit, bevor das bedeutungsvolle Telegramm ihn nach Europa rief. Man speiste gemeinsam in Père Antoines Haus und blieb bis gegen vier Uhr nachmittags im Schatten. Dann marschierte man zum Strand hinab.

Der Pater kam mit, ging aber nicht ins Wasser, sondern setzte sich am Ufer nieder und sah zu, wie die beiden Freunde zur Sandbank hinausschwammen. Inzwischen stopfte er sich ein Pfeifchen. Jetzt kamen die Zündhölzer an die Reihe, er griff in die Tasche, aber leider – er mußte sie zu Hause vergessen haben. Doch Harrison und der liebe Augustin waren zum Glück Raucher und drum würden sich in ihren Uniformen in der Badehütte gewiß Streichhölzer finden. Gedacht, getan. Harrisons Blusentaschen strotzten von Papieren, denn er trug bereits Paß, Schiffskarten und Geld bei sich. Père Antoine wollte so heikle Dinge lieber nicht anrühren und grub darum in Augustins Taschen nach den ersehnten Zündbalken. Komisch: auch hier schien alles zum Bersten voll. Erst zog der Pater die Flöte heraus, Oberteil, Unterteil, dann eine Schere, fein säuberlich in Papier eingewickelt, dann einen Rasierapparat und endlich eine Tube Creme, ‹Euxesis› genannt, die laut aufgedruckter Gebrauchsanweisung tadelloses Rasieren ohne Wasser und Seife verhieß. Einigermaßen verdutzt hielt Père Antoine die Sachen in der Hand. Im nächsten Augenblick stopfte er sie zurück und saß schon wieder an seinem Ruheplatz im Sande. Zündhölzchen hatte er nicht gefunden, und die Pfeife blieb kalt . . .

Als die Schwimmer an Land stiegen, empfahl sich der Pater mit Ausdrücken lebhaftesten Bedauerns. Er hätte leider furchtbare Kopfschmerzen und müßte nach Hause, sich niederlegen. Harrison war erstaunt und nahm unter vielen Händedrücken von ihm Abschied: hoffentlich sehe man sich einmal in dieser oder jener Welt wieder. Plötzlich überkam es den Leutnant, wie lieb ihm eigentlich dieser stille, bescheidene Mann geworden war in seiner Uniform, die so gar nicht zu ihm paßte.

Es war sechs Uhr vorbei, und die Sonne näherte sich dem Bergkamm, als Harrison und der liebe Augustin zu Pferd stiegen und nach Chin-wangtao aufbrachen. Sie folgten einem Weg längs des Flußufers. Ungefähr einen Kilometer hinter dem britischen Fort lag eine Holzbrücke, und ihr trabten die beiden Ponies zu. Harrison ritt voraus, der liebe Augustin folgte ihm mit etwa zehn Metern Abstand. Linker Hand lag der Fluß, die Strömung war zurückgestaut durch die vom Meer hereindringende Flut. Rechts breiteten sich die Wälder mit zahlreichen Lichtungen, wie sie die Chinesen auf steter Suche nach größeren Anbauflächen ausgehauen hatten. Jenseits des Flusses gab's keinen Wald mehr, sondern nur Hirsefelder. Durch sie führte der Weg, parallel der Küste, weiter bis Chin-wang-tao.

An der Brücke – einem etwas gebrechlichen Bau, der dazu diente, eine kleine Förderbahn über den Fluß zu führen – stießen die beiden Reiter plötzlich auf ein Häuflein französischer Soldaten unter dem Befehl eines Korporals. Sie saßen auf Ponies und schienen jemanden zu erwarten. Der Korporal war ein Mann mittleren Alters mit einem grauen Schnurrbart. Er ritt auf Harrison zu, grüßte stramm und hielt ihm einen Brief hin, säuberlich geschrieben auf dem Dienstpapier des französischen Detachements, doch ohne Umschlag. Verblüfft nahm Harrison den Dienstzettel entgegen und las. Das Schreiben enthielt eine kurze Nachricht Père Antoines:

‹Cher ami! Sie machen mir und meinen fünf Kameraden eine große Freude, wenn Sie gestatten, daß wir Sie bis Chin-wang-tao begleiten.
Ich bin überzeugt, Sie werden mir diesen letzten Wunsch nicht abschlagen.

Ihr alter Père Antoine.›

Das Angebot einer Begleitmannschaft stellte eine freundliche, wenn auch formelle Höflichkeit dar, die Harrison nicht erwartet hatte. Er sprach dem Korporal und dessen Leuten seinen besten Dank aus, erklärte, er fühle sich höchlichst geehrt und nehme mit größtem Vergnügen die Begleitung an, plagte sich aber dabei mit seinem Pony ab, das, ungeduldig über den Aufenthalt, tänzelte und den Boden stampfte. Endlich setzte die Gruppe, die nun aus sieben Reitern bestand, über das Brücklein und verschwand, einzeln abfallend, auf dem Pfad durch die Hirsefelder.

Die Sonne war hinter den Bergen verschwunden, die Kämme nahmen eine violette Färbung an und standen dunkel gegen den gold- und rosenfarbenen Himmel. Frösche quakten am Flußufer und Mückenschwärme kreisten über dem Wasser.

Aus tiefem Schatten tauchte eine Gestalt hervor. Eine Weidengruppe hatte sie dem Blick entzogen: Père Antoine. Er schritt bis zur Brücke, blieb an ihr stehen und lehnte die Unterarme gegen die hölzerne Brüstung. Etwas Geisterhaftes stak in seinem plötzlichen Erscheinen, und das Abendlicht zeigte das satyrgleiche Profil. Als wäre der Große Pan aus dem Ried am Flußufer herausgetreten, wo er auf Wanderer gelauert. Und wirklich – schon nach wenigen Minuten erschien ein solcher Wanderer auf dem Feldweg, den Harrison und dessen Gefährten eingeschlagen hatten. Es war der liebe Augustin, allein und zu Fuß, gesenkten Hauptes, den Zügel des ihm nachtrottenden Ponys lose überm Arm. Jetzt betrat er die Brücke, da erblickte er Père Antoine und hielt inne.

«Warum kommen Sie zurück?» fragte der Pater.

«Ich hatte ebenfalls Kopfschmerzen, und Harrison ist ohnedies in

Gesellschaft. Wie kamen Sie darauf, ihm eine Eskorte mitzugeben?»

Père Antoine zeigte in die Richtung auf Chin-wang-tao.

«Die Hirse steht hoch», sagte er. «So hoch, daß ein Mann zu Pferd darin verschwindet. Im Herbstfeldzug am Liao Yang während des Russisch-Japanischen Krieges blieben die Verwundeten oft verlassen in den Feldern zurück, weil es einfach unmöglich war, alle aufzufinden.»

«Was hat das mit uns zu tun?»

«Harrison hat seinen Paß, die Schiffskarten und das Reisegeld bei sich. Wäre er ungesehen liegen geblieben wie die Verwundeten am Liao Yang und mitten im Hirsefeld gestorben, so hätte es keinerlei Schwierigkeit gemacht, daß jemand anderer – besonders jemand von gleicher Größe und Gestalt und blond wie er – seinen Platz auf dem Dampfer einnahm.»

«Falls Sie auf mich anspielen, darf ich wohl bemerken, daß ich einen Bart trage.»

«Und falls *Sie* einen Rasierapparat und eine Creme bei sich hätten, wäre es nicht schwer, ihn loszuwerden.»

Der liebe Augustin gab keine Antwort und schien nicht aus der Fassung gebracht. Er griff in die Tasche und holte zwar keinen Rasierapparat hervor, sondern die Flöte, Oberteil, Unterteil, und setzte sie umständlich zusammen. Ein paar Augenblicke noch blieb er schweigend stehen und sah aufs Wasser hinab. Dann nickte er dem Pater zum Abschied kurz zu und setzte sich wieder in Bewegung, in der Richtung auf Shan-hai-kwàn, das Pony folgsam hinten nach. Père Antoine stand wieder allein an der Brücke. Doch als Mann und Pferd hinter den Weiden verschwanden, trug die leichte Brise die Melodie zurück, die der Pater und Harrison an jenem Sommerabend gehört hatten, damals auf der Mauer:

‹O du lieber Augustin,
Geld ist hin,
Weib ist hin,
O du lieber Augustin,
Alles ist hin!»

Und das hatte Père Antoine gemeint, als er mir sagte, es sei gar nichts geschehen – in Shan-hai-kwàn, im Spätsommer 1915.

Ob *er* wohl gewußt hat, wer der liebe Augustin eigentlich war?

Pao und der Kapitän

In J. O. P. Blands ‹Hausboot-Tage in China› – einem Buch, das mehr Wissen über den Fernen Osten vereinigt als sein Titel vermuten läßt – heißt ein Kapitel: ‹Vom hypnotischen Einfluß des P'utzu›. Es handelt sich darin um eine Vorstellung, die viereckigen Stickereien, wie sie die Mandarine der alten Schule an Brust und Rücken trugen, hätten eine suggestive Wirkung ausgeübt, zumal auf ausländische Diplomaten, die unweigerlich dem Zauber verfielen.

Ich möchte mich auf die Frage des P'utzu nicht näher einlassen, sondern mich auf meine Beobachtung beschränken, daß kein größeres Ungeheuer die gleiche betörende Wirkung auf Ausländer zu üben vermag als – ein Pekinesenhündchen. Vielleicht sind auch die ‹Herrln› anderer Hunderassen von ihren Lieblingen geradezu besessen, doch niemals erreichen sie solche Tiefen der Selbsterniedrigung, wie wenn sie einem Pekinesen untertan werden. Der Vers des Jesaias, den Mr. Bland an die Spitze seines Kapitels über das P'utzu stellt, paßt genau so gut auf die Haltung eines Pekinesen gegenüber der Menschheit im allgemeinen und seinem ‹Herrl› oder ‹Frauerl› im besonderen: ‹Es bücket sich der gemeine Mann und es demütigt sich der Große. Drum vergib ihnen nicht.›

Die Chinesen haben ein Märchen: ‹Wie der Pekinese entstand.› Das ist die Geschichte von einem Löwen, der sein Herz an ein Eichhörnchen verlor. Als er daraufkam, daß die Größenverhältnisse leider ein recht ernstliches Hindernis für die Eheschließung bildeten, befragte er einen Zauberer. Dieser erklärte sich bereit, den Löwen so klein zu machen, daß der Erfüllung wahrhafter Liebe nichts mehr im Wege stünde. Doch der Löwe meinte zweifelnd, wenn er zur Größe eines Eichhörnchens zusammenschrumpfte, ginge doch seine Würde verloren. Der Zauberer beruhigte ihn, auch diese Schwierigkeit sei zu meistern, sprach das magische Wort über den Löwen und gab ihm die gewünschte Gestalt. Doch seltsam – noch immer trug der Verwandelte die volle Würde des Königs der Tiere. Und so entstand der Pekinese.

Wenn die meisten chinesischen ‹wonks›, wie sie die Bahnstation von Lu-tai umlungern, in der Hundewelt die niedrigste Sprosse der sozialen Stufenleiter einnehmen, so sind die ‹Palasthündchen› – wie die Pekinesen in der Hauptstadt heißen – zweifelsohne die Creme der Gesellschaft und wünschen auch in diesem Sinne behandelt zu werden. Mehr als jeder andere Hund nötigen sie eine langmütige Menschheit zur Anerkennung stolzesten Selbstbewußtseins.

Mein Pekinese ‹Onkel Podger› hatte einmal einen Verwandten, genauer gesagt einen leiblichen Vetter, den mei K'ai-men-ti im Pförtnerhäuschen zusammen mit ihm aufzog. Später beglückte der kleine Vetter –

Kuniang war an dem ganzen Handel irgendwie beteiligt – den Kapitän der ‹Etruria›, eines italienischen Zerstörers, und sein neuer Herr nahm ihn nach Shanghai mit. Die weiteren Erlebnisse des Kleinen drangen mittelbar durch einen Briefwechsel mit dem Schiffsarzt der ‹Etruria› zu mir, welch letzterer früher bei der Italienischen Gesandtschaftswache in Peking gedient und Kuniang behandelt hatte, wenn ihr etwas fehlte.

Das Hündchen hieß übrigens ‹Pao›, das heißt chinesisch so viel wie ‹Schatz›.

Zu Beginn des Weltkrieges war die ‹Etruria› in den chinesischen Gewässern stationiert, und ihr Kapitän, Paos Herr, schien bei der internationalen Gesellschaft der Vertragshäfen nicht weniger beliebt als im Kreis seiner Bordoffiziere und Mannschaft. Von ihm galt das gleiche wie von der bekannten Balladenfigur Captain Reece:

> ‹Ihn liebt Mast, Deck und Maschine,
> Denn Käptn Reece von der Kgl. Marine
> Tat, was er konnte, für die Menage
> Und sonstiges Wohlsein der Equipage.›

Allein Paos Auftauchen zog eine Herabsetzung, wenn auch nicht der Beliebtheit des Kapitäns, so doch seines Ansehens nach sich. Der Doktor – ein guter Kerl, aber ausgesprochener Brummbär – stellte fest, daß sich von diesem Tage an die ‹Etruria› in eine schwimmende Hundehütte verwandelte und ihr Kommandant wie ein Hund dem eigenen Hündchen nachtrottete. Eine unfreundliche Bemerkung, die zurückging auf die Ausbootung Paos und seines Herrn in der Kapitänsbarkasse (die ‹Etruria› ankerte damals auf der Reede von Hongkong) zwecks Besuches einer Maniküre, deren Dienste nicht vom Kapitän persönlich beansprucht wurden, wohl aber von seinem Hund.

Ein Blick auf Pao erhellte ohne weiteres die Prinzipien der chinesischen Kunstentwicklung. In seinem Körperchen vereinigten sich Elemente, die in der chinesischen Bildhauerkunst, in der Malerei und am Porzellan wiederkehren. Obwohl an ihm alles und jedes, vom Schnäuzchen bis zur Schweifblume, krumm geraten war, lag dennoch in dieser Krummheit harmonische Anmut. Sein Rückgrat bildete eine Kurve, die ihn geradezu konkav erscheinen ließ, gleich einem Boot auf dem Stapel. Das Fellchen war schwarz, und den einzigen Farbfleck bildete die rosa Zunge, die immer zum Mundwinkel heraushing.

Pao hatte große, hervortretende Augen, aber sein Gesichtssinn war schwach. Ein Engländer mit viel Hundeerfahrung erklärte dem Kapitän, die eigenartige Kopfform der Pekinesen setzte sie mehr als andere Hunde Verletzungen des Sehnervs aus zufolge der bei den Besitzern kleiner Hunde weitverbreiteten Gewohnheit, die Tierchen beim Nackenfell hochzuheben. Diese Art des ‹Emporkommens› sei gefährlich, wenn man

Glotzaugen habe wie Pao. So lautete die Mitteilung. Hätte nach ihrer Kenntnisnahme der Kapitän einen seiner Untergebenen dabei erwischt, daß er Pao beim Nackenfell in die Höhe hob, der Unselige wäre zweifelsohne den Fischen geopfert worden!

Die Schwarzfärbung gewährte Pao einen besonderen Schutz, wenn das Schiff Kohlen lud – denn die ‹Etruria› war ein alter Kasten und kannte keine Ölfeuerung. Bei solchem Anlaß war der kleine Pekinese das einzige Lebewesen, das nicht im wörtlichen Sinn Farbe wechselte. Doch so sauber er auch schien, sammelte er in seinem Pelz eine Unmenge Kohlenstaubs, den er mit schöner Unparteilichkeit auf seines Herrn Kleider und Möbel verteilte. In Saigon kam der französische Gouverneur an Bord. Der Kapitän schoß aus der Kajüte heraus, um den Staatsbesuch zu empfangen, nur trug dabei leider seine blütenweiße Uniform, ein paar Zentimeter unterhalb der Ordensbänder, zwei schwarze Pfotenabdrücke.

Eine weitere Eigentümlichkeit Paos war, daß er keine Stimme besaß. Packte ihn Aufregung oder Zorn, so sah es allerdings aus, als könnte er bellen: das Körperchen krampfte sich heftig zusammen, aber kein Laut kam aus der kleinen Kehle. Der Kapitän nannte das ‹Paos Aphonie› und schien überzeugt, es verrate sich darin unverkennbar echte Rasse, eine Anschauung, der niemand entgegenzutreten wagte.

Nach einer Legende, die Pao begleitete, als er die ‹Etruria› betrat, war er das letzte Reis eines edlen Stammes, der einst im Palast der Mandschu-Kaiser blühte. Der Niedergang der ‹großen reinen› Dynastie bedrohte auch ihre Lieblingshunde mit der Vernichtung. Die Kaiserin-Witwe besaß das letzte überlebende Paar. Nach Tzu-hsis Tod stahl ein Eunuch die beiden Hündchen, und aus Furcht, deren groteskes Aussehen könnte das ‹sangre azul› verraten, übergab er sie insgeheim dem K'ai-men-ti des Shuang Liè Ssè. Der Eunuch starb dann und die kaiserliche Zucht gedieh in der bescheidenen Umwelt einer Pförtnerwohnung. Falls die Geschichte wahr ist, woran ich übrigens zweifle, darf ich hinzufügen, daß das edle Geschlecht sich außerordentlich vermehrte.

Das Gespräch an Bord der ‹Etruria› drehte sich nach Paos Ankunft häufig um das Thema Hund. Die Schiffsoffiziere waren weitgereiste Leute und verfügten zum Teil über lebhafte Phantasie. So schien der Vorrat an Hundegeschichten für lange Zeit sichergestellt. Das folgende Beispiel sei mit den Worten seines Erzählers wiedergegeben:

«Ein Freund von mir aus der Diplomatie hatte sich einen Dackel zugelegt, ein ellenlanges Exemplar mit den allerkrummsten Beinen. Der Kerl hieß Jim – der Dackel nämlich –, aber als er seinen Herrn in wichtiger Mission nach Konstantinopel begleitete, nahm er ländlich-sittlich den pompösen Namen an: Jim Beller Bey. Eines Tages überfährt ihn ein Auto und bricht ihm die Vorderhaxen. Der Viehdoktor schient sie oder gipst sie – ich weiß wirklich nicht mehr, was – kurz und gut, er kriegt sie wieder zusammen. Das Pech dabei war nur, daß er sie schnurgerade einrichtete wie die Beine von jedem vernünftigen Hund, statt krumm wie die Klammern einer Parenthese. Was geschah? Als der arme Jim Beller Bey wieder ausging, war er vorn höher als hinten und sah aus wie eine Miniaturgiraffe.»

«Könnte man nicht eine Photographie dieses Hundes bekommen?» fragte der Schiffsarzt. Aber der Erzähler befaßte sich eingehend mit dem Anbrennen einer Zigarre und würdigte die Frage keiner Antwort.

Als Italien im Mai 1915 in den Krieg eintrat, wurde die ‹Etruria› ins Rote Meer beordert und beschäftigte sich monatelang damit, türkische Forts an der arabischen Küste zu bombardieren, verdächtigen Schiffen nachzujagen und jene, die erwiesenermaßen Konterbande führten, zu kapern.

Siedehitze herrschte im Roten Meer, und die ‹Etruria› schmorte wie ein schwimmender Küchenherd. Sie befand sich in ständiger Gefechtsbereitschaft und die Sonnensegel waren mitsamt allem entbehrlichen Krimskrams in Massaua zurückgeblieben. So brannte die feurige Kugel von früh bis abend aufs Deck hernieder. Dieses Deck aber bestand aus Eisen genau so wie die Einrichtung der Kajüten bis herab zum letzten Kommodenschubfach. Die Pläne für den Bau der ‹Etruria› gründeten sich seinerzeit auf die Erfahrungen des Spanisch-Amerikanischen Krieges. Damals geriet das Verdeck eines spanischen Kreuzers durch einen Granattreffer in Brand, und Jahre hindurch verfertigten von da ab die Schiffsbauämter mancher Staaten ihre Einheiten ganz aus Metall – mit dem Ergebnis fast völliger Unbewohnbarkeit in den Tropen.

«Ich komme mir vor wie im Ofen eines Kastanienbraters», stöhnte der Doktor und wischte sich zum zwanzigstenmal innerhalb fünf Minuten den Schweiß vom Gesicht.

Der Schaden, den die ‹Etruria› dem Gegner zufügte, schrumpfte zu nichts zusammen angesichts der Leiden, wie die eigenen Offiziere und Mannschaften sie durchmachten auf dieser Patrouillenfahrt entlang einer öden, öden Küste, scheinbar schnurgerade auf den Siedepunkt los. Der Kapitän tat das möglichste, um seine Not und die der Leute zu lindern, doch selbst die Methoden des Captain Reece zeigten sich unzulänglich zwischen Juni und September auf dem Roten Meer:

> ‹Wenn Durst im Sommer sie erstickt,
> Der Ruf ‹Ein Selters!› schon genügt,
> Und an den drückend schwülen Tagen
> Wird Eis in Fudern aufgetragen.›

Schrieb die Pflicht keinen besonderen Kurs vor, so dampfte die gute ‹Etruria› gegen den Wind, doch oft war es unmöglich. Wenn dann die Brise im Rücken stand, versahen Offiziere und Mannschaften mit purpurroten, wirklich besorgniserregenden Gesichtern ihren Dienst. Der

Doktor hatte alle Thermometer versteckt, damit die physischen Folgeer-
scheinungen der Hitze nicht noch durch das Wissen um die tatsächliche
Temperatur verstärkt würden. In sandigen Buchten an der Küste strahlte
die Sonne zurück auf die trostlose Uferböschung und die Luft zitterte,
daß man schwindlig wurde davon.

Auch Leser, die die größeren Vorgänge des Weltkriegs im kleinen
Finger haben, sind vielleicht weniger gut darüber unterrichtet, was Jahr
um Jahr im roten Meer geschah. Und doch bilden einige der hierher
gehörenden Tatsachen ein Kapitel verborgener Seekriegsgeschichte.

Als die Türkei im Herbst 1914 an der Seite der Mittelmächte in den
Krieg eintrat, befand sich im Roten Meer ein kleines türkisches Kanonenboot. Es hieß ‹Ferid› und spielte in den Häfen des Nahen Ostens beinahe
die gleiche komische Rolle wie seinerzeit in den Jahren vor dem Spanisch-
Amerikanischen Krieg der alte spanische ‹Terror do Mundo› im Stillen
Ozean. Nicht nur der ‹Ferid› war überaltert, sondern auch sein Kommandant. Denn ungeachtet des schlichten Ranges eines ‹Lieutenant de Vais-
seau›, der sich auf dessen Visitenkarten fand und eine gewisse Jugendlichkeit voraussetzen ließ, zählte der Gute fünfundsiebzig Jahre: eine
Reliquie des Sultanats, die von den Jungtürken übernommen oder –
vergessen worden war. Wie üblich bei der türkischen Marine, hatte der
Kapitän seine Frau an Bord, die ihn immerhin um zwei Jahrzehnte
unterbot. Der ‹Ferid› und sein greiser Lenker waren in Marinekreisen
weit und breit bekannt, und als die Türkei die Feindseligkeiten eröffnete,
machten sich sämtliche englischen und französischen Kriegsschiffe auf
die Jagd. Doch Kanonenboot und Kapitän waren einfach verschwunden.
Es schuf dies ein gewisses Unbehagen, sah es doch aus, als nähme eine
zweite ‹Emden› südlich von Suez ein geheimnisvolles Treiben auf. Wenn
auch der ‹Ferid› kaum ernst zu nehmen war, kann ein alter bestückter
Kasten der Handelsschiffahrt doch Unheil genug anrichten.

Die erste Beunruhigung legte sich, als die Zeit verging und der ‹Ferid›
kein Lebenszeichen gab. Man nahm an, der kommandierende Methusa-
lem habe angesichts der völligen Hoffnungslosigkeit seiner Lage das
Schiff angebohrt und versenkt, die Mannschaft jedoch, die Frau Gemahlin und sich selbst nach einem kleinen östlichen Hafen ausgebootet. Eine
unliebenswürdigere Deutung ging dahin, er habe das Schiff verkauft,
entweder ganz oder in Teilen, und lebe irgendwo vom Erlös.

Plötzlich wieder flatterte die Nachricht von Hafen zu Hafen, von Schiff
zu Schiff, der ‹Ferid› sei in der Straße von Perim gesichtet worden, habe
einen französischen Dampfer, der nach Dschibuti fuhr, angehalten und
die ganze Ladung beschlagnahmt.

Damals schrieb man April 1915. Doch als die ‹Etruria› zu Anfang Juni
in den dortigen Gewässern auftauchte, war das türkische Kanonenboot
wieder einmal verduftet und das Geheimnis seines Verbleibs undurch-
dringlicher denn je.

Der Sommer rückte vor, die Hitze hielt mit ihm Schritt. Der Hauptleidtragende auf der ‹Etruria› war – Pao. Das glühende Deck verbrannte ihm die Pfoten und die erstickende Atmosphäre in der Kajüte stahl ihm den Schlaf. Unablässig tropfte es ihm von der rosa Zunge – dies war seine Art, zu schwitzen – und jede krumme Linie seines Körperchens verriet inneres Mißbehagen. Der Schiffsarzt betrachtete ihn argwöhnisch und fürchtete ernstlich, er bekäme die Wut. Als die ‹Etruria› einmal einen aufgebrachten Dampfer samt Konterbande nach Massaua schaffte, wurde Pao vom Hafen weg zum Luftschnappen auf die Hochfläche von Asmara gebracht. Doch als er nach den wenigen Tagen des Verschnaufens wieder an Bord eintraf, schien er bedrückter denn zuvor.

Schließlich bekam er einen Sonnenstich, und drei Tage lang spazierte der Kapitän ruhelos auf und ab, Pao in den Armen, und drückte ihm einen Eisbeutel ans Köpfchen. Der Doktor murmelte etwas von ‹Gehirnerweichung›, aber es war nicht zu entnehmen, auf wen sich die Diagnose bezog.

Zum allgemeinen Erstaunen genas Pao. Das heißt, er kehrte zumindest in seinen früheren Zustand herzzerreißenden Elends zurück. Allerdings blieb kein Zweifel, daß noch ein Monat Rotes Meer ihn das Leben kosten würde. Der Kapitän war so aufrichtig betrübt, daß den Doktor die Rührung packte und er die Meinung abgab, Paos Leiden könnte sich vielleicht bessern, wenn er etwas frisches Gras zu knabbern bekäme. In diesem Sinne schlug er vor:

«Wir könnten in einem Blumentopf Gras ziehen oder in einer Holzkiste voll Erde, vorausgesetzt, daß wir es regelmäßig mit Süßwasser begießen.»

«Eine glänzende Idee!» jubelte der Kapitän. «Aber vor allem müssen wir eine Handvoll Gras zusammenkriegen und ich weiß wirklich nicht, ob an der ganzen Roten-Meer-Küste ein einziges Hälmchen aufzutreiben ist.»

«Ich habe auf dem Weg von Massaua nach Asmara etwas Derartiges gesehen», besann sich der Doktor: «In Ghinda. Dort wächst es in Massen.»

«Schön und gut, aber wenn wir nicht wieder ein Schiff mit Konterbande aufbringen, haben wir keinen vernünftigen Grund, justament jetzt nach Massaua zurückzukehren.»

«Ich wüßte, wo Gras zu holen wäre», mischte sich hier der Erste Offizier ein. «In der Bai von Annesley, unweit von Jula. Als ich noch auf der ‹Saetta› diente, ging ich dort an Land und auf die Jagd. Bei einer Quelle, wenige Schritt vom Ufer, fand ich Gras.»

«Was gibt's denn dort zu jagen?» erkundigte sich der Doktor.

«Panther und ein paar Löwen, die kleinen ohne Mähne und mit dem rötlichen Fell, das sie kaum vom Boden unterscheidet.»

«Dann empfehle ich Vorsicht. Pao könnte sonst enden wie weiland die Märtyrer im Kolosseum.»

«Man müßte ihn unter starker Bedeckung ausbooten», sagte sinnend der Kapitän.

Nach einigem Hin und Her entschloß man sich zum Abstecher nach der Bay von Annesley – zwecks Suche nach Gras. Natürlich wurde dies nicht als offizieller Grund für die Unternehmung angegeben. Vielmehr handelte es sich um die Notwendigkeit, türkische Fischerboote aufzustöbern. Zwar gehörte der dortige Küstenstrich zu Eritrea, also zu Italien, aber Fischer sind frech und wagen sich zuweilen furchtlos bis in die Hoheitsgewässer des Feinds.

Die Morgendämmerung zog herauf, als der Bug der ‹Etruria› die stille Flut der Bai durchschnitt. Trotz der entsetzlichen Hitze, die auch zu so früher Tagesstunde schon ihr möglichstes tat, schlief der Doktor in süßer Ruh. Jäh geweckt, fuhr er empor: Ein Kanonenschuß!

«Mir scheint, die schießen Löwen mit Kanonen!» grunzte er, warf sich auf die andere Seite und suchte wieder einzuschlafen. «Oder will man sie vielleicht in Abstand halten, während Pao Gras frißt?»

Ein zweiter Schuß erdröhnte über seinem Kopf, und er hörte, wie jemand an der Kajütentür vorbeiging und ausrief:

«Wer hätte gedacht, daß er sich gerade diesen Fleck ausgesucht hat!»

«Was, zum Kuckuck, soll das heißen?» schalt der Doktor, kletterte von der Schlafbank herunter, machte die zwei Schritt bis zum Bullauge und guckte hinaus. Von weitem sah er die graue Linie der Küste und in der Nähe eine Gruppe roter Felsen, zwischen denen ein kleineres Schiff vor Anker lag, höchst seltsam anzusehen, ohne Masten, ohne Schornsteine. Auf Ehre, er hätte es überhaupt nicht als Schiff erkannt, wäre nicht eine menschliche Gestalt auf etwas gestanden, was allenfalls eine Kommandobrücke sein konnte, mit einer weißen Flagge in der Hand, die beide, Hand wie Flagge, in eifrigem Schwung durch die Luft fuhren.

Der Doktor schlüpfte hastig in die Uniform und stürzte aufs Deck hinauf, just dem Ersten in die Arme.

«Was für ein Schiff ist das?» wollte er wissen.

«Der ‹Ferid›. Er scheint sich auf Nimmerwiedersehen im Schutz dieser Felsen versteckt zu haben, offenbar seit Kriegsbeginn.»

«Aber wo sind die Schornsteine?»

«Abgebaut! Außerdem ist der ganze Kasten in der Farbe der Felsen angestrichen. Auch den Rumpf hat man irgendwie aus der Form gebracht. Schauen Sie sich an, wie der Bug aussieht. Das Ganze kommt mir vor wie ein Haufen Marktkörbe unter einem farbigen Segeltuch. Wären wir nicht hier eingefahren auf unserer Grassuche, wir hätten den Kerl nie entdeckt! Und vom Innern der Bucht aus sieht man vom guten ‹Ferid› nicht einen Zipfel. Ich wette, die Fischer ringsherum sind bestochen, daß sie den Mund halten.»

«Jetzt scheint sich aber Ihr Haufen Marktkörbe ergeben zu haben?»

«Allerdings. Nach zwei Schüssen. Vielleicht wären auch die nicht nötig gewesen.»

In diesem Augenblick stieg der Kapitän der ‹Etruria› von der Kommandobrücke herab, von Pao begleitet, der über die Aussicht einer Landung höchst entzückt schien. Sein Körper durcheilte sämtliche Stadien des Bellens, nur kam dabei gar nichts heraus.

«Ein Sauglück», frohlockte der Kapitän, «daß wir hier hereingesteuert sind! Schön wären wir dagestanden, hätte man später herausbekommen, daß ein türkisches Kanonenboot ungestört bis Kriegsende in italienischen Gewässern lag!»

Nach Erledigung der Übergabe beorderte man zwei Matrosen an Land zwecks Grasbeschaffung für Pao. Unglückseligerweise fanden sie nicht einen Halm. Doch als die ‹Etruria› das erbeutete Kanonenboot in den Hafen von Massaua geschleppt hatte, wurde Pao nach Ghinda befördert, wo er in frischer Höhenluft bis zum Schluß des Krieges verblieb. Die Entdeckung und Aufbringung des ‹Ferid› schrieb man dem Scharfblick seines Herrn zu. Nur ein Häuflein Eingeweihter wußte, daß die Streiffahrt nach der Bai von Annesley unternommen worden war, um einem Pekinesenhündchen Gras aufzutischen.

Das Gasthaus «Zum Ewigen Mißgeschick»

Um Mr. Tang, meinem Chinesischlehrer, Gerechtigkeit widerfahren zu lassen, muß ich gestehen, daß ich zum Ersatz für die eine, noch dazu unwahre Geschichte, die ich seinetwegen zerreißen mußte, so manche wahre Geschichte nie hätte schreiben können, wäre er nicht mein Wegweiser bis zur Quelle gewesen.

Einmal erwähnte ich ihm gegenüber den Namen einer chinesischen Herberge, der mir zu Ohren gekommen war: ‹Gasthaus Zum Ewigen Mißgeschick›. Mr. Tang schnob geringschätzig durch die Nase und bezeichnete dies als Unsinn: kein Wirtshaus in ganz China könnte je mit solch einem verhängnisvollen Namen Geschäfte machen.

«Wer hat Ihnen *das* erzählt?» fragte er.

«Ein angehender Dolmetscher der amerikanischen Gesandtschaft», gab ich zur Antwort. «Er übernachtete dort auf dem Weg nach Jehol. Der Gasthof liegt nicht an der Straße, die über die Ostgräber führt, sondern in einem Dorf mehr gegen Westen.»

«Also an der alten Straße. Aber ich glaub's trotzdem nicht. Ihr Freund muß sich geirrt haben. Diese jungen Dolmetscher sind einer wie der andere. Sobald sie ein paar Klassenhäupter voneinander unterscheiden können, meinen sie, sie hätten China entdeckt. ‹Fu› bedeutet gutes oder böses Geschick, je nach der Betonung. Wahrscheinlich heißt die Herberge Yung Fu Tien. Ihr Dolmetscher übersetzt (Wort für Wort): Ewig-Mißgeschick-Gasthaus. Statt dessen ist das Gegenteil gemeint.»

«Aber mein Bekannter ließ mich die Schriftzeichen sehen. Das mittlere ist kein ‹Fu›, sondern ein ‹Hen› und das Wirtshaus heißt Yung Hen Tien. Bei Ihnen habe ich gelernt, daß ‹Hen› soviel heißt wie Haß, Ärger, Bosheit. Von mir aus könnte man auch ‹Gasthaus zum Ewigen Haß› sagen, aber die üble Bedeutung bleibt unverkennbar. Mir scheint ‹Gasthaus Zum Ewigen Mißgeschick› oder ‹Zum Ewigen Unglück› eine ganz annehmbare Übersetzung.»

Mr. Tang war nicht überzeugt. Im Weggehen brummte er vor sich hin: «Yung Hen Tien. Lächerlich!»

Als ich ihn das nächste Mal sah, berührte er die Frage nicht. Erst nach ein paar Wochen kam er mit etwas dämlichem Gesicht zu mir, um feierlich Abbitte zu leisten. Das Gasthaus existierte! Und er gab mir zum besten, warum und wieso.

Es war einmal ein Hofeunuch, der sich zum eigentlichen Herrscher Chinas aufschwang. Er hieß Liu-li-tè. Gleich Pietro della Vigna, dem Kanzler Friedrich II., besaß er ‹del cor di Federigo ambo le chiavi›. Er hatte den Willen des Kaisers dem seinen unterworfen. Der Sohn des Himmels sah nur mit den Augen des Obereunuchen, hörte nur mit dessen Ohren, sprach nur durch dessen Mund. Wie Kardinal Wolsey verkündete des Harems Hüter: «Ego et Rex Meus.»

Liu-li-tè war so reich, daß die meisten Pfandhäuser in der Hauptstadt und alle in seinem Heimatbezirk ihm gehörten. Ein Großteil des Tributes aus den Provinzen, Felle, Seiden und Perlen, lagerte aufgehäuft in seinem Palast. Doch wie es oft jenen ergeht, die durch die Gunst der Großen herrschen, begann der Stern des Obereunuchen allgemach zu verblassen. Ein unglücklich verlaufener Krieg, eine kaiserliche Konkubine, deren ehrgeizige Pläne er durchkreuzte, Verleumdungen eifersüchtiger Nebenbuhler – solcherart waren die Ursachen des Sturzes. Selbst Lius Leben schien in Gefahr.

Als der Hof sich zu den Herbstjagden nach Jehol begab, ließ man den Obereunuchen in Peking zurück. Dies war ein harter Schlag für ihn und ein Triumph für seine Gegner. Die Sorge ums nackte Leben schwoll empor, weilte er doch jetzt fern vom Sohn des Himmels.

In jenem Zaubergarten, der Sommerpalast genannt wird, schritt Liu-li-tè unruhevoll die Päonienterrassen auf und nieder und zitterte bei der Ankunft des Boten aus Jehol. Er besaß einen Freund, der ihm vertrauliche Berichte über die Vorgänge in der kaiserlichen Umgebung zugehen ließ, doch diese Berichte schilderten die Lage in derart düsteren Farben, daß selbst die blumige Redeweise des chinesischen Briefstils nichts daran zu erhellen vermochte. Der Abwesende hat immer unrecht, und Liu-li-tès Nebenbuhler festigten ihre Macht über den Kaiser, während der Obereunuch nicht zur Stelle war, um ihrem Einfluß zu begegnen.

Stürmisch und ungeduldig von Natur aus, sagte er sich, er würde es nicht ertragen, in Peking auszuharren, bis der Hof zurückkäme, und so beschloß er, einen letzen Versuch zur Wiedererlangung der kaiserlichen Gunst zu unternehmen. In früheren Tagen hatten gerade seine kühnen Streiche das Wohlgefallen des Himmelssohnes erregt. Entgegen dem Befehl, in der Hauptstadt zu verbleiben, schickte er sich nun zu einer Fahrt nach Jehol an. Es leitete ihn dabei die Hoffnung, wäre er nur einmal selbst am Platze, könnte er seine Sache derart führen, daß alle Feinde darüber zuschanden würden.

Die Wagenfahrt von Peking nach Jehol nimmt etwa vier Tage in Anspruch. Am dritten Abend erreichte Liu ein Dorf namens Wang-che-chai («Zaun der Familie Wang») und entschloß sich, die Nacht in dem dortigen Gasthof zu verbringen, der damals Yung Fu Tien hieß oder «Gasthaus Zum Ewigen Glück».

Von ungefähr traf es sich, daß am selben Tag eine Gruppe von Schauspielern, die zum Hof gehörten, nach Veranstaltung einer Reihe von Vorstellungen in Jehol zur Hauptstadt zurückkehrte. Sie galten als die berühmtesten Schauspieler im ganzen Reich und hätten sich natürlich von vornherein nie herabgelassen, in solch einem Nest aufzutreten wie Wang-cha-chai. Doch als sie von der Ankunft des Obereunuchen hörten,

der noch immer als der eigentliche Herrscher Chinas galt, luden sie
schleunigst ihre Wagen ab, schnürten die Bündel auf und wählten die
schönsten Kostüme. Der Mandarin des Bezirks und seine Untergebenen,
gar nicht zu reden von den ländlichen Bewohnern Wang-cha-chais,
waren außer sich vor Freude. Eine Vorstellung durch Hofschauspieler in
Kostümen, auf denen des Kaisers Auge geruht: O segensreicher Tag! O
glücklicher Wirt der Herberge, die mit Recht ‹Zum Ewigen Glück› hieß,
durfte sie sich doch rühmen, den Tai-dien würdig empfangen zu haben,
den Ersten Kaiserlichen Eunuchen!

Das Programm der abendlichen Aufführung versprach zwei Schau-
spiele, deren erstes den Titel trug ‹Kung Cheng Chi› oder ‹Die List der
leeren Stadt›. Da der Leser die Geschichte vielleicht nicht kennt, will ich
eine kurze Inhaltsangabe vorausschicken:

‹In den Tagen der Drei Reiche betrat der Herzog Chu-ke-liang an der
Spitze eines großen Heeres das Königreich Wei. Allein seine Generäle
waren unfähig und zuchtlos, und so geschah es, daß sich der Herzog in
der kleinen Stadt Si Cheng plötzlich von der Armee abgeschnitten
fand. Er hatte nur wenige Krieger bei sich, während der Feind unter
dem Befehl von Sze Ma Chi mit großer Streitmacht heranrückte.
Drum griff der Herzog zu einer List. Er befahl seinem spärlichen
Gefolge, ihn zu verlassen und die Torflügel der Stadt weit aufzutun.
Dann bestieg er einen Turm neben dem offenen Tor und setzte sich
dort so nieder, daß jeder Herannahende ihn sehen mußte. Links und
rechts von ihm lagerten zwei junge Mädchen, deren eines die Laute
schlug, indes das andere Tee einschenkte. Als Sze Ma Chi herankam
und das Bild erblickte, ward er von Zweifeln erfüllt. Er argwöhnte
einen Hinterhalt und wagte es nicht, die Stadt zu betreten. Der Herzog
aber stieß wieder glücklich zu den Truppen und kehrte wohlbehalten in
sein Land zurück.›

Obwohl der Sommer vorüber war, herrschte noch immer warme Witterung und drum fand die abendliche Vorstellung in einem äußeren Hof
der Herberge statt, unweit vom Haupteingang. Ein erhöhtes Podium aus
rohen Brettern stellte die Bühne dar. Keine Kulisse, keine Dekoration,
nur die schrägen Dächer der umliegenden Pavillons neigten sich über den
Hof und formten den Rahmen. Ein Orchester aus sieben Musikanten
hockte, über die Instrumente gebeugt, in einem Winkel. Wer Ansehen
genoß unter den Zuschauern, der saß. Die übrigen standen hinter den
Bänken. Baumelnde Laternen erhellten die Bühne, sie hingen an den
Traufen oder, eine Elle hoch über dem Boden, an Dreifüßen. Und ganz
oben stachen die aufgebogenen Dachspitzen tiefschwarz gegen den be-
stirnten Himmel.

Diener und Gehilfen kamen und gingen, indes die Vorstellung ablief, überquerten die Bühne, um da eine ausgegangene Laterne anzustecken oder dort die Teeschalen frisch aufzufüllen, aus denen die Schauspieler nippten, um die Kehle anzufeuchten.

Der Obereunuch thronte auf dem Ehrenplatz in der ersten Reihe, doch seine Gedanken waren weit weg, und der Ausdruck des Gesichts, das nicht ein Härchen aufwies, blieb unbewegt. Neben ihm saß der Ortsmandarin, dessen Begeisterung über den unerwarteten Genuß der eines Kindes glich. Offenen Mundes lauschte er, und die Amtskette aus hölzernen Kugeln tanzte auf seiner breiten Brust auf und nieder, wenn er lachte oder seufzte im Mitgefühl mit den Personen auf der Bühne.

Die Schauspieler wußten sehr wohl, welche Bewunderung sie durch ihr Spiel hervorriefen wie durch die Pracht der Kostüme. Das allerschönste trug der Herzog Chu-ke-liang. Es war weniger prächtig als die Kleidung der Generäle, aber bezaubernd in seiner Einfachheit: ein Mantel aus weinroter Seide, auf der in Silber das Motiv der drei Linien vielfach wiederkehrte; die Ärmel lichtblau, mit goldenen Phönixen bestickt. Des Herzogs Hände verschwanden unter weißer Seide, so daß nur der kleine Fächer sichtbar blieb. Die Kopfbedeckung im Stil der Han-Dynastie glich einer Dogenmütze, aus schwarzem Atlas verfertigt und blitzend von Juwelen. Um den Hals des Fürsten eine lange Schnur elfenbeinener Kügelchen, die mit Jadesteinen wechselten.

Eine Laterne nächst dem Herbergseingang fing Feuer, und ihr zuckender Schein zog einen Blick aus des Obereunuchen halbgeschlossenen Augen auf sich. Im Flammenlicht traten die vergoldeten Schriftzeichen über dem Tor scharf heraus, das Yung, das Fu und das Tien, die den Wanderer willkommen hießen. Liu-li-tè nahm sie wahr und lächelte, denn der Eindruck bedünkte ihn verheißungsvoll. Er fühlte sich getröstet und ermutigt. Furcht und Zweifel schwanden dahin. Am Morgen war er zur Stelle, und seine Feinde ergriff Bestürzung. Mancher würde wohl in die Verbannung müssen . . .

Ein zweites Spiel folgte dem ersten ohne Pause oder Vorhang. Es hieß ‹Tien Nu San Huà›: ‹Die Himmlische Herrin träufelt Tau auf die Blumen›.

Eine Riesenfigur mit vergoldetem Antlitz und auf die Schultern herabfallendem schwarzem Haar verkörperte Buddha, der unter den Jüngern thront. Wenn er sprach, verstummte der rituelle Mißton der Trommeln und Zymbeln für ein Weilchen, um wieder einzusetzen, sobald andere Gestalten zu reden anhoben. Des Buddha Stimme klang unnatürlich tief; sie sollte tönen, als rolle Donner in der Enge einer Bergschlucht. Sowie der Buddha entschwand, trat die Himmlische Herrin an den Mittelplatz. Ein Mann stellte sie dar, doch er war so wunderbar angetan, daß sein Auftreten ein Murmeln der Begeisterung hervorrief. Knaben, als Mädchen verkleidet, bildeten das Gefolge, sie trugen silberne Stäbe in Händen und Fächer aus blauen Straußenfedern.

Das Entzücken des Ortsmandarin schwoll zur Ekstase; die Augen traten ihm schier aus dem Kopf vor freudiger Erregung. Andere Zuschauer, in einfaches Blau gekleidet und mit bäuerlichen Mienen, standen gaffend im Halbkreis. Ihr ländlicher Sinn schien gefangen durch das Wunder solch köstlicher Szenen und deren Steigerung durch den schlichten Rahmen eines chinesischen Gasthofs in der schlichten Umwelt eines chinesischen Dorfs.

Mit einem Male sprang Liu-li-tè empor und gebot Schweigen. Scharf tönte die Stimme. Erstaunten Blickes maßen ihn die Zuschauer. Ein Wutblitz seiner Augen traf die Musikanten, die nicht sogleich mit dem Spiel ausgesetzt hatten. Ein Laut nach dem andern verstummte, bis nur mehr das Rauschen der Pappeln draußen vor dem Tor zu hören war, in deren Blättern der Nordwind spielte. Und derselbe Wind trug einen anderen Klang herzu, den der Obereunuch, teilnahmslos gegenüber der Verzückung des Spiels, als erster erlauscht hatte: den Klang von Schellen, gleich Schlittengeläut in einem Winterland.

Und jetzt begriff jedermann: ein Bote aus Jehol war nach dem Süden unterwegs. Der Mandarin winkte, und ein Diener lief, um ein Pferd zu satteln, damit der Kaiserliche Sendling seinen Ritt fortsetzen könne. Doch diesmal strebte der Bote nicht nach Peking. Der Schellenklang kam nah und näher und erstarb vor dem Tor des Gasthofs. Eine Stimme fragte nach dem Tai-dien, nach Liu-li-tè. Und irgendwer gab Antwort: «Ja. Er ist hier.»

Der Reiter stieg ab und betrat den Hof. Es war ein Mongole. Staub lag ihm auf Gesicht und Kleidern. Vorn am Hut stak ein silberner Falke mit ausgebreiteten Flügeln. Um die Hüften des Mannes schloß sich ein breiter Ledergurt, zwei Reihen von Glöckchen hingen daran. Die Wirtsleute halfen dem Boten, den Gürtel zu öffnen. Unterhalb, und auch unterhalb des gesteppten Gewandes, lief ein zweiter Gürtel aus gelber Seide, von Kaiserlichem Gelb, leicht und zart wie Foulard.

Der Obereunuch tat einen Schritt vorwärts, mit einem Ausruf der Ungeduld. Er wußte, daß die gelbe Schärpe in ihren Falten einen Brief für ihn barg: ein privates Schreiben, kein Kaiserliches Reskript, denn eine ganze Abordnung hätte ein solches geleiten müssen.

Da war endlich der Brief, in einem länglichen, rot gestreifen Umschlag. Der Obereunuch riß die Hülle auf und begann zu lesen, indes das Volk rings um ihn den Ausdruck seines Gesichts beobachtete. In seiner Art war es ein schönes Gesicht, wenn auch vorzeitig gealtert wie stets bei Eunuchen. Man erreicht nicht die höchste Macht in einem großen Reich, besäße man nicht selbst Züge von Größe. Liu-li-tès Antlitz offenbarte scharfen Verstand und Herrscherwillen.

Dies aber las er:

‹Anschrift: Ein glückverheißender Brief voll freudiger Nachrichten an Liu-li-tè, den Großen. Sogleich zu eröffnen.

Fern von Eurer juwelengleichen Gegenwart dehnen sich die Tage wie Jahre. Doch gedenke ich Eurer hohen Verdienste und fasse Euer vollkommenes Glück in mein trübes Auge, finde ich Schritt vor Schritt ein wenig Trost. Zu dieser Zeit des Jahres, da sich die Chrysanthemen zu leuchtenden Farben erschließen und zehntausend Früchte in die Reife treten, drängt mich das schmerzvolle Verlangen nach Eurer Anwesenheit, eine Daumenlänge Bambus zu schneiden (*gemeint ist das Briefpapier*), um Freude spendende Gefühle trefflichster Vorbedeutung zum Ausdruck zu bringen.

In Kürze:

Bei der Kunde Eurer Abreise von den Toren des Himmels ließ die elende Schar der Heuchler und Liebediener Warnungen nach Oben ergehen. Der Anblick des Drachenantlitzes ward fürchterlich. Ein Befehl ist bereits abgegangen, laut dessen mein Älterer Bruder (*der Obereunuch*) nach dem Neuen Landgebiet (*Turkestan*) verbannt erscheint, um dort ein Troßknecht zu werden. Jedoch, in äußerstem Wohlwollen und um einen Beweis zu geben von des Drachen unendlicher Gnade, erfloß die Verordnung, daß vor Antritt dieser Reise mein Älterer Bruder einen Wunsch kundtun möge, und die Ausführung dieses Seines Wunsches wird in Monatsfrist bestätigt werden durch einen eigenen Kaiserlichen Erlaß.

Dieses Schreiben dient lediglich zu Eurer Benachrichtigung und um Euch zu der Großmut zu beglückwünschen, die von Oben herabträufelt. Indem ich mich an Eurer guten Gesundheit und ebensolchem ständigen Wohlergehen letze, füge ich diese wenigen Zeilen an, um Euch dauernde Freude zu wünschen. Verzeiht, wenn ich nicht in Gemäßheit der ziemlichen Formen schließe und mehr als die Hälfte der vorgeschriebenen Begrüßungen außer acht lasse.
In größter Hast

Der kleine jüngere Bruder
(*Locus sigilli*)›

Als Liu-li-tè mit dem Brief zu Ende war, hob er das Gesicht, und zum zweitenmal an diesem Abend fiel sein Blick auf die drei Schriftzeichen über dem Tor der Herberge. Ein Weilchen starrte er die Schnörkel an, dann streckte er die Hand aus und zeigte den Umstehenden, was sein Auge festhielt. Und nun erteilte er den Befehl, den letzten Befehl, dessen Ausführung der Sohn des Himmels ihm zugesagt:

«Am morgigen Tag habet ihr das zweite Zeichen dieser Aufschrift zu ändern. Nicht Fu soll in Hinkunft dort stehen, sondern Hen. Für alle Zeiten laute der Name dieser Gaststätte: ‹Gasthaus Zum Ewigen Mißgeschick!› Vor Mondesfrist wird ein Kaiserlicher Erlaß meine Weisung bekräftigen.»

Dies ist die Erklärung des unheilvollen Namens.

Ob Liu-li-tè wohl als ›Troßknecht‹ im fernen Turkestan Trost gefunden hat im Gedenken an seinen letzten Befehl und an das Mißgeschick, wie sein Name es verewigt?

Vor dem Tor jener Herberge zog das Getümmel des fliehenden Hofes vorbei, als der Sohn des Himmels anno 1860 in Hast und Wirrwarr Peking verließ, während eine Armee Fremder Teufel heranrückte, um den Sommerpalast einzuäschern. Hier zog die Bahre des Kaisers Hsien Feng vorbei, der in Jehol verstarb, indes das Reich zu zerfallen drohte unter den Ränken des Hofes. Und hier zog schließlich 1911, verlassen und trübe, gleich dem Letzten der Abencerragen, der einzige General des Wegs, der noch zum Throne hielt und darum als Gouverneur nach Jehol gesandt wurde, damit das Kaisertum die letzte Stütze verliere und das Neue China erstehe – als Republik.

Die «Famille rose»-Vase

> Das Porzellan der Ta-yi-Öfen ist leicht und fest zu-
> gleich.
> Es klingt mit zartem Jade-Klang und ist berühmt
> rings in der Stadt.
> Die schönen Schalen dünken weißer denn Schnee und
> blankes Eis.
>
> (Verse des Dichters Tu-mu, A. D. 803–852.)

Jeden Nachmittag, gleich nach dem Lunch (außer wenn ich es mir verbitte), wird mein Arbeitszimmer zum Tummelplatz einer Schar von ‹Curio-Händlern›, von Kuriositätenverkäufern, die ihre Waren auf dem Boden oder, falls das Wetter es erlaubt, draußen auf der Veranda ausbreiten, in der Hoffnung, ich würde mich verleiten lassen, etwas zu kaufen.

Gleichviel, welcher Art die Waren sind, sie erscheinen zunächst einmal als Bündel blauen Baumwollstoffs, und die ganze Geschicklichkeit des Chinesen im Schlingen und Lösen von Knoten offenbart sich in diesem Spiel der langen braunen Finger, die die Ballen und Pakete beim Ankommen öffnen und beim Weggehen wieder verschnüren. Wie bei allen wichtigeren Vorgängen in China folgt auch die Prozedur des Feilschens um ein Stück Seide bestimmten zeremoniellen Regeln und wird schließlich zum Ritual. Ich beginne mit der Erklärung, ich wünschte überhaupt nichts zu kaufen, worauf die Händler entgegnen, sie erbäten sich heute bloß die Freude, mir etwas besonders Schönes zu zeigen. Ist das ‹besonders Schöne› etwa ein Stück Damast, dann halten sie es mit weit gespreizten Armen entfaltet, um die Pracht des Gewebes recht deutlich erstehen zu lassen und seinen schimmernden Glanz.

Mein Interesse an Curios beschränkt sich auf Seiden, Samte und Stickereien. Ich nenne eine kleine derartige Sammlung mein eigen, die ich von Zeit zu Zeit ergänze. Von Porzellan und Jade verstehe ich wenig und besitze bloß ein paar Stück, da oder dort übers ganze Haus verteilt. Wer sich um meine Kundschaft bewirbt, hat seinen Laden meist in der ‹Straße der Seiden›. Die Inhaber bringen mir Mandarinmäntel und Brokatrollen, Samtstücke und gestickte Kissen, auf die man den Ellbogen stützen darf, wenn man Tee nippt.

Obwohl ich selten anderes kaufe, kommen doch immer wieder Händler und bieten mir Schnupftabakdosen an, Cloisonnévasen und Teller, die laut eidlicher Versicherung echt Ch'ien Lung sind oder K'ang-hsi.

Zu den Kaufleuten, die unermüdlich Kuriositäten heranschleppen, auch wenn ich sie nicht brauche, gehört ein dicker kleiner Mann mit rundem, fettigem Gesicht, dessen Lächeln eine beinahe unanständige Lebensfreude zu verraten scheint. Aus falschem Wohlwollen nehme ich ihm gelegentlich etwas ab, wobei mir klar ist, ich täte besser daran, ihn nicht zu ermutigen. Er hängt mir den unglaublichsten Plunder an. Ein Muster davon thront auf meinem Schreibtisch, eine Nippsache, die er offenbar aus den verschiedenartigsten Bestandteilen selbst zusammengesetzt hat. Die Basis besteht aus einem chinesischen Schälchen gewöhnlichster und billigster Art, mit brauner Tonerde gefüllt. Darin erhebt sich ein Torso, den ich für das Bruchstück eines Kronleuchterarmes halte, nämlich eine Traube kristallener Beeren an einem Ansatzstück aus Messing, nur mit dem Unterschied, daß eine Traube in der Regel herabhängt, während diese Zier aus dem Töpfchen kerzengerade in die Höhe steht und außerdem rings um den vermeintlichen Stamm Spuren von grüner Farbe aufweist, als trüge er Graswuchs. Dabei ist dieses komische Mixtum compositum ganz herzig und die Beerenkristalle fangen das Sonnenlicht auf, das frühmorgens über meinen Schreibtisch hinhuscht.

Ich blechte einen chinesischen Dollar für diese Pracht, und der Eigentümer versicherte mir, er zahle bei diesem Preis einfach drauf. Schenke ich ihm Glauben, so hat er noch nie einen Handel mit mir abgeschlossen, bei dem er nicht ‹draufgezahlt› hätte. Da ich nun nicht die Ehre habe, seinen Namen zu kennen, nenne ich ihn einfach ‹Herrn Draufzahler› und er meldet sich auf solchen Anruf mit unerschütterlichem Ernst.

So seltsam es klingt, der arme alte ‹Draufzahler› war einmal in ein Geschäft verwickelt, bei dem viele tausend Pfund auf dem Spiel standen, und weil ich weiß, was für eine stattliche Provision ihm in den Schoß gefallen wäre, hätte er seine Rolle mit größerem Geschick gespielt, sehe ich mich dadurch veranlaßt, hie und da einen oder zwei Dollar für den ‹tung-shih› zu opfern, den er auf meinem Schreibzimmertisch ausbreitet.

In der Geschichte, von der ich sprach, dreht es sich um eine berühmte Vase, die die Sammler in aller Welt kennen.

Die Firma Reynolds, Whitehead & Co., Liverpool, Großhändler in Bildern, Wandteppichen, Porzellan und so weiter, mit starker Ausfuhr nach den Vereinigten Staaten, besaß eine chinesische Vase jener Art, die der Kunstwelt unter der Bezeichnung ‹famille rose› geläufig ist. Das kostbare Gefäß war ohne Deckel dreiundfünfzig Zentimeter hoch, die Farbe Rouge d'or bis auf vier weiße Medaillons, deren Zeichnung die vier Jahreszeiten darstellte: die weiße Pflaumenblüte den Winter, die Päonie den Frühling, der Lotos den Sommer und das Chrysanthemum den Herbst. Der Deckel wies die gleiche Zeichnung in kleinerem Maßstab auf und wurde von einer Kugel in altgoldener Farbe überkrönt. Die herrlichen Töne, der Adel der Linie, die Tadellosigkeit der Glasur machten die Vase zum leibhaftigen Ausdruck des chinesischen Schönheitsbegriffs, wie etwa eine Statue des Praxiteles den griechischen Kunstsinn verkörpert oder ein Gemälde Leonardos den italienischen.

Es ist üblich – und war es seit undenklichen Zeiten –, daß der chinesische Künstler niemals eine einzelne Vase von gegebener Form und

Ausstattung schuf, sondern immer zwei, und das Paar stellt einen viel höheren Wert dar als die beiden Einzelstücke, jedes für sich gerechnet. Die Firma Reynolds, Whitehead & Co. schätzte zum Beispiel ihr Exemplar auf zweitausend Pfund Sterling, das Zwillingspaar jedoch wäre dreimal soviel wert gewesen, und man hätte leichter ein Museum oder einen kauflustigen Sammler dafür gewinnen können.

Die Wahrscheinlichkeit sprach dafür, daß das Gegenstück in China existierte und zu finden wäre. Seine Aufstellung in Europa oder Amerika hätte ebensowenig unbemerkt bleiben können wie die eines alten Meistergemäldes. Der Mittelsmann, der die einzelne Vase (um vierhundert Guineen) der Liverpooler Firma verkauft hatte, war ein Wiener Kunsthändler gewesen, der sie (um sechshundert Kronen) von einem Teehändler erstand, welcher sie seinerseits zur Zeit des Boxeraufstands im Jahre 1900 in Peking abnahm. Das Pendant befand sich vielleicht noch im Besitz eines chinesischen Kaufmanns oder Sammlers.

Der hohe Wert des Liverpooler Exemplars fand auch seine Bestätigung durch eine Anfrage, die dem Stück aus dem Ursprungsland zuteil wurde. Eines Tages erschien ein junger Chinese – er sah aus wie ein Student – im Kontor von Reynolds, Whitehead & Co. und erzählte eine lange Geschichte, wonach die Vase seiner Familie gestohlen worden sei. Er verlangte, man solle sie ihm nach Fug und Recht zurückgeben, zumindest aber zum Gestehungspreis verkaufen. Die Firma scherte sich nicht viel um dieses Ansinnen, und da der junge Mann die geforderte Summe zu hoch fand, verschwand er und ließ nichts mehr von sich hören. Es war ein Fehler, daß man ihm nicht Namen und Anschrift abverlangte. Denn war der Schatz wirklich seiner Familie gestohlen worden, hätte er vielleicht über den Verbleib des Gegenstücks Aufschluß erteilen können.

Vom Augenblick, da die ‹Famille rose›-Vase unter den Beständen der Liverpooler Firma zu sehen war und so den Kunstkennern geläufig wurde, hatten zahlreiche Händler, die in China und Japan Agenten besaßen, an die Möglichkeit gedacht, das Zwillingsstück aufzufinden. Doch sämtliche Nachforschungen erwiesen sich als fruchtlos.

Im Jahre 1912 beschlossen Reynolds, Whitehead & Co., auf eigene Faust einen besonderen Vertreter zu entsenden, der in China und auch in Japan (wohin der Großteil des wirklich guten China-Porzellans seinen Weg nimmt) eine systematische Suche nach der Schwestervase einzuleiten hätte. Die Kosten dieser Unternehmung sollten für den Fall, daß das Hauptziel nicht zu erreichen war, durch den Ertrag aus dem Verkauf anderer Curios gedeckt werden, die der Spezialagent auf seiner Reise erwerben müßte.

Der Mann, den die Firma für diese reizvolle Aufgabe aussah, hieß Paul Ritter – ein naturalisierter Engländer. Seine Name, der an Kavalierstum gemahnte, und die ursprüngliche Herkunft seiner Familie aus dem Lande

Wolfram von Eschenbachs erhöhte noch in ihm jenen romantischen Geist, der sich bisweilen bei Antiquitätensammlern und hie und da auch bei Händlern findet. Die Vorstellung der Reise nach dem Fernen Osten auf der Suche nach dem kostbaren Gefäß, dessen Vorhandensein oder Nichtvorhandensein im Ungewissen verschwamm, bedünkte Paul Ritters Einbildungskraft wie eine Suche nach dem Heiligen Gral.

Paul nahm seinen Bruder als Reisebegleiter mit, einen achtzehnjährigen jungen Mann namens Rudolf, der sich für Antiquitäten blutwenig interessierte und nur aus höchst persönlichen Gründen die Unternehmung mitmachte. Diese Gründe lassen sich vielleicht am besten durch die Redewendung ‹Cherchez la femme› umschreiben, obwohl in Wirklichkeit Rudolfs Absicht nicht so sehr darauf ausging, eine Frau, deren Aufenthaltsort durchaus bekannt war, zu suchen, sondern im Gegenteil ihr aus dem Weg zu gehen.

Die Brüder Ritter schifften sich in Genua ein, kamen ohne besondere Abenteuer bis Hongkong und machten sich nun daran, die großen chinesischen Städte nach wertvollem Porzellan abzusuchen. Sie begannen mit Kanton und endeten mit Peking. Der Ältere trat mit den ortsansässigen Händlern in Verbindung, prüfte ihre Bestände, kaufte ab und zu einiges und stellte überall eine verlockende Belohnung in Aussicht für den Finder einer ‹Famille rose›-Vase samt Deckel, reich geziert mit Blumenmedaillons auf einem Rouge-d'or-Untergrund. Köstliche Kunstwerke wurden ihm vorgesetzt, die der Beschreibung zu entsprechen schienen. Doch kein einziges erwies sich als Gegenstück zu der Liverpooler Vase.

Während ihres Aufenthalts in Peking machten die beiden Brüder mir einen Besuch. Sie überbrachten das Empfehlungsschreiben eines gemeinsamen Londoner Bekannten, und Paul Ritter drückte den Wunsch aus, meine Seiden besichtigen zu dürfen. Ich bat die beiden Herren zum Lunch, und als wir gespeist hatten, ließ ich wie alle Tage die Händler hereinkommen und ihre Waren vorlegen. Paul Ritter erstand vom Kleinen Li, mit dem ich schon so manchen Handel abgeschlossen habe, einen Satz Täfelungen. Rudolf dagegen kaufte bei meinem alten Freund Draufzahler einen billigen Jadering.

Ein paar Tage darauf fuhr Paul Ritter nach Japan. Sein Bruder blieb in Peking.

Etwa zehn Tage nach unserem gemeinsamen Mittagessen ging ich die Legation Street im Gesandtschaftsviertel hinauf, als eine Gesellschaft von Fremden in Rickshaws an mir vorbeirollte. Gerade konnte ich noch zwei wirklich hübsche Mädchen darunter ausnehmen. Jetzt hielt das eine Gefährt an, Rudolf Ritter sprang herab und winkte seinen Bekannten zu, sie möchten nicht auf ihn warten. Dann begrüßte er mich mit besonderer Herzlichkeit und erklärte, er hätte niemand Lieberem begegnen können. Offenbar brauchte er meinen Rat.

Er leitete das Gespräch auch mit der Frage ein, ob ich mich noch an den dicken, kleinen Chinesen erinnerte, an den Curio-Händler, der ihm bei mir zu Hause einen Jadering aufgeschwatzt habe.

«Sie meinen wahrscheinlich Herrn Draufzahler?» erwiderte ich.

«So heißt er bei Ihnen? Ich hätte nicht geglaubt, daß er was zum Draufzahlen hat. Aber denken Sie, heute früh überfällt er mich im Hotel.»

«Was für einen Mist will er Ihnen diesmal anhängen?»

«Mist? Haha! Die Vase, nach der sich mein Bruder die Augen ausguckt!»

«Ich wette mit Ihnen, daß Draufzahler nicht *ein* Stück besitzt, das nur ein Viertel davon wert ist.»

«Er behauptet steif und fest, er wüßte, wo das Ding steckt, und könnte es mir beschaffen.»

«Und was haben Sie ihm gesagt?»

«Daß er sich gefälligst gedulden soll, bis mein Bruder aus Japan zurückkommt. Ich habe keinen Tau von China-Porzellan und – verzeihen Sie – es ist mir Wurst.»

«Schön – aber was weiter?»

«Kommt schon. Jetzt erklärt Draufzahler, zum Warten habe er keine Zeit, und macht einen derart verdächtigen Vorschlag, daß mir die Geduld reißt und ich ihn kurz und bündig zum Teufel schicke.»

Ich sah, daß noch etwas kam.

«Ich würde sagen, der Kerl ist ein Schwindler», fuhr Rudolf auch wirklich fort. «Aber er scheint über mich und meinen Bruder einfach alles zu wissen: warum wir hier sind, wohin wir noch wollen, ja, er weiß sogar, daß ich morgen abend nach Mukden fahre, obwohl wir uns erst gestern zu dem Abstecher entschlossen haben.»

«Wir? Ist Ihr Bruder schon zurück?»

«Keine Spur. Ich soll ihn in Japan treffen, möchte aber unterwegs mit ein paar Bekannten, die im selben Hotel wohnen wie ich, in Mukden aussteigen. Sie haben die Leute ja eben gesehen: die Gesellschaft da vorhin in den Rickshaws.»

«Da gratuliere ich Ihnen. Eine von den Damen ist besonders hübsch, vielleicht sogar zwei – ich konnte das leider in der Eile nicht feststellen.»

«Die Hübsche heißt Pearl. Einfach süß. Ein . . . Pfirsich. Und Nelly ist auch ein reizendes Ding.»

«Sagen wir: eine Aprikose.»

«Glänzend! Der Name paßt ihr wie nach Maß.»

«Und Draufzahler weiß alles von Ihren Herzensneigungen?»

«Er weiß jedenfalls, daß wir alle zusammen nach Mukden fahren, und macht sich erbötig, die famose Vase nach einer Station zu bringen, wie heißt sie nur gleich – Tang-shan. Wenn der Zug dort um fünf Uhr morgens hält, will er sie mir in die Hand drücken. Dafür verlangt er zweitausend Dollar.»

«Und Sie meinen, sie sei mehr wert?»

«Und ob! Deswegen kann ich den Gedanken nicht loswerden, daß er sie stehlen will.»

«Also, was werden Sie tun?»

«Wenn ich das wüßte! Das frage ich ja *Sie*!»

«Was erzählt Draufzahler eigentlich?»

«Die lächerlichste Geschichte von der Welt: die Vase gehört einem alten chinesichen Mandarin, der an Verkauf nicht denkt. Doch der alte Herr ist sehr krank und steht sozusagen mit einem Bein im Grab. Söhne und Töchter sowie sämtliche Neffen und Nichten haben schon viel weniger gegen den Verkauf. Ja, sie sind sogar Feuer und Flamme dafür, um das künftige Leichenbegängnis des Seniorchefs entsprechend damit zu bestreiten.»

«Ich glaube kein Wort davon.»

«Ich natürlich auch nicht. Aber Draufzahler schwört, er will mit der Vase an die Bahn kommen, und fleht mich kniefällig an, ich soll mir eine solche Okkasion nicht entgehen lassen.»

«Es gibt auch verläßliche chinesische Kaufleute. Denen kann man blind vertrauen. Draufzahler gehört nicht dazu. Ich warne Sie. Seien Sie vorsichtig.»

«Das denk' ich mir auch. Aber jetzt muß ich wirklich weiter. Ich gebe Ihnen selbstverständlich Nachricht, wenn ich diese verflixte Vase leibhaftig erwische.»

Rudolf verabschiedete sich und kletterte in seine Rickshaw zurück. Im Weiterwandern malte ich mir aus, es könnte ihm ergehen wie dem jüngsten Bruder im Märchen: einer nach dem andern bemüht sich vergebens um irgendeine Aufgabe, doch der Jüngste freit die Königstochter und findet den Zauberring.

Aber war es nicht wirklich merkwürdig: der arme alte Draufzahler sollte in so große Geschäfte verwickelt sein.

Ich erwarte durchaus nicht, je noch ein Wort über die Brüder Ritter und ihre Sache zu hören. Und da Rudolf mir gesagt hatte, er wolle Paul in Japan treffen, hielt ich es für völlig unwahrscheinlich, daß ich die beiden noch einmal zu Gesicht bekäme.

Da empfing ich, etwa vierzehn Tage nach meiner Begegnung mit Rudolf in der Legation Street, von dessen Bruder einen Brief. Viele Schreibmaschinenseiten. Er war aus Yokohama datiert und erzählte eine lange Geschichte von Abenteuern, die dem Jüngeren auf der Reise nach dem Norden zugestoßen waren. Ich gebe den Inhalt dieses Briefes lieber in eigenen Worten wieder, da Pauls Darstellung in einem späteren Zeitpunkt noch durch Einzelheiten ergänzt wurde, die Rudolf mir selbst berichtete.

Am Abend nach unserer Begegnung bestieg der jüngere Ritter den Nachtzug, Richtung Mukden. Im selben Zug fuhren auch die beiden kleinen Amerikanerinnen und deren Eltern, die im Verlauf einer Vergnügungs- und Studienreise über Sibirien nach Europa wollten. Einzig und allein, um den ‹Pfirsich› und die ‹Aprikose›, das heißt ihre Gesellschaft, zu genießen, hatte sich Rudolf entschlossen, über die Mandschurei und Korea nach Japan zu reisen, statt das Schiff zu nehmen, das einmal in der Woche von Tientsin nach Kobe abgeht. Nach dem Fahrplan sollte der Zug Tang-shan am Morgen um ein Viertel vor fünf erreichen. Rudolf besaß zwar ein Abteil für sich, fand aber vor Hitze keinen Schlaf. Ab drei Uhr morgens zog er bei jedem Aufenthalt den Fenstervorhang hoch und bemühte sich, im ungewissen Schein der Bahnhofslampen den Stationsnamen zu entziffern. Als der Zug in Tang-shan einfuhr, brach eben der Tag an, doch Rudolf sah, obwohl seine Augen den ganzen Bahnsteig absuchten, keine Spur von Draufzahler und der verheißenen Vase. «Es scheint», brummte er in sich hinein, «die werte Mandarinfamilie braucht noch kein Geld für Bestattungskosten!»

An Schlaf war nicht mehr zu denken, und Rudolf kleidete sich an.

Etwa eine Stunde später hielt der Zug wieder einmal in einer kleinen Station; sie hieß Chang-li, und unser junger Freund stieg aus, um einen Atemzug Morgenluft zu schöpfen. Wen sah er zuerst inmitten einer Gruppe von Chinesen, die Obst in Körben feilboten? Herrn Draufzahler! Auch er war mit einem Korb bewaffnet, und kaum hatte er Rudolf erblickt, schoß er schon auf ihn los.

«Tlauben!» rief er. «Schöne Tlauben! Zwei Dolla ein Kolb; nu' zwei Dolla. Seh' billig!»

Mit ebendenselben Worten umgirrten die anderen Obsthändler auf dem Bahnsteig die wenigen Reisenden, deren Köpfe bei den Zugfenstern auftauchten. Chang-li ist ein durch Obst berühmtes Städtchen und auf dem Bahnhof wird viel davon verkauft. Doch zumeist einigt man sich über den Preis und vollzieht das Geschäft erst in dem Augenblick, da der Zug sich wieder in Bewegung setzt.

Herr Draufzahler erschien also in der Verkleidung eines Obsthändlers, machte aber dem erstaunten Rudolf ein Zeichen, das andeuten sollte, es stecke noch etwas hinter dem Angebot eines Korbes Trauben. Und flüsternd setzte er hinzu:

«Vase dlinnen. Unte' Tlauben. Hea so tun, wie wenn kaufen Tlauben. Zahlen zwei Dolla. Hea nehmen Kolb in Wagen, finden Vase. Zahlen zweitausend Dolla.»

Der Vorschlag kam so unerwartet, daß Rudolf nicht wußte, was er sagen sollte. Er besah sich den Korb, der voller Trauben schien. Freilich, Größe und Form konnten es schon erlauben, daß eine ganze Vase darinnen stak. Der junge Mann tat drum so, als wollte er die Ware besehen, hob eine stattliche Traube hoch und tastete mit den Fingern darunter.

Jetzt stieß er an etwas Hartes, Glattes. Kein Zweifel – eine Vase! Rudolf hatte zunächst einmal eine so große Summe wie zweitausend Dollar gar nicht bei sich. Und weiters war er kein Fachmann in Kunstgegenständen. Er scherte sich einen blauen Teufel darum, ob die unter den Trauben verborgene Vase wirklich jene war, die Reynolds, Whitehead & Co. suchten. Doch Draufzahlers seltsamer Vorschlag erregte seine Spielerinstinkte. Es handelte sich um den Einsatz einer gewissen, großen oder kleinen, Summe auf die Chance hin, daß in dem Korb, unter diesen lächerlichen Trauben, ein Kunstgegenstand von hohem Wert steckte. Daß der Verkäufer, der den Handel vorschlug, ein Dieb und Schwindler war, darüber gab's wohl kaum einen Zweifel. Weniger durchsichtig schien es jedoch, ob er in diesem Augenblick einen mutmaßlichen Käufer hineinzulegen suchte oder ob er sich selbst durch gewisse Umstände genötigt sah, seine Ware in solcher Heimlichkeit und darum zu derart lächerlichem Preis loszuschlagen.

Es blieb auch die Möglichkeit offen, daß die ganze Komödie mit der Anbietung eines Obstkorbes auf der Bahnstation zwischen Zugankunft und -abfahrt zu dem Zweck inszeniert worden war, um eine sorgfältigere Prüfung der Vase zu verhindern. Rudolf hatte keine Zeit, all diese Fragen zu beantworten, er erfaßte die Sachlage als Ganzes und entschied sich für die Höhe seines Angebots, wie ein Roulettespieler die Höhe des Einsatzes entscheidet, während die Kugel tanzt.

«Zwei Dollar sind viel zuviel», sagte er, als spräche er von den Trauben. «Einen Dollar können Sie haben.» Sprach's, holte aus der Brieftasche eine Hundertdollarnote hervor, faltete und faltete sie so lange, bis sie kleiner war als ein Silberdollar, schob sie unter die Münze, die er für die Trauben bot, und hielt derart beides Draufzahler hin. Der fuhr, in die Enge getrieben, zurück. Er begriff, daß Rudolf für die Vase bieten wollte, indes er nur die Trauben zu meinen schien. Doch wußte der Chinese nicht recht aus noch ein, wie er um den Preis feilschen könne, ohne die höhere Summe zu nennen. Die Zeit drängte. In seiner Verwirrung ging Draufzahler jäh mit den Preis herunter. «Hea», sagte er, «zwei Dolla seh' wenig fü' schöne Tlauben», und dann in leiserem Ton: «Tausend Dolla. Nu' tausend. Gloße Blude' geboten zehntausend.»

«Nicht zu machen», winkte Rudolf achselzuckend ab, steckte das Geld in die Tasche, schlenderte zu den andern Obsthändlern hinüber und begann mit einem von ihnen um einen Korb Birnen zu feilschen. Jetzt verbarg Draufzahlers Lächeln nicht mehr die wachsende Besorgnis. Dieser Narr und Dummkopf von Fremdem Teufel nahm das Angebot kaum ernst. In wenigen Minuten ging der Zug ab. Kaum blieb noch Zeit für die einleitenden Scharmützel der langgedehnten Schlacht, die jedem Geschäftsabschluß unter wohlerzogenen Parteien voranzugehen hat. Inzwischen bewerkstelligte Rudolf mit einer Flinkheit, die wiederum jeder guten Sitte Hohn sprach, den Kauf der Birnen, wanderte über den Bahnsteig und suchte sein Abteilfenster, um den Korb hineinzuschieben. Augenscheinlich dachte er mit keiner Hirnfaser mehr an Trauben, China-Vasen oder deren Besitzer.

Noch einmal näherte sich ihm Draufzahler, wiederholte sein doppeltes Angebot und wieder versetzte Rudolf mit vollkommen gleichgültiger Miene: «Ich gebe einen Dollar, keinen Cent mehr.» Dabei hielt er abermals das Silberstück mit der gefalteten Hundertdollarnote darunter, die mit einem Eck hervorlugte, dem Chinesen hin. Der trat mit abwehrenden Gebärden zurück. Damit schien Rudolf auf jede weitere Verhandlung zu verzichten und wandte sich seinem Abteil zu. Auf der Plattform am Ende des Schlafwagens traf er eine der beiden Amerikanerinnen (es war Nelly, die ‹Aprikose›), die ungeachtet der Nachtfahrt in dem stickigen Zug frisch und rosig aussah, wirklich zum Anbeißen. Während Rudolf sie begrüßte, schob Draufzahler seinen Traubenkorb auf die oberste Stufe des Trittbretts, hielt ihn mit einer Hand fest und wiederholte unablässig: «Zwei Dolla, Hea. Nu' zwei Dolla. Seh' billig.»

Doch Rudolf schenkte ihm kein Gehör.

Ein Pfiff ertönte; barsche Rufe wurden laut; die wenigen Mitreisenden, die auf dem Bahnsteig umhergingen, eilten zum Zug.

«Zwei Dolla, Hea. Nu' zwei Dolla. Seh' billig!»

Ein Klirren der Puffer und Kupplungen, ein Dampfstoß aus dem Schlot der Maschine, und der Zug setzte sich in Bewegung. Auf die Treppe des Nachbarwagens hatte ein anderer Obsthändler seinen Korb mit Äpfeln hingestellt und feilschte noch immer mit einem japanischen Offizier. Die gleiche Szene wiederholte sich bei der Hinterplattform fast jedes einzelnen Wagens.

«Was für schöne Trauben!» sagte die Kleine bewundernd zu Rudolf, während Draufzahler unermüdlich seine Ware anpries, obwohl er sich hierzu schon in Trab setzen mußte.

«Wollen Sie sie haben?»

«O ja. Aber zwei Dollar sind zuviel für den Korb.»

Rudolf spielte sofort den Kavalier. «Einmal ist keinmal», scherzte er. «Soviel bring ich schon noch auf.» Dann wandte er sich dem Chinesen zu, der offensichtlich nicht mehr weiterkonnte, und rief:

«Na, Sie haben sich Ihre zwei Dollar verdient.»

Im selben Augenblick packte er den Korb – der Zug kam in vollere Fahrt – und warf Draufzahler zwei Silberdollar zu. Er handelte dabei in einem plötzlichen Impuls und sah sich mit aufrichtigem Staunen auf einmal im Besitz des Korbes samt Inhalt zum Spottpreis von zwei Silberdollar.

Die ‹Aprikose› plauderte weiter, als wäre nichts geschehen:

«Haben Sie bemerkt, was für ein Gesicht der Chinese machte, als Sie die Trauben nahmen?» fragte sie. «Er stand da wie verhext. Vielleicht erwartete er gar nicht zu kriegen, was er verlangte!»

«Durchaus wahrscheinlich!» erwiderte Rudolf.

«Wenn Sie aber die Trauben schon gekauft haben, wollen Sie mir nicht wenigstens ein paar davon anbieten?»

«Noch nicht. Vor allem muß ich sie waschen. Es soll gefährlich sein, Obst in China zu essen, wie man es gekauft hat. Drum werd ich die Trauben höchstpersönlich waschen, um ganz sicher zu gehen.»

Rudolf verschwand in seinem Abteil, schloß die Türe und machte sich daran, das Obst aus dem Korb zu nehmen.

Unter den Traubenbüscheln lag eine recht große Vase, die der Form nach der gesuchten durchaus entsprach, jedoch eine völlig andere Farbe aufwies. Das Kunstwerk, zu dem Rudolf auf so seltsame und unvorhergesehene Art gekommen war, besaß eine schwer zu beschreibende Schattierung zwischen Lichtgelb und Grau. Zwar nahm man den Raum der Medaillons aus, doch die eingesetzten Blüten schienen in roter Grundfarbe bloß skizziert, ohne Details oder gar Vollendung.

Rudolf war nahe daran, das Zeug zum Fenster hinauszuwerfen. Doch er bezähmte seinen jugendlichen Eifer durch die Erwägung, daß schließlich und endlich zwei Dollar nicht als Wucherpreis bezeichnet werden konnten. Drum wusch er die Trauben, die er umsonst mit draufbekommen hatte, und verließ das Abteil, um seinerseits mit einer Aprikose vorliebzunehmen.

So klang ungefähr die Geschichte, die Rudolf seinem Bruder erzählte, als die beiden in Japan zusammentrafen. In dem Schreiben an mich zog Paul die nachstehenden Folgerungen:

‹Das Ganze scheint reichlich seltsam und verworren. Allein es kommt ein Umstand dazu, der meinem Bruder entging, mich aber vermuten läßt, daß wirklich hinter dem verrückten Abenteuer beim Zug irgendein Geheimnis steckt. Die Vase, die Rudolf in einem Korb Trauben zu Chang-li erstand, ist die vollkommene Replik des gesuchten Kunstwerks – abgesehen von der Farbe. Die Linien sind identisch, die Maße die gleichen, sogar die Zeichnungen der Blüten innerhalb der Medaillons entsprechen einander. Nur ist die Vase sozusagen farblos: ein gelbliches Grau erscheint als die einzige Nuance des unbemalten Tons, und die Blumen sind bloß in Rot skizziert, wie ein Maler sein Bild mit Kohle umreißt, ehe er mit der Arbeit beginnt. Es sieht geradezu aus, als wäre die Vase gebrannt worden, bevor noch die Farben angelegt waren. Was bedeutet das alles? Wissen Sie eine Erklärung? Sie kennen China und die Chinesen besser als ich. Vielleicht erhellen Sie meinen Verstand!›

Mein erster Gedanke beim Empfang von Paul Ritters Brief ging dahin, Draufzahler kommen zu lassen und ihm eine Erklärung abzufordern. Allein der Edle war in ganz Peking nicht aufzutreiben. Woraus ich auf schlechtes Gewissen schloß.

Der Ort, von dem in Draufzahlers Vorschlag an Rudolf zuerst die Rede war, hieß Tang-shan. Dies brachte mich auf eine Idee. Ich hatte dort einen Freund, der China und die Chinesen weit besser kannte als ich, den Reverend Jacob Carlin.

Carlin war einer der ältesten ausländischen Siedler im Lande und irgendeinmal um die Mitte des vergangenen Jahrhunderts mit einem Teekutter nach Shanghai gekommen. Man kannte ihn auch als den Gatten der häßlichsten Frau zwischen dem 15. und 125. Längengrad. Die Eheschließung des guten Carlin bildete einen stehenden Scherz unter den ‹Alten Chinesen›.

Zur Zeit, da der Wackere sich in China niederließ, waren in der ausländischen Kolonie die Frauen noch spärlicher vertreten als jetzt. Reverend Jacob brauchte eine Hilfskraft für die chinesische Konvertitenschule, doch sooft die Bewerberinnen eintrafen, um ihre Pflichten aufzunehmen, heiratete sie irgendwer auf der Stelle weg, und die chinesischen Täuflinge standen wieder einmal ohne Lehrerin.

Der unfreiwilligen Rolle als Heiratsvermittler müde, schrieb Reverend Jacob nach Hause und beschwor die Leitung seiner Mission, ihm doch um Himmels willen eine junge Dame zu schicken, deren äußere Reize zu der Annahme berechtigten, daß in ihrem Fall eine Ehe ganz außer Frage stünde. Die Heimatbehörde tat das möglichste. Die Erwählte hätte nicht einmal in China einen Mann gefunden, wäre nicht ein Jahr nach ihrer Ankunft Reverend Jacob persönlich mit ihr vor den Traualtar getreten.

Ich neigte zur Ansicht, wenn irgend jemand das Geheimnis der Changli-Vase lösen könnte, wäre es der alte Carlin als Ortsnachbar. So setzte ich mich hin, verfaßte einen Brief an den alten Herrn und legte Paul Ritters Schreiben bei. Noch vor Ablauf einer Woche hielt ich die Antwort in Händen. Sie klang insofern befriedigend, als laut ihr die Vase, die Paul Ritter suchte, wirklich vorhanden war, wenn auch nicht verkäuflich. Lassen wir den Brief selbst sprechen:

‹Ich danke Ihnen vielmals für Ihre herzlichen Worte der Erinnerung und werde mich besonders freuen, wenn ich in Angelegenheit der Vase irgendwie dienlich sein kann. Falls die Suche danach mir das Vergnügen verschafft, Sie wiederzusehen, müßte ich eigentlich der irdischen Eitelkeit danken, die derlei Dingen so hohen Wert beimißt.

Die Angaben in Mr. Ritters Brief machen es mir leicht, der Vase nachzugehen. Leider ist die Entdeckung ihres Standortes nicht gleichbedeutend mit der Möglichkeit, sie zu erwerben. Der kleine Händler, den Sie ‹Draufzahler› nennen, war nicht ganz unaufrichtig: das Kunstwerk wird tatsächlich erst nach dem Tode seines gegenwärtigen Besitzers auf den Markt kommen. Die Beschreibung der Chang-li-Vase verhalf mir zur Ermittlung der echten und ihres Eigentümers. Die Chang-li ist nichts als eine Kopie ohne Farben. Ich kann nicht beurteilen, ob sich ein so ausgezeichneter Kenner wie Mr. Paul Ritter durch die haargenaue Wiedergabe einer antiken Vase täuschen ließe, aber soviel ist klar, daß niemand, außer ein Stockblinder, mit einer Vase zu foppen wäre, die andere Farben hat als die gesuchte. Nun trifft es sich, daß in Luan-tschou (einem Ort an der Bahnstrecke nicht weit von hier) ein alter Mandschu-Mandarin lebt, ein Bekannter von mir, der eine Sammlung alten Porzellans besitzt, die zwar nicht sehr groß ist, aber – so sagte man mir – Stücke von hohem Wert enthält. Der alte Mann ist seit zwanzig Jahren blind!

Als ich Ihren Brief samt Beilage erhielt, begab ich mich sogleich nach Luan-tschou, um festzustellen, ob die ‹Famille rose›-Vase meinem Freund gehöre, ob sie verkäuflich sei und zu welchem Preis. Die Vase ist tatsächlich dort. Ich habe sie mit eigenen Augen gesehen, und wenn ich auch kein Kenner bin, machte sie mir den Eindruck eines prächtigen Kunstwerks. Aber, wie gesagt, im Augenblick kommt ein Verkauf nicht in Frage.

Mein Freund heißt Su oder häufiger noch ‹Ziegelstein-Su›. Als er nämlich vor vielen Jahren, während der zweiten Regentschaft der Kaiserin Tzu-hsi, im Amt saß, gab es eine peinliche Geschichte, die mit der Reisverteilung an die Mandschu-Bannerleute in Zusammenhang stand. Die Unterschleifchen des alten Su bei Armeelieferungen waren so stadtbekannt, daß sich eines schönen Tages die Mannschaft von der Torwache des Winterpalastes aus lauter Ekel über den schlechten Reis, den sie bekam, in einem äußeren Hof in den Hinterhalt legte und Sus Sänfte mit einer Salve von Ziegelsteinen begrüßte. Eine Kopfwunde, die er bei dieser Gelegenheit davontrug, führte im weiteren Verlauf zur Erblindung.

Heute lebt der alte Su in völliger Zurückgezogenheit. Seine geschäftlichen Angelegenheiten sind einem Enkelsohn anvertraut. Der heißt oder, besser gesagt, hieß Pu-we-chi. Doch seitdem der junge Mann zur Vervollständigung seiner Erziehung in Europa war, hat er sich einen westlichen Namen eigener Erfindung beigelegt und besitzt Visitenkarten mit dem Aufdruck: ‹Mr. C. Rembrandt Pu›.

Diesem Herrn legte ich Mr. Ritters Kaufabsicht dar, worauf er sofort den Wunsch aussprach, ich solle seinem Großvater nichts davon sagen. Der alte Ziegelstein-Su nähert sich der zweiten Kindheit, und der Gedanke, man könnte ihn seiner Schätze berauben, wäre ihm eine Qual. Wenn er die Vasen auch nicht mehr sieht, sind sie noch immer seine größte Freude. Von Zeit zu Zeit prüft er sie, indem er liebevoll mit den Fingerspitzen darüberfährt. Nichts auf der Welt könnte ihn bewegen, auf dieses Vergnügen zu verzichten. Die langjährige Belieferung der Acht Banner mit schimmeligem Reis hat ihm beträchtlichen Reichtum eingebracht. Keine Summe, zu der Mr. Ritter sich allenfalls verstiege, entschädigte ihn für den Entgang auch nur eines einzigen Exemplars seiner Sammlung.

Aber Mr. Ritter könnte vielleicht mit dem Enkel irgendein Abkommen

144

über den Erwerb der Vase nach dem Tod des alten Su treffen. Es spricht nicht viel dafür, daß er's noch lange machen wird. Er ist sehr, sehr alt. Er und ich sind *ein* Jahrgang . . .

Das Rätsel der Chang-li-Vase allerdings kann ich nicht lösen. Ich sprach mit C. Rembrandt Pu darüber, aber er weiß nichts oder will wahrscheinlich nichts wissen.

Wenn es sich Mr. Ritter verlohnt, aus Japan zurückzukehren und in Luan-tschou auszusteigen, um die Sammlung des alten Su zu besichtigen, bin ich überzeugt, daß dieser sie mit tausend Freuden herzeigen würde. Doch ein Kaufangebot sollte ausschließlich an den Enkel gerichtet werden. Der junge Rembrandt Pu spricht zwar fließend Englisch, trotzdem wäre es besser, wenn ich mitkäme. Könnten wir uns nicht alle recht bald in Luan-tschou treffen? Ihr sehr ergebener

Jacob Carlin.›

Natürlich kam der Vorschlag des Reverends Paul Ritter sehr zurecht, und gegen Ende des Monats fanden wir uns alle, wie besprochen, in Luan-tschou ein. Ich schloß mich der Partie an, weil ich mich jetzt schon selbst für die berühmte Vase interessierte und es auch für unfreundlich dem alten Carlin gegenüber gehalten hätte, ihn erst so sehr mit der Angelegenheit meiner Freunde zu belästigen und dann nicht einmal an der gemeinsamen Expedition teilzunehmen, die er so liebenswürdig ins Werk gesetzt hatte.

Luan-tschou ist eine kleine Stadt am rechten Ufer des Hoang-ho, nicht weit von dessen Mündung. Die Brüder Ritter und ich trafen nachmittags gegen halb vier dort ein und fanden den Reverend mit einer seiner Enkelinnen auf dem Bahnsteig vor. Die etwa achtzehnjährige junge Dame begleitete den Großvater, um darauf zu sehen, daß er sich nicht übermüde, und ihm bei kleinen Unzukömmlichkeiten, wie sie der Ausflug mit sich bringen könnte, behilflich zu sein. Kein Zug im Gesicht des jungen Mädchens verriet die sprichwörtliche Häßlichkeit ihrer Großmutter. Rudolf Ritter, der recht gelangweilt ausgesehen hatte, ermunterte sich zusehends bei der Aussicht auf weibliche Gesellschaft. Für ihn verkörperte das zarte Geschlecht das hauptsächlichste Lebensinteresse, und er legte auf diesem Gebiet nicht geringere Sammlerleidenschaft an den Tag als sein Bruder auf der Suche nach altem Porzellan.

Wir wurden in Tragstühlen nach Mr. Sus Haus gebracht, einen steilen Hügelpfad hinan. Das ‹Haus› entpuppte sich als prächtiger Landsitz in chinesischem Stil, mit schönem Fernblick auf Stadt und Fluß. Unser Gastgeber ließ sich zur Begrüßung bis an die Schwelle des Hauptpavillons geleiten, indem er sich mit den Armen auf die Schultern zweier Diener stützte. Er war ein schöner alter Mann, stattlich und würdevoll, mit einem weißen Bart, der, wenn auch schütter wie Bärte von Chinesen zumeist, das Bild eines Patriarchen noch vervollständigte. Nur die Gewohnheit eines ständigen Räusperns, dessen Folgen er seiner Blindheit wegen nicht gänzlich zu überblicken vermochte, machte seine Nähe gefährlich.

Abgesehen von diesem Mangel bot der alte Mandarin, in Seide und Zobel gekleidet und mit den Abzeichen seiner Beamtenwürde ausgestattet, umgeben von Kindern und Kindeskindern, von Dienern, die sich um ihn scharten, einen Eindruck huldvoller Erhabenheit, die das Angedenken historischer Größe festhielt.

Unter den Familienmitgliedern befand sich ein Jüngling, der etwa zwanzig Jahre alt sein mochte. Er unterschied sich von den andern durch seinen Haarschnitt nach westlicher Mode mit einem Scheitel an der Seite. Gleich vielen Chinesen war er vermutlich älter, als er aussah. Kein Zweifel, wir hatten den Enkelsohn, Mr. C. Rembrandt Pu, vor uns. Wenn er auch kein Zöpfchen mehr besaß, trug er trotzdem ein chinesisches Gewand aus prächtigem Brokat.

Der alte Herr empfing uns mit aller Förmlichkeit, wie sie ein ehrwürdiges Zeremoniell vorschreibt: Verbeugungen, Lächeln, Komplimente, Fragen, die eine freundliche Anteilnahme an der Gesundheit und dem Wohlergehen der Brüder Ritter, meiner Person, des Reverend Jacob und seiner Enkelin dartun sollten, nicht zu gedenken unserer einzelnen Familien und Staaten. Wir saßen in der Mittelhalle des Hauses im Halbkreis, während Diener, die leider nach Knoblauch dufteten, rundum standen samt einer Schar kleiner Kinder, deren keines je in die Geheimnisse eines Taschentuchs eingeweiht worden war.

Eine Stunde zumindest verging über Gesprächen, die mit dem Zweck unseres Besuches nicht im leisesten Zusammenhang standen. So verlangt es die chinesische Etikette. Wenn ein Chinese eine Fischgräte im Hals stecken hat und zum Arzt kommt, um sie sich herausholen zu lassen, wird er davon ausgehen – außer wenn ihm der Atem ‹ausgeht› –, Themen zu erörtern, die mit seinem Leiden nicht das mindeste zu tun haben.

Schließlich kam doch der Augenblick, da Mr. Su Befehl gab, seine Schätze herbeizuholen, um sie dem fremden Sammler zu zeigen. Der Abend brach an, und die Diener schleppten Petroleumlampen moderner Ausführung herein, die in die altchinesische Harmonie eine fremde Note einfügten. Dann trug man die Vasen einzeln herbei und stellte sie auf ein Tischchen neben Mr. Su. Sie standen in hölzernen Gehäusen, die durch verschiebbare Täfelungen verschlossen waren, gummierte Streifen roter Seide klebten daran, deren chinesische Schriftzeichen verrieten, welchen Schatz das Kästchen barg. Jede Vase ruhte in einer Nische, die ihre Formen nachschuf und derart die Gefahr des Zerbrechens verringerte. Hatte man die Vordertafel entfernt, so war es, als sei ein Juwelenschrein geöffnet. Die Farben erstrahlten in beinahe phosphoreszierendem Licht. Außerstande, sich am Anblick seiner Schätze zu weiden, beugte Mr. Su sich mit brünstiger Verehrung darüber hin, streichelte sie mit den Fingern, hob aber kein einziges Stück aus seinem Lager. Es sah aus, als neige er sich über eine Wiege. Sein Tasten schien eine Liebkosung.

Die einzelnen Typen waren jeweils durch ein Paar vertreten. So gab es zwei Vasen der ‹Famille noire›, zwei in den ‹Fünf Farben›, zwei in K'ang-hsi-Blau und so fort. Von den älteren Gefäßen hatten einige kein gemaltes Muster, sie waren monochrom in mattem Olivgrün. *Eine* Vase besaß kein Gegenstück: eine Vertreterin der ‹Famille rose› – Rosenfarbe, mit Goldstaub überhaucht. Vier weiße Medaillons deuteten die Jahreszeiten an – Pflaumenblüte, Päonie, Lotos und Chrysantheme. Der Deckel wies die gleiche Zeichnung in kleinerem Maßstab auf und war von einer altgoldenen Kugel überkrönt.

Ich warf einen Blick auf Paul. Er stand da wie ein Verzückter. Der Höhepunkt seiner Fahrt war gekommen, gefunden der Heilige Gral!

Selbst Rudolf schien ergriffen. Und der Reverend, der das Amt des Dolmetschers versah, tat um der guten Form willen das möglichste, seine Gleichgültigkeit gegenüber solch irdischem Tand zu verbergen.

C. Rembrandt Pu trat an Paul Ritter heran und reichte ihm ein Vergrößerungsglas. «Es lohnt sich», sagte er in tadellosem Englisch, «die eine oder andere Vase in den Einzelheiten zu besehen. Das Paar der ‹Famille noire› bildet den wertvollsten Schatz der Sammlung. Betrachten Sie nur die Darstellung der Blumen. Man glaubt geradezu, man müßte sie riechen.»

Paul Ritter zog eine der beiden Vasen näher ans Licht, um sie eingehend zu prüfen. Er und der junge Chinese standen dicht bei mir und etwas abseits vom Hausherrn. C. Rembrandt Pu wandte sich halblaut an Paul:

«Ich muß Ihnen danken», sagte er, «daß Sie kein Wort von Kaufabsichten fallen ließen. Mein Großvater wäre entsetzt darüber. Sie sehen, wie sehr er an seinen Schätzen hängt.»

«Er hat auch allen Grund dazu!» rief Paul.

Im allgemeinen empfiehlt es sich nicht, Begeisterung für einen Gegenstand zu verraten, den man erstehen will, zumal nicht, ehe der Preis ausgemacht ist. Allein die Klugheit des Händlers Paul wich der Leidenschaft des Kenners. In vielen Fällen tauchen Zweifel auf über die Authentizität einer Vase, die als antik angegeben wird. Doch das wundervolle Paar der ‹Famille noire› trug den Stempel der Echtheit. Aus diesen Werken sprach die Kunst.

«Ich hoffe», sagte Paul, «Sie werden mir eine Option einräumen für den Fall, daß die Sammlung je auf den Markt käme.»

«Es dürfte sich machen lassen», versetzte C. Rembrandt Pu.

«Wären Sie geneigt, in diesem Sinn ein schriftliches Abkommen mit mir zu treffen?»

«Das wird leider nicht möglich sein. Niemand von uns kann im Namen der Familie ein Abkommen schließen ohne meines Großvaters Einwilligung. Und es wäre lieblos, mit ihm darüber zu sprechen. Aber wir können etwas anderes machen. Besitzen Sie ein chinesisches Siegel?»

«Ein chinesisches Siegel? Wozu sollte das dienen?»

«In China ersetzt, wie Sie wissen, ein persönliches Siegel die Unterschrift. Drum fiel mir ein, wenn Sie Ihr Siegel auf die Behälter dieser Vasen drückten oder auf die Vasen selbst, könnte dies als Bestätigung Ihres künftigen Anspruchs gelten. Aber vielleicht geht es auch ohne Siegel.»

Mit diesen Worten zog er eine Metallbüchse aus der Tasche. Darin lag ein Elfenbeinpetschaft mit eingravierten chinesischen Schriftzeichen neben einem kleinen Farbkissen.

«Mein Siegel», erläuterte er. «Es gehörte sich eigentlich, die Abdrücke mit Hilfe einer scharlachroten Paste aus Zinnober herzustellen. Aber heutzutage halten wir es für praktischer, ein Stempelkissen zu benützen wie Sie in Europa.»

«Schön. Aber was habe *ich* damit zu tun?»

«Sie bedienen sich dieses Kissens, um jene Vasen mit Ihrem Fingerabdruck zu versehen, die Sie zu erwerben wünschen. Ihr Daumen genügt. Es klingt unlogisch, aber dem chinesischen Verstand erscheint ein derartiger Abdruck geradezu als Besitzanspruch. Übrigens hat er auch den Vorteil, daß eine Unterschiebung unmöglich gemacht wird, wenn wir annehmen, die betreffenden Vasen müßten bei der Übersendung an Ihre Firma durch die Hände eines Agenten oder sonstigen Mittelsmannes gehen.»

Paul hatte noch ein kleines Bedenken: «Können die Fingerabdrücke nicht verschwinden, wenn die Vasen gesäubert oder abgestäubt werden?»

C. Rembrandt Pu lächelte. «Keine Sorge», meinte er. «Mein Großvater läßt keinen Menschen über seine Schätze und fürchtet sich, sie selber anzurühren.»

Ein paar Stunden später machten wir uns bergabwärts auf den Weg zum Bahnhof, um den Mukden-Expreß nach Peking zu erreichen, der kurz vor Mitternacht in Luan-tschou hielt. Diesmal standen aus irgendeinem Grund Tragstühle nicht zur Verfügung, doch der Pfad ging ohnedies hinab. Trotz Vollmondschein gingen uns Diener mit Laternen voraus. Paul Ritter strahlte vor Begeisterung. Er konnte damit rechnen, die lang gesuchte ‹Famille rose›-Vase mit der Zeit wirklich zu bekommen und andere, nicht minder erstrebenswerte und kostbare Kunstwerke dazu. In solcher Stimmung marschierte er an der Spitze unseres Zuges und unterhielt sich mit C. Rembrandt Pu, der von seinen Studien in Europa erzählte, von den dort angeknüpften Verbindungen und den gegenwärtigen Aussichten, einen Funken westlicher Zivilisation in seine Vaterstadt Luan-tschou zu tragen.

Rudolf Ritter schien von dem Abend und seinen Ergebnissen nicht weniger befriedigt als Paul. Während wir nämlich alle an Porzellan und wieder an Porzellan dachten, hatte er mit der Enkelin des alten Carlin einen höchst angeregten Flirt begonnen. Als wir vom Hause aufbrachen, bot er ihr den Arm, um sie den steilen und steinigen Pfad hinabzugeleiten. Der gute Pastor brauchte allerdings weit mehr als seine Enkelin einen Freundesarm zum Vorwärtskommen. Ich bot ihm den meinen, und er nahm dankbarst an. Wie die Inseparables flatterten die beiden jungen Leute vor uns her, schwatzend und lachend. Zusammen zählten sie keine fünfzig Jahre, und es war Vollmondnacht.

Der alte Carlin stützte sich auf meinen Arm und den Stock und hielt von Zeit zu Zeit inne, um zu sehen, ob die Bahnhofslampen schon ein bißchen näher wären. Ein Windhauch kam über das Städtchen herüber und trug unseren Ohren einen Wirrwarr nächtlicher Geräusche zu. Auf einem Schiff am Flußufer spielte jemand voll guten Willens ein Saiteninstrument. Hunde bellten den Mond an. Ein Nachtwächter machte seine Runde und schlug die Trommel, um üble Geister dieser oder der nächsten Welt zu verscheuchen.

Der alte Ziegelstein-Su starb im Februar 1913, und die einleitenden Verhandlungen über den Ankauf der Porzellansammlung spielten sich ab zwischen C. Rembrandt Pu als Vertreter der Erben und dem Reverend Jacob Carlin als Repräsentanten Paul Ritters und seiner Firma. Die Schwierigkeiten hörten allerdings mit dem Tod des alten Mandarins keineswegs auf. Die Erben erklärten, im Augenblick wünschten sie nur die einzelne ‹Famille rose›-Vase abzugeben; die Veräußerung der weiteren Bestände könnte man in einem künftigen Zeitpunkt erörtern. Ferner knüpften sie den sofortigen Verkauf der rosa Vase an die Bedingung, daß der Gesamtpreis auf einmal, und zwar vor der Liverpooler Übernahme erlegt werde. Dafür schien der Preis an sich nicht übertrieben: 8000 chinesische Dollar. Reynolds, Whitehead & Co. hätten auch mehr bezahlt.

Die Vase wurde in ihrem eigenen Behälter abgesandt, aber außen und innen mit Streifen gummierten Papiers überklebt, was die Widerstandskraft des Porzellans erhöhen sollte. Dann bettete man das Gehäuse zwischen riesigen Wattebündeln in eine kleine Kiste, der Eisen- und Kautschukbänder weiteren Halt gaben. Auf Wunsch C. Rembrandt Pus wurde ein Schreiben an Paul Ritter der Vase beigepackt, damit er es zugleich mit der kostbaren Sendung erhalte.

Ein oder zwei Monate später bekam ich einen wirklich netten Brief von Rudolf Ritter, worin er mir seine Verlobung mit einer jungen Dame mitteilte, die nach des Schreibers eigenen Worten hübsch, reizvoll und mit einem nicht zu knappen Sack Kleingeld gesegnet war.

149

‹Sie sehen also, man darf mir gratulieren. Schade, daß ich von Paul nicht das gleiche sagen kann. Werden Sie mir's glauben? Seine famose Vase war zu guter Letzt doch ein Schwindel! Und dem armen Paul blieb die Spucke weg, genau so wie damals Herrn Draufzahler auf dem Bahnsteig in Chang-li. Ich danke Gott auf den Knien, daß mir altes Porzellan immer Wurst war!›

Soweit der Brief. Keine Erklärung. Kein Kommentar. Ich stand vor einem Rätsel. Wie konnten, zum Kuckuck, diese Vasen Schwindel sein.

Nur *ein* Mensch in ganz China mochte da Rat wissen: der alte Carlin in Tang-shan. Ich setzte mich hin und schrieb ihm.

Postwendend kam die Antwort, nicht von Carlin selbst, sondern von seiner Enkelin, derselben, die uns damals nach Luan-tschou begleitet hatte. Sie schrieb, ihr Großvater sei ganz verzweifelt gewesen, als er die Nachricht bekam, die nach England gesandte Vase wäre nicht echt. Ja, er habe sich so aufgeregt, daß er nun das Bett hüten müsse. C. Rembrandt Pu dagegen scheine hochzufrieden und rede herum, er hätte ‹einen Teil seines Eigentums zurückbekommen›.

Eine restlose Aufklärung bot erst der Brief, den C. Rembrandt Pu an Paul Ritter geschrieben hatte, jener Brief, der der Vase beigepackt worden war. (Ich wollte, Rudolf hätte mir in *seinem* Stil etwas über die Szene bei Eröffnung der Kiste berichtet!) Der arme Carlin erbat sich eine Abschrift dieses Briefes, erhielt sie auch und ließ sie mir zwecks Kenntnisnahme zugehen. Ein recht merkwürdiges Dokument!

‹Herrn Paul Ritter
c/o Reynolds, Whitehead & Co., Liverpool

Luan-tschou, 16. Juli 1913

Sehr verehrter Herr Ritter!
Die Vase, die Sie zugleich mit diesem Schreiben erhalten, trägt zwar Ihren Fingerabdruck, ist aber trotzdem nicht das Gegenstück jener, die sich im Besitz Ihrer w. Firma befindet. Sie ist eine Imitation, die ich in der Kaiserlich Deutschen Fabrik Kadinen anfertigen ließ, als die Firma Reynolds, Whitehead & Co. in so wenig entgegenkommender Weiße es ablehnte, mir den Rückkauf der Vase zu ermöglichen, die im Jahr 1900 in Peking aus unserem Hause gestohlen worden war. Sollte diese Ablehnung Ihrer sehr geehrten Firma nicht mehr erinnerlich sein, so erlaube ich mir, den Herren meinen Besuch in Liverpool im August 1905 – ich studierte damals an der Londoner Universität – ins Gedächtnis zu rufen. Die Vase, nach der Sie so lange suchten, existiert nicht mehr. Sie zerbrach bei der Plünderung der Tatarenstadt in hundert Stücke. Diese Bruchstücke dienten allerdings jener Kopie, die sechs Jahre später in Deutschland angefertigt wurde, als Muster. Die Nachbildung war überaus geglückt,

vermochte aber kaum einen Fachmann Ihres Ranges zu täuschen, hätte nicht unsere Weigerung, sofort zu verkaufen, und der Umstand, daß Sie die Imitation zwischen anderen Kunstwerken von unzweifelhafter Echtheit sahen, Ihre Vorsicht eingeschläfert, so daß Sie zwar Anstalten trafen, um Täuschungen in einer weiteren Zukunft auszuschließen, sich jedoch nicht zu vergewissern suchten, daß keine Täuschung vorlag, als Sie die Vase zum erstenmal sahen.

Ich muß wohl den Herren bei Reynolds, Whitehead & Co. als recht schlichtes Gemüt, vielleicht sogar lächerlich erschienen sein, als ich sie zu einem Rückkauf unserer Vase zu überreden trachtete.

Ich hoffe sehr, daß Sie sich nicht allzusehr kränken, wenn Sie bei dieser kleinen Revanchepartie verloren haben und der fachmännische Vertreter der Firma Reynolds, Whitehead & Co. für diesmal als ebenso schlichtes Gemüt dasteht wie ich im Jahre 1905. An der Unterseite der Vase, die Ihnen gleichzeitig zugeht, befindet sich das Siegelzeichen Yung Chens (und Ihr Daumenabdruck), auf der Innenseite des Bodens werden Sie jedoch die deutsche Reichskrone über einem W finden, woraus sich zwangsläufig ergibt, daß es sich um eine Nachahmung handelt.

Der Preis, zu dem Sie diese Kopie erwarben, deckt gerade die Kosten meines Studienaufenthaltes in Europa und den Rechnungsbetrag der Porzellanwerke Kadinen. Die Einbringung einer Klage gegen uns erscheint nicht möglich, da wir Ihnen keine Garantie für die Echtheit gaben und Sie eine solche auch nicht verlangten. Um aber schließlich auf die übrigen Vasen aus der Sammlung meines Großvaters zurückzukommen, sind wir gerne bereit, sie Ihnen unter jeder gebotenen Garantie und zu den üblichen Kunsthandelspreisen zu verkaufen. Ihre Option besteht nach wie vor zu Recht.

Ich habe nur noch hinzuzufügen, daß die deutsche Kopie meinem Großvater außerordentliche Freude bereitete, da er glaubte, ich hätte wirklich das im Jahre 1900 gestohlene Original zurückgekauft. Einen früheren Nachahmungsversuch stellte jene Vase ohne Farben dar, die ebenfalls aus unserem Hause verschwand und Ihrem Bruder um zwei Dollar angehängt wurde – ein dummer Betrugsversuch, der immerhin dazu diente, Sie nach Luan-tschou zu bringen. Dieses Stück wurde vor meinem Europa-Aufenthalt in China angefertigt, konnte aber meinen Großvater nicht täuschen, da er die Blumenmuster durch bloße Berührung zu unterscheiden vermochte.

Das ist alles.

Ich sehe Ihrer Entscheidung in Sachen der übrigen Vasen gerne entgegen und bitte Sie, der vorzüglichsten Hochachtung versichert zu sein Ihres aufrichtig ergebenen

C. Rembrandt Pu.›

Ich habe viel nachgedacht über die Geschichte der ‹Famille rose›-Vase und mich gefragt, welche Lehre sich daraus ergäbe. Allein die einzige Moral, auf die ich kam, war die, daß bei Verfolgung so verschiedener Ziele wie Altchina-Porzellan und junge Damen der jüngere der beiden Brüder eher vom Glück gesegnet schien. Denn nach vielen Liebeleien gewann er schließlich doch die Frau seiner Wahl.

Stimmen in der Wüste

Kuniang hat viele chinesische Bekannte, mit denen sie sich besser versteht als mit manchen Europäern oder Amerikanern. Eine ihrer Freundinnen hieß Yur und war die Tochter Mr. Sus, des ‹Compradors› der Russischen Bank in Peking. Yur ist im Chinesischen die Verkleinerungsform von Yu (Mond), und Comprador ein lokaler Ausdruck portugiesischer Herkunft, der einen chinesischen Agenten oder Vertreter bezeichnet; jede ausländische Bank oder Firma besitzt einen solchen Comprador.

Wahrscheinlich hätte ich den ‹Kleinen Mond› nie näher kennengelernt, wäre er nicht mit Kuniang so befreundet gewesen, aber Mr. Su kannte ich von vornherein. Er ist in Finanzkreisen eine gewichtige Persönlichkeit, sehr reich, und befleißigt sich einer gewissen westlichen Kultur. Kurz, er gehört der neuen Klasse chinesischer Geschäftsleute an, die über moderne Ideen und weltmännisches Benehmen verfügen – zumindest hatte ich anfangs diesen Eindruck von ihm. Er hat eine Reihe von Aufsätzen über Währungsfragen veröffentlicht und füllt seinen Platz am Bridgetisch aus.

Trotz allem westlichen Wissen hat Mr. Su seine Nationaltracht und die chinesische Lebensweise nicht aufgegeben. Sein Bankbüro ist in ausländischem Stil eingerichtet, während das Privathaus in der Tatarenstadt, unweit des Shuang Liè Ssè, noch typisch chinesisch wirkt; abgesehen davon, daß die Familie Auto und Telephon besitzt und mit Fremden ohne weiteres verkehrt, lebt man dort noch wie zur Zeit der Vorväter. Ich muß sagen, ich bewundere Mr. Su in seiner Beharrlichkeit.

Yurs Vater hat sich mit seiner Familie in Peking häuslich niedergelassen, stammt aber eigentlich aus Kanton und brachte von dort einen ausgezeichneten Kantoneser Koch mit. In den ersten Jahren nach der Übersiedlung gab der Comprador oft Diners und lud mich hie und da freundlichst dazu ein. Ich nahm diese Aufforderungen mit Vergnügen an, denn in Mr. Sus Haus konnte man sehen, was chinesische Küche heißt. Und bei einer solchen Veranstaltung lernte ich seine Tochter kennen. Schon dies beweist, wie vorgeschritten (für die damalige Zeit) Mr. Sus Anschauungen sein mußten. Denn in einer altmodischen chinesischen Familie bleibt der abgeschlossenste Teil des Hauses der blühenden Weiblichkeit vorbehalten, und junge Töchter sind in besondere Pavillons verbannt, die entsprechende Namen tragen wie ‹Der Hof des sprossenden Lenzes›, ‹Die Frühlingslaube› und so fort.

Bei meiner ersten Begegnung mit Yur eröffnete ich das Gespräch mit den üblichen Bemerkungen über ‹die hübschen Blumen›, die das Zimmer (nicht den Tisch) zierten. Aber als meine Tischnachbarin nach Kuniang fragte, erinnerte ich mich plötzlich, daß ich sie öfters bei mir zu Hause in den Höfen gesehen hatte. Kuniang und sie trafen einander, wie ich weiter hörte, auch bei der Russenfamilie. Da Mr. Su für die Russische Bank tätig war, hatte er zahlreiche Bekannte in der Pekinger Russenkolonie. Im Laufe des Abends wurde meine Unterhaltung mit Yur ganz reizend, und wir verzichteten bald auf die förmlichen Gemeinplätze, wie sie im Umgang zwischen ausländischen Herren und Chinesinnen sonst üblich sind. Sie war wirklich amüsant, wenn die Rede auf die russischen Freunde kam. In ihren Augen mußten sie als die reinsten Barbaren dastehen.

Tags darauf erzählte ich Kuniang, ich sei beim Diner neben ihrer Freundin gesessen. Und jetzt wurde ich über den ‹Kleinen Mond› weiter aufgeklärt, allerdings in höchst erstaunlicher Form:

«Weißt du nicht, Fjodor will ein Drehbuch schreiben, und Yur soll darin die Hauptrolle spielen!»

«Davon hat sie mir kein Wort gesagt. Yur als Filmstar! Hübsch genug ist sie dazu, das muß ich zugeben. Was für eine Rolle also?»

«Fjodor bildet sich ein, sie soll in einem Marco-Polo-Film die Prinzessin Cocachin geben.»

«Eine Liebesgeschichte auf Marco Polos Fahrten? Nicht daß ich wüßte.»

«Das macht nichts. Ein Film muß eine Liebeshandlung haben, sonst wird er kein Erfolg. Marco Polo hat sich einfach in Yur zu verlieben . . . das heißt in Cocachin.»

«Zum Kuckuck, wer ist denn diese Cocachin?»

«Fjodor behauptet, sie sei eine chinesische Prinzessin gewesen und nach Persien geschickt worden, um dort den König zu heiraten. Marco Polos beide Onkels und er selbst mußten sie begleiten. Die Onkels waren alt und ungefährlich. Aber Marco Polo mit seinen zweiunddreißig Jahren! Natürlich verliebte er sich auf der langen Seereise in Cocachin und sie hatte nichts dagegen.»

«Also Tristan und Isolde. Gar nicht unwahrscheinlich, wenn Cocachin so reizend war wie Yur. Na, und wie geht's dann weiter?»

«Marco Polo will durchaus weg vom Schiff, möchte sich mit seiner Cocachin auf einer Insel bei Ostindien niederlassen und behaglich dort mit ihr leben. Die Onkels tun so, als wär' ihnen alles recht, aber beim Hochzeitsdiner geben sie dem guten Marco Opium in den Wein. In schnarchendem Zustand schaffen sie ihn dann an Bord, hissen sämtliche Segel und machen, daß sie weiterkommen.»

«Und die arme Cocachin lassen sie als zweite Ariadne auf der Insel?»

«O nein. Die nehmen sie mit – nur auf einem andern Schiff.»

«Der gute Fjodor scheint Phantasie zu haben. Trotzdem weiß ich wirklich nicht, ob man ihm in Hollywood sein Drehbuch abnimmt. Und Yur wird wohl schwerlich zu ihrer Rolle kommen. Was sagt Mr. Su zu dem Ganzen?»

«Er kennt sich nicht recht aus. Einerseits möchte er gern, daß Yur in westlicher Gesellschaft auftaucht. Andererseits dürfte sie niemals eine auch nur erfundene Liebesgeschichte haben, die nicht sofort zur Ehe führt. Ich glaube, Fjodor wird die Sache kaum durchsetzen.»

«Hast du vielleicht auch eine Rolle gekriegt?»

«Und ob! Ich bin die Venezianerin, die Marco Polo nach seiner Heimkehr heiratet.»

«Wie peinlich, wenn er die andere liebt! Und äußert sich Fjodor darüber, wer den Marco Polo geben soll?»

Kuniang lachte schnippisch und sagte:

«Das will er der Filmgesellschaft überlassen. Aber nach seiner Vorstellung müßte es jemand sein, der dir ähnlich sieht.

Begreiflicherweise erhöhte dieses Gespräch mein Interesse an Yur. Und als ich sie das nächste Mal traf, wie sie Kuniang im Shuang Liè Ssè besuchte, blieb ich stehen und sprach sie an. Mit diesem Gesicht konnte man allerdings ruhig im Film auftreten. Der abgedroschene Vergleich vom Pfirsich schien von Yur herzustammen. Ihre Wangen sahen wirklich aus wie Pfirsichbäckchen, genau so wie das ganze Gesichtchen mit den hellen Augen, die fast verschwanden, wenn sie lachte. Und das tat sie gut und gern; ihr Lächeln schien kaum mehr die Äußerung einer vorübergehenden Heiterkeit, sondern der ständige Ausdruck ihrer Züge.

Sie war immer schön angezogen, trug eine kurze Brokatjacke mit sehr hohem Kragen und Hosen aus geblümter Seide. Das Haar frisierte sie im Stil der ledigen Mädchen in Kanton, mit einem Scheitel in der Mitte, hinter die Ohren gekämmt und mit einem Seidenband am Ende des langen Zopfes geschmückt. Als Tochter eines reichen Mannes trug sie Armbänder und Ohrringe aus grüner Jade von Yunnan.

Kuniang wußte immer allerlei über den ‹Kleinen Mond› zu berichten. Von ihr erfuhr ich, daß Yur unter den Ausländern in Peking zahlreiche Bekannte hatte. Sie verkehrte viel in den internationalen Kreisen der Gesandtschaften, Zollämter und Banken und war bei Tees der Missionen gern gesehen. Wie weit ihr das wirklich Freude machte, kann ich nicht beurteilen, denn sie beherrschte nur drei, vier Redewendungen auf Pidgin-Englisch, und die Ausländer, die sich in der Landessprache mit ihr unterhalten konnten, waren spärlich. Aber ich habe oft bemerkt, daß Chinesen, die zu westländischen Tees oder Empfängen kommen, ganz zufrieden sind, wenn sie dasitzen dürfen und gar nichts zu reden brauchen. Sie finden uns augenscheinlich auch beim bloßen Zusehen vergnüglich. Andererseits behandelten die Auslandsbekanntschaften Yur weniger als Freundin denn als anziehendes Kuriosum und führten sie namentlich mit Begeisterung Gästen aus der Heimat vor. Sie war eine ‹Attraktion› und hatte entschieden Lokalkolorit.

Größere Vertraulichkeit suchten allerdings die Hilfsdolmetscher der Gesandtschaften und die jüngeren Herren des Zolldienstes. Sie dachten es sich zweifellos lustiger, die chinesische Sprache im Plaudern mit einer

Sechzehnjährigen zu üben, statt sich die vierundzwanzig Beispiele kindlicher Pietät von einem Lehrer einpauken zu lassen. So trachteten sie bei den verschiedensten Gelegenheiten, mit Yur einen sanften Flirt anzuknüpfen. Allein sentimentale Ausflüge in das ‹Pays de tendre›, wie der Westen sie kennt, gehörten (zumindest in jenen Tagen) nicht zur gesellschaftlichen Ausbildung eines Chinesengirls. Und so mancher junge Mann, der sich die redlichste Mühe gab, dem ‹Kleinen Mond› in wohlgesetzten Redewendungen seine Neigungen zu gestehen, zog sich entmutigt und bestürzt zurück angesichts Yurs verwirrender Gewohnheit, das Kind jeweils beim rechten Namen zu nennen.

Seit jeher bezeichnet ein Euphemismus – ‹Lilienfüße› – die nach der Modevorschrift eingebundenen Gehwerkzeuge der Chinesinnen. Die Sitte, die allmählich ausstirbt, war immer im Süden mehr zu Hause als im Norden. In Kanton geboren und aufgewachsen, hatte Yur von Natur aus zarte Füßchen, die durch künstliche Entstellung noch kleiner wurden.

Man darf in China eigentlich von den Füßen einer Dame nicht reden. Bei heiklen Leuten bilden sie durchaus kein schickliches Gesprächsthema. Und herrschte nicht ehedem bei uns eine ähnliche Zurückhaltung gegenüber den Beinen der Königin von Spanien? Allein Yur mußte sich im Gespräch mit ihren ausländischen Bekannten an solche Verstöße gegen die gute Sitte gewöhnen. Das Wunder ihrer Lilienfüße rief jedesmal Mitleid und Staunen hervor. Die Sohle des spitzen Schuhes maß außen zwölfeinhalb Zentimeter. Yur konnte nie mehr als ein paar Schritte nacheinander gehen. Doch solche Einschränkung warf keinen Schatten auf ihre von Natur gute Laune.

Ich fragte Kuniang, wie sich Yurs Lilienfüße im Film bewähren würden, worauf sie erklärte, das mache nichts aus, obwohl Cocachin allem Anschein nach überhaupt keine Chinesin, sondern Mongolin war und ihre Füße so aussahen wie die jeder andern Frau.

«Übrigens hat Fjodor die Idee mit Marco Polo jetzt aufgegeben. Dafür malte er Yur in Küraß und Helm mit Federbusch, in der Art von Pater Castigliones berühmter ‹Duftenden Konkubine› Ch'ien Lungs.»

«Und was sagt Mr. Su, daß seine Tochter als Kaiserliche Konkubine gemalt wird?»

«Er ist riesig stolz darauf und hält es für ein großes Kompliment.»

Eines Tages erzählte mir Kuniang, Yur sei verlobt und werde bald heiraten. Der Bräutigam war der Ambàn von Tschertschen, das heißt der chinesische Kommissar in Sin-kiang, jenseits der Mongolei und nördlich von Tibet. Der Ambàn hatte sich Mr. Su, der diese ihm fast unbekannte Provinz auf einer Inspektionsreise kennenlernen wollte, freundlich erwiesen. Man war übereingekommen, die bereits bestehenden Geschäftsverbindungen auszubauen und den Handelsverkehr mit der Außenwelt durch die Filialen der Russischen Bank zu bewerkstelligen. Zu den Artikeln, die der Ambàn einzuführen wünschte, gehörte auch eine Gattin aus Peking. Was schien natürlicher, als ihm des Compradors Tochter zuzusenden?

Vor der Abreise nach dem Wohnsitz des Bräutigams machte Yur rundum bei ihren europäischen und amerikanischen Bekannten Abschiedsbesuche. Alles überschüttete sie mit Segenswünschen und von einer Reihe von Leuten bekam sie Hochzeitsgeschenke. Der Leiter der Russischen Bank und dessen Frau schenkten ihr ein Grammophon mit hundert Platten, die sorgsam und mit musikalischem Geschmack ausgesucht waren. Das kleine Archiv reichte von ‹Sonny Boy› bis zum Walkürenritt und von ‹La petite Tonquinoise› bis zu ‹Wie eiskalt ist dies Händchen›. Der Direktor und die Lehrer der amerikanischen Missionsschule stellten sich mit einem ‹Nécessaire› ein, das alle für die Toilette einer westlichen Dame nötigen Gegenstände enthielt. Yur schien hocherfreut über diese Gaben, die sie in der Achtung des Ambàn, ihres künftigen Gemahls, sicherlich heben würden. Ich vergaß zu erwähnen, daß Kuniang ihr einen Picknickkorb schenkte samt Thermosflasche und sonstigen Kinkerlitzchen. Wir erstanden den Korb gemeinsam bei Moyler & Powell in der Morrison Street.

Vielen erschien es durchaus zweifelhaft, ob es für ein junges Mädchen, das seit frühester Kindheit an jeden erreichbaren Luxus Kantons und Pekings gewöhnt war, ein beneidenswertes Los sei, den Ambàn einer Provinz im letzten Winkel Zentralasiens zu heiraten. Wie Yur selbst darüber dachte, erfuhr niemand, aber jedenfalls blieb ihr Lächeln das gleiche wie stets. Die Aussicht einer zweimonatigen Reise über Wüsteneien von Flugsand und wasserlose Flächen aus schwarzem Kies einem Bräutigam entgegen, den sie nicht kannte, mißfiel ihr augenscheinlich nicht. Und solange *sie* zufrieden war, ließ sich ja nichts dagegen sagen.

Ende September reiste sie von Peking ab, erst mit der Bahn bis Ta Tung Fu an der Kalgan-Strecke; von dort aus sollte es per Karawane weitergehen.

Trotz der frühen Morgenstunde hatten sich zahlreiche Bekannte auf dem Bahnhof eingefunden, um Yur Lebewohl zu sagen und ihr Blumen oder Süßigkeiten zu überreichen.

Kuniang wollte natürlich auch mit, und ich beschloß, sie zu begleiten. Der Bahnhof der Kalgan-Linie liegt vor dem Hsi-chi-mĕn, für uns gerade am entgegengesetzten Ende der Stadt. So trafen wir erst zwei Minuten vor Abgang des Zuges ein. Mr. Su, der seine Tochter bis Ta Tung Fu brachte, hieß uns mit überströmender Höflichkeit willkommen. Er stand auf dem Bahnsteig inmitten einer Schar festlich angetaner Verwandter, lächelnd wie ein gemütlicher Buddha. Yur saß auf dem Eckplatz des Abteils neben der geöffneten Tür – es gibt auf dieser Strecke keine Durchgangswagen. Lächelnd wie immer nahm sie die guten Wünsche der

Freunde und Freundinnen entgegen, die sie scherzend und knicksend umdrängten. Sie war im Auto bis zum Bahnhof gekommen, hatte aber dann den Bahnsteig zu Fuß abgehen müssen – kein leichtes Unterfangen! Obwohl sie eine Reise antrat, die wirklich Marco Polo keine Schande gemacht hätte, trug sie ein blaßblaues Brokatgewand. Das Haar hatte sie frisiert, als wäre sie bereits eine verheiratete Frau, mit einem schwarzen Band um die Stirn, an dem eine große runde Perle hing. Ringe bedeckten die Finger, die Füße staken in winzigen rosa Pantöffelchen – Rosa, die Farbe des Glücks! –, und die Pantöffelchen waren mit fünf Fledermäusen bestickt, den Sinnbildern der Fünf Glückseligkeiten.

Nach vielem Geklingel und Getue fuhr der Zug ab, indes auf dem Bahnsteig die Freunde und Verwandten Taschentücher schwenkten und beim Fenster des entschwindenden Wagens Yur zum letztenmal allen zulächelte. Hinter den halbgeöffneten Lippen schimmerten zwei Reihen von Perlenzähnchen.

Vier Monate später erhielten wir die Nachricht von Yurs Tod.

Eine Katastrophe auf der Reise – vierzehn Tage vor der Ankunft am Ziel.

Zum erstenmal hörte ich von dem entsetzlichen Unglück bei einem Büchertausch in der Bibliothek des Pekinger Klubs. Ich war ganz außer mir und schauderte bei der Vorstellung, wie ich Kuniang die Trauerbotschaft beibringen sollte. Jedenfalls schien es aber angezeigt, sich vorher zu vergewissern, ob kein Zweifel möglich sei. Darum begab ich mich zur Russischen Bank in der Legation Street und fragte, ob Mr. Su im Amt zu sprechen wäre. Ja, er war hier und wollte mich in ein paar Minuten empfangen. Ich erkundigte mich bei einem Beamten, ob die Nachricht verläßlich sei, und er erklärte, es gebe leider keinen Zweifel, keine Hoffnung.

Mr. Su empfing mich in seinem Büro im ersten Stock, in einem mit grünen Ledertapeten ausgestatteten Zimmer; altfranzösische Stiche hingen an den Wänden. Als ich eintrat, erhob sich der Comprador von einem riesigen Schreibtisch und hängte den Telephonhörer auf. Mr. Su war prächtig gekleidet, trug ein pflaumenfarbenes Seidenbrokatgewand und schien von dem schweren Verlust nur wenig betroffen. Sein Gesicht zeigte das Lächeln, wie es die chinesische Etikette für den Empfang von Besuchern vorschreibt, auch wenn sich's um Kondolenzvisiten handelt. Mein Ausdruck des Beileids wurde mit ebenso schicklichen Ausdrücken des Danks entgegengenommen. Mr. Su bot mir in einem seiner bequemen Fauteuils Platz, schob mir eine Dose mit russischen Zigaretten hin und erzählte, wie das Unglück geschehen war oder zumindest nach seiner Vorstellung geschehen sein mochte.

Die Karawane der armen kleinen Yur hatte augenscheinlich den Weg verloren, als sie hinter der mongolischen Grenze die Wüste von Lob durchquerte. Mr. Su konnte nicht genau sagen, was die Katastrophe hervorrief. Derlei Tragödien spielen sich öfters in diesen Gegenden ab und gehen auf Sandstürme zurück, auf plötzliche Wetterstürze, auf Proviantmangel, Unfälle der Kamele und Maultiere oder auf eine Vereinigung mehrerer solcher Gründe.

Nach Mr. Su brach die Karawane mit zehn Kamelen und fünf Ponies zur Durchquerung der Wüste auf. Yurs Begleitung bestand aus zwei Mandschufrauen, vier Dienern und einer entsprechenden Zahl von Kameltreibern. Wie die Vorräte und das Gepäck verteilt waren, ergab sich aus der Meldung nicht, und ebensowenig, ob das Grammophon und die übrigen Hochzeitsgeschenke so weit kamen. Der Comprador erging sich in verschiedenen Vermutungen, was vorgefallen sein könnte. Er sprach in Ausdrücken, die jeder Westler hätte gebrauchen können, vorausgesetzt, daß er sich mit Karawanenreisen quer durch die Wüsten Zentralasiens auskannte. Aber plötzlich entschlüpfte ihm, als wäre es das Allernatürlichste auf der Welt, ein Satz, der mich einfach verblüffte:

«Und dabei habe ich ihr ein Schwert aus Pfirsichbaumholz mitgegeben!»

«Ein Schwert aus Pfirsichbaumholz? Wozu?»

«Um die bösen Geister abzuhalten.»

Ich sagte kein Wort mehr, doch mein Gesicht muß einen gewissen Zweifel verraten haben, denn Mr. Su fuhr fort:

«Sie halten mich für abergläubisch. Aber auch westliche Reisende wissen von der Existenz böser Geister in der Wüste, und viele haben ihre Stimmen gehört. Sie glauben mir nicht?»

«Es kommt ganz darauf an, was man unter bösen Geistern versteht.»

«Ich will mich nicht auf eine Definition einlassen, aber wenn Sie einen Augenblick warten, hole ich ein paar Bücher aus unserer Bibliothek.»

Er verließ das Zimmer und kam nach wenigen Minuten mit zwei Büchern zurück, deren eines er mir in die Hand drückte. Es war aufgeschlagen, und er deutete auf die Stelle, die ich lesen sollte. Ich hatte den ersten Band von Oberst Yule's ‹Cathay and the Way Thither› vor mir, und zwar die Geschichte, die der heilige Odoric von Pordenone seinem Gefährten, dem Bruder Marchesino da Bassano, von einem Tal erzählt, wo er ‹Leichname umherliegen› sah. Sie waren die Opfer eines bösen Geistes, der in den Felsen hauste, und dem der Berichterstatter nur entging, indem er das Zeichen des Kreuzes machte und dazu sprach: ‹Verbum caro factum est . . .›

‹Und ich hörte sonderbare Musik, vornehmlich aber Becken, die wundersam geschlagen wurden.›

Oberst Yule zieht hierzu die Evangelistenstelle heran, wo der Heiland selbst sich der alttestamentarischen Ausdrucksform für die erwähnte Vorstellung bedient (Lukas XI, 24): ‹Wenn der unsaubre Geist von dem

Menschen ausfähret, so durchwandelt er dürre Stätten, sucht Ruhe und findet ihrer nicht.›

«Sie sehen!» sagte Mr. Su. «Ich bin nicht abergläubisch. Der Gedanke gehört auch der christlichen Ideenwelt an. Wollen Sie aber einen weiteren Beweis, so finden Sie ihn im Werk des Messer Marco Polo, dort wo er von ebenderselben Wüste berichtet, in der Yur gerade zugrunde ging.»

Er gab mir das zweite Buch und schlug die Stelle auf, an der der venezianische Reisende die Wüste von Lob beschreibt, wie sie im dreizehnten Jahrhundert aussah – und noch heute aussieht. Ich kannte den Abschnitt und warf nur Mr. Su zu Gefallen einen Blick darauf.

Nach Marco Polo ist die Wüste der Länge nach so ungeheuer, daß man ein Jahr oder mehr brauche, um von einem Ende zum andern zu gelangen, und dort, wo ihre Breite am geringsten ist, gilt es, ein Gebirge zu überwinden. Alle zwei, drei Tage findet sich ein Tümpel brackigen Wassers, das aber für eine große Karawane kaum hinreicht. Tiere gibt es nicht. Sie hätten nichts zu fressen:

‹Ein seltsamlich Ding wird von obbenannter Wüstenei berichtet. So Wanderer des Nachts ihrer Reis' nit Abbruch tun und einer von ihnen bleibet dahinter oder sinket von ohngefähr in Schlaf, dann wird dieser, dieweil er versuchet, wiederum zu der Kumpanei zu stoßen, die Geister sprechen hören und wähnen, es seien die Gefährten. Unter der Zeit rufen die Geister ihn auch mit Namen. Solcherart wird der Reisige die Kreuz und Quer geführt, also daß er nimmer zu seinen Gesellen findt. Wasmaßen viele zugrundegegangen seind. Jetzten höret er auch unterschiedliche instrumenta und in der Weil' das Gelärme von Trommeln.›

Mr. Su beobachtete mich beim Lesen. Es machte nicht den Eindruck, als sei er von Kummer um den Tod einer geliebten Tochter übermannt. Das ganze Gehaben verriet unverkennbar eine gewisse Genugtuung, daß er sein Wissen glänzen lassen konnte. Mit einem leichten Gefühl des Widerwillens erhob ich mich zum Gehen und gab mir keine Mühe, meine Beileidskundgebung zu wiederholen. Mr. Su geleitete mich, immer noch lächelnd, bis zur Tür.

Dabei hätte ich ihm die Erklärung zu Marco Polos Bericht ohne weiteres geben können. Ich dankte sie einem englischen Forscher, Major Dalrymple Bruce, der 1907 die Expedition von Simla am Fuß des Himalaja nach Peking begleitet hatte. Bruce schrieb ein Buch über diese Fahrt, das er bezeichnenderweise nannte: ‹In den Fußstapfen Marco Polos›.

Man vernimmt ‹die Stimmen› im Winter, der in diesen Breiten den größten Teil des Jahres ausfüllt. An den Rändern der Moore, des Kara Koshun etwa, hört man beim nächtlichen Lagern die Klänge von Musikinstrumenten und Trommeln. Sie sind nichts anderes als das Knarren und Krachen der Eisschollen bei sinkender Temperatur und Zunahme des Frostes.

Das sind die Stimmen der Wüste. Doch damit ist die Frage, wie die arme Yur den Tod fand, noch immer nicht gelöst.

Kein Geheimnis verbirgt sich dahinter. Berichte über Reisen quer durch die zentralasiatischen Wüsten in den Betten ausgetrockneter Meere erzählen vom unvermeidlichen Nahrungsmangel, den Mensch und Tier zu erdulden haben. Wir hören von den Leiden der Pferde, die schwerste Arbeit leisten bei einem Pfund Hafer täglich. Und wir hören, wie entsetzlich schwer es sei, Wasser zu finden und sich gegen den schrecklichen Nordwind zu schützen.

Ein kleiner Unfall: der Verlust einer einzigen Proviantkiste, ein gestürztes Pferd, ein lahmes Kamel, kann die ganze Karawane gefährden.

Der Ambàn von Tschertschen hatte sich weder selbst bemüht noch seiner Braut jemanden entgegengeschickt. Frauen sind leicht zu bekommen. Was verschlägt's, wenn eine unterwegs zugrunde geht?

Yurs Karawane war nicht groß. Irgendeine Notlage muß eingetreten sein – in welcher Form, das wissen wir nicht. Nimmt man aber einen solchen Unglücksfall an, dann ist das übrige unschwer auszumalen. Die Mandschudienerinnen besaßen keine ‹Lilienfüße› wie das Chinesenmädchen. Als ihr Leben in Gefahr schwebte, dachten wohl weder sie noch die Kameltreiber einen Augenblick an den ‹Kleinen Mond›. Noch schien ein Entkommen möglich. Nur das Mädchen, das immer bloß ein paar Schritte gehen konnte, war verdammt.

Und so steigt die letzte Szene der Tragödie vor dem inneren Auge auf:

Die Nacht fällt nieder auf die gefrorenen Sümpfe. Eine kleine zarte Gestalt, verlassen in der sternenüberstrahlten Öde, das alte starre Lächeln auf den Lippen und die Todesangst im Herzen, versucht immer wieder auf schwachen, blutbefleckten Füßen ein paar Schritte. Und als einzige Antwort auf die Hilferufe ertönen die äffenden Stimmen der Wüste . . .

‹. . .und wird die Geister sprechen hören und wähnen, es seien die Gefährten.›

Briefe aus meinem Tempel

San Shan Yur, 16. Juni

Ich habe in den Westbergen einen Tempel gemietet, fürs Weekend und vielleicht ein oder das andere Mal für zwei Urlaubswochen im Herbst oder Frühling. Er ist etwa fünfundzwanzig Kilometer von Peking entfernt und mühelos zu Pferd erreichbar. Man kann aber auch den größten Teil der Strecke im Auto zurücklegen, auf der neuen Straße nach dem Sommerpalast.

Die Bahn, die auf der anderen Seite des Gebirges nach Men-to-kou führt, hält in einer kleinen Station drei Kilometer von der Siedlung Pa-ta-chu – auf deutsch dem ‹Berg der Acht Heiligtümer›. Mein Tempel ist einer von den acht – sie klettern den Hügelhang hinan inmitten von Eichen, Ahornen und Krüppelfichten. Tempel und Bäume nisten in Erdsenkungen, weil sie dort vom Nordwind geschützt sind, der die Gipfel völlig kahlgeschoren hat.

Das Wort ‹Tempel› kommt vom griechischen ‹temnein›, das soviel heißt wie ‹schneiden, trennen, absondern›, wodurch der verschlossene Charakter aller den Göttern geweihten Stellen angedeutet wird. Aber chinesische Götter sind zwar manchmal grimmig und schreckeinflößend, doch niemals verschlossen. Sie lieben die Geselligkeit und scheinen darin durchaus nicht heikel.

Wir müssen uns ferner die orientalische Vorstellung des heiligen Berges zu eigen machen, deren es fünf in China gibt, abgesehen von Pa-ta-chu. Dem Gläubigen, der diese Weihestätte besucht, bedeutet ‹Tempel› nicht ein oder das andere der Heiligtümer, die den Berghang hinangebaut sind, sondern den Berg selbst. Und wenn menschliche Wesen den Göttern, zu denen sie in Pa-ta-chu beten, ihre Andacht widmen, so schließen sie sich damit nur der inbrünstigen Hingabe der Natur an. Der Pilger verbrennt Weihrauch und spricht Gelübde vor dem Altar des Buddha, indes rings um ihn die Vögel, die Bergwässer, die blühenden Sträucher ein gleiches zu tun scheinen. Wie R. F. Johnston in seinem Werke ‹Buddhist China› ausführt, ist ein heiliger Berg, ein heiliges Eiland nichts als ein riesiger, dem Buddha errichteter Altar und der Himmel dessen juwelenbesetzte Kuppel.

Und die gleiche Vorstellung findet sich in Carduccis ‹Canto dell' Amore› (dem ‹Lied der Liebe›, was nicht gleichbedeutend ist mit ‹Liebeslied›!), dort wo der Dichter vom Weihgesang der Anbetung spricht, wie er emporsteigt aus dem zarten Grün des schwellenden Korns, aus den Gefilden und Weingärten an braunen Hügelhängen, aus silbrigen Seen und geschlängelten Flüssen: *ein* Sang aus dem Echo der tausend Lieder; *ein* Hymnus aus dem Murmeln der tausend Gebete:

‹Salute, o genti umane affaticate,
Tutto trapassa e nulla può morir.
Noi troppo odiammo e sofferimmo. Amate!
Il mondo è bello e sacro è l'avvenir!›

Seid mir gegrüßt, müde Menschengeschlechter,
alles geht vorüber und nichts kann sterben.
Wir haben zuviel gehaßt und gelitten. Liebet!
Die Welt ist schön und heilig ist die Zukunft!

Zur Sommerszeit haben die Zikaden die Hauptrolle inne im Chorus um meinen Tempel. Sie machen einen rechten Lärm dabei! Es sind ihrer viele und verschiedene, und die eine Art bringt einen schneidenden, metallischen Ton hervor, der irgendwo zwischen dem Raspeln einer Feile und dem Quäken einer Maultrommel liegt. Dann erstirbt er in einem Schwirren, gleich einer abgelaufenen Weckuhr. Man sagt mir, diese Melodie diene dem ‹Zikaderich› als Liebesruf. Er wiederholt ihn endlos oft. Zuweilen wünschte ich, seine Dame antwortete rascher. Solche und ähnliche Geräusche steigern nur noch den Eindruck einer mehr als tropischen Hitze. Frösche quaken bei Tag und Nacht im Teich, auf dem der Lotos schwimmt. Der Wiedehopf und die Lerche, der Rabe und die Elster, sie alle vereinen sich zum Konzert der Weihemusik.

Mein Tempel heißt ‹San Shan Yur›, ‹Tempel der drei Berge›, wie es in Rom eine ‹Trinità dei Monti› gibt.

Ich zahle eine Miete von dreißig Silbertaels im Monat, was ein wenig an Judas' Verrat erinnert. Doch darf man von den beiden alten Priestern, die den Hüterdienst versehen, nicht schlecht denken, wenn sie einem Ungläubigen ein Stückchen Heiligtum preisgegeben haben. Ja, es ist nicht zu leugnen, ich erwarb das Recht, einige der Pavillons zu benützen. Allein in ganz Asien stehen die Tempel jedem offen, der Schutz und Obdach sucht.

Trotz meiner Anwesenheit pilgern chinesische Wallfahrer ruhig den fliesenbedeckten Pfad zur Tempeltür hinan und verbrennen Weihrauch vor dem Bilde Buddhas. Ich freue mich, daß sie sich nicht stören lassen. Wenn sie mir begegnen, verbeugen sie sich und lächeln entzückt, als wäre ich eine Sehenswürdigkeit. Vielleicht bin ich es.

Dagegen wünschte ich, die Hausierer wären weniger zahlreich. Die Pekinger Hausfrauen rühmen sich, man bekomme alles an der Haustür zu kaufen. Fast kann man das gleiche von meinem Tempel behaupten. Die Wanderhändler finden sich zu jeder Stunde ein und bringen ihre Ware in Körben, die an den beiden Enden einer langen, abgesplitterten Bambusstange hängen, und die Stange wieder ruht auf der Schulter des Trägers. Es ist wohl keine Kleinigkeit, die steilen Bergpfade mit so schwerer Last hinanzuklimmen, zumal wenn man den ganzen Weg von Peking hinter sich hat.

Was sie verkaufen, sind meist Eßwaren, kleine Kuchen, verzuckerte Früchte, Pasteten, Dampfbrot (man-tu) und Quarkkuchen aus Bohnenmehl. Andere wieder bringen Tabak oder Zuckerwerk. Auch Barbiere finden sich ein, weil sie unter den Landleuten noch Kunden zu finden hoffen, die sich den Kopf rasieren und die Zöpfe stutzen und flechten lassen. Ein anderer wieder bessert zerbrochene Töpfe und Pfannen aus oder mit Hilfe von kleinen Kupferdrähten Porzellan. Zur Ausrüstung des wackeren Kesselflickers gehört ein kleiner Gong, den er im Gehen anschlägt.

Erhitzt und müde von der langen Wanderung treffen die armen Leute hier ein und rasten im ersten Tempelhof. Wohl eine Stunde sitzen sie dort und plauschen mit den Priestern oder meinen Dienern. Und dabei spucken und speien und speien und spucken sie mit einem Gerassel, wie wenn man in einem verrosteten Eisenbahnwagen die Bremsen anzieht. Ich hätte nie ·gedacht, daß man durch bloßes Räuspern solche Töne hervorbringen kann – sie gehen durch Mark und Bein.

San Shan Yur, 10. August

Heute ritt ich am frühen Morgen von Peking weg, doch gerade, als ich die äußere Stadt verlassen wollte, fand ich den Schranken beim Bahnübergang vor dem Hsi-chi-mên geschlossen. Linker Hand der Straße, noch ehe man die Bahnlinie erreicht, befindet sich der Zugang zu einem großen Tempel, der meines Wissens dem Monde geweiht ist. Man sagte mir auch – doch alle diesbezüglichen Nachrichten stammen durchaus aus zweiter Hand –, der genannte Tempel sei nebenher von einer gewissen Klasse von Ausländern einem gänzlich andern Zweck gewidmet, nämlich der Abwicklung unerlaubter Liebesabenteuer. Ich kenne das Bauwerk von innen nicht, habe es aber für meinen Privatgebrauch auf den Namen ‹Tempel der Zehntausend Gerüche› getauft.

China ist die Hochschule des Gestanks. Während ich vor dem geschlossenen Bahnschranken in der dichten Menge von Ponies, Wagen, Rickshaws und Fußgängern wartete, unterhielt ich mit damit, das aus der drangvollen Anhäufung menschlicher Wesen emporsteigende Aroma zu zergliedern – soweit ich's zustande brachte. Da war einmal ein Leichenzug, den der niedergehende Schranken entzweigeschnitten hatte. Der Tote befand sich leider auf meiner Seite, und die Geruchsorgane sagten mir, daß er (oder sie) recht lang auf einen ‹glückbringenden› Tag für die Bestattung gewartet haben mußte. Daneben hielten zwei Wagen, hoch beladen mit den Rübenabfällen einer Zuckerraffinerie; mehrere andere Fuhrwerke, deren Seitenwände aus Flechtwerk bestanden, trugen Dünger, der wohl am besten mit dem berühmten Wort des Marschalls Cambronne bezeichnet wird. Auch besteht der Ausspruch zu Recht, ‹die Hälfte der Bevölkerung Chinas sei jeweils damit beschäftigt, die Exkremente der anderen Hälfte fortzuschaffen›. Und der Atem der Rickshaw-kulis bewies die allbekannte Tatsache: wie Benzin das Treibmittel der Autos, sei jenes der Rickshaw Knoblauch! Von den nahegelegenen Gastwirtschaften trug ein lässiger Wind den satten Dunst der Küchen herüber, in denen Fisch und Schwein in Sesamöl schmorten. Dabei bilden diese Gerüche und andere, die ich nicht auf ihre Auslöseursache zurückzuführen vermochte, durchaus kein zufälliges Bukett, sondern sind in jener Gegend zu Hause. Vielleicht hat die Gewohnheit die Sinne der Einheimischen abgestumpft, doch gelegentliche Besucher werden außer bei Nordwind am besten tun, wenn sie dem ‹Tempel des Mondes› im Bogen ausweichen.

Der Bahnschranken war heute morgen keineswegs deshalb geschlossen, weil wir einen vorüberfahrenden Zug abwarten mußten, sondern einfach darum, weil ein leerer Zug uns im Weg stand. Beim Verschieben des (sogenannten) Peking-Kalgan-Expreß hatte man die Garnitur auf unbestimmte Zeit vierhundert Meter außerhalb des Hsi-chi-mên-Bahnhofs stehenlassen, justament quer über der Straße nach Men-to-kou und den Westbergen. In der Tugend Geduld sind die Chinesen Meister. Unter der ganzen Menge, die vor dem Schranken wartete, war ich offenbar der einzige, der über den Verzug schalt.

Weil aber auch mein Pony stampfte und keine Aussicht auf baldige Freigabe des Weges bestand, stieg ich ab und übergab Reiner Tugend die Zügel. Jetzt konnte ich wenigstens ein bißchen abseits stehen und mußte mich nicht im dicksten Gedränge herumstoßen lassen. Dabei geriet ich in die Nachbarschaft einer ältlichen Dame mit grauem Haar. Gleich mir wartete sie auf die Öffnung des Bahnübergangs. Ich hielt sie für eine Engländerin oder Amerikanerin, und nach der altmodischen Form ihres Sonnenhelms und dem uneleganten Schnitt ihres Rocks für eine Missionarin. Sie war groß, leicht gebeugt, besaß feine Züge und einen Ausdruck wohlwollender Würde. Es wunderte mich, sie inmitten der duftenden Schar zu Fuß zu sehen. In Peking geht man so wenig, außer im Gesandtschaftsviertel oder oben auf der Tatarenmauer. Rickshaws sind billig und zahlreich.

Da die Absperrung des Schrankens sich ins Ungemessene zu verlängern schien, zog die Dame ein Buch aus der Handtasche und begann zu lesen. Sie hielt es so, daß ich den Schutzumschlag sehen konnte. Und wie, glaubt man, hieß das Werk? ‹Der duftende Garten des Scheich el Nauphta!› Dabei lag der Widerspruch keineswegs bloß in dem Gegenüber von Wohlgeruch und Gestank. Das Buch an sich, das die Dame in einer französischen Übersetzung las, war einst von Sir Richard Burton, dem berühmten Herausgeber von Tausendundeiner Nacht, ins Englische übertragen worden, doch Lady Burton verbrannte das Manuskript, ehe es an den Verleger ging, weil ihrer Ansicht nach der Ruf des Gatten leiden mußte, wenn sein Name auf einem derartigen Werk stand.

Natürlich sagte ich mir sofort, eine Dame, die den ‹Duftenden Garten› las, könnte schwerlich eine Missionarin sein. Und beim genaueren Umsehen bemerkte ich in unserer Nähe einen reizenden kleinen Brougham von chinesischer Bauart mit lauter Glasfenstern und glänzenden Laternen. Drinnen saß eine junge Person, die ich alsbald als Bewohnerin des ‹Weißen Hauses› erkannte, eines übelbeleumdeten Etablissements auf dem österreichischen Glacis. Und jetzt fiel mir ein, die erwähnte Anstalt war vor kurzem in andere Hände übergegangen. Die neue Besitzerin, so hieß es, sei eine ältliche Matrone von höchst würdevollem Aussehen. Die Dame, die ich mit solchem Anteil betrachtete, hatte das Gedränge als widerlich empfunden und war aus dem Brougham ausgestiegen, um gleich mir ein bißchen Luft zu schnappen. Sie trieb also ‹Frau Warrens Gewerbe›. Und *ich* hielt sie für eine Missionarin! Wie schade, daß sie kein chinesisches Unternehmen ihrer Branche leitet. Die junge Dame, die im Brougham saß, erfreute sich bei den Gesandtschaftswachen einiger Beliebtheit. Ich kannte sie vom Sehen. Sie war keine große Kurtisane. Im Osten genießen die Häuser im ‹Roten-Laternen-Viertel› Ansehen und Würde. Die alte Dame, die den ‹Duftenden Garten› las, hätte das ‹Wen Hwa Pan› leiten sollen, die ‹Gesellschaft der Dichtkunst und der Blumen›. Sie war entschieden zu schade für das ‹Weiße Haus›.

Endlich rollte der Zug ab und wir zerstreuten uns über den Bahndurchlaß, den verschiedenen Zielen entgegen.

Die sommerlichen Regengüsse hatten das Land überflutet und die eingesunkenen Wege in wasserreiche Gräben verwandelt. Ich mußte mich an die neue Straße halten, die über dem alten Niveau erbaut und hauptsächlich dem Autoverkehr bestimmt ist. Auch die Kamele, die Kohle von Men-to-kou bringen, dürfen den neuen Straßendamm benützen, weil ihre Sohlen keinen Schaden anrichten. Nur die schwerrädrigen und schwerbeladenen Chinesenwagen müssen sich noch in den tiefausgefahrenen Geleisen und dem zähen Kot der alten Chaussee abplagen. Es ist jammervoll anzusehen, wie sich die unglücklichen Pferdchen und Esel mit zuckenden Flanken und geblähten Nüstern in die Gurte legen, straucheln und stürzen. Und der ganze Gerechtigkeitssinn lehnt sich dagegen auf, daß die Geschöpfe, die die drückendsten Lasten tragen, auf die rauhesten Pfade verbannt sind, indes der gute Weg jenen vorbehalten bleibt, die ihn am wenigsten brauchen.

Meine Ankunft im Tempel sah ich durch eines jener häuslichen Abenteuer belebt, die in das sonst eintönige Geschäft der Wirtschaftsführung in China ein wenig Ablenkung bringen. Unvergleichliche Tugend, der zweite Koch und ein paar Kulis hatten die Fahrt teils mit der Bahn, teils auf Eseln zurückgelegt und waren vor mir eingetroffen. Sie brachten Vorräte für zwei bis drei Tage. Meinem Auftrag gemäß hätten sie den Ponies Hirse, Heu und Stroh, wenigstens für einen Tag mitnehmen sollen. Sie taten es aber nicht, weil irgendwer ihnen erzählte, man bekomme alles, was ein Pony brauche, auf den Bauernhöfen bei Pa-ta-chu. Das wußte ich selbst, wollte aber, die Pferde sollten beim Eintreffen einen tadellos eingerichteten Stall und kao-liang (Hirse) und Heu zum Fressen vorfinden. Davon war natürlich keine Rede. Die Fünf Tugenden glauben immer, sie verstünden alles besser als ich. Oder verbirgt sich dahinter nur der unverbesserliche Spielerinstinkt des Chinesen, der ihn stets treibt, Wagnisse auf sich zu nehmen?

Sofort nach unserer Ankunft mußte also ein Kuli den Berg hinunter auf Futterbeschaffung.

Allerdings findet man Hirse und Stroh fast überall, aber das heißt noch lange nicht, daß man sie ohne weiteres bekommt. Bei Kauf und Verkauf müssen sämtliche Regeln der Etikette peinlichst beachtet werden. Das Geschäft zum Beispiel, das meine Ponies mit Futter und Streu versorgen sollte, hatte sich in folgender Weise abzuwickeln:

Ein Kuli wandert den gewundenen Pfad in die Ebene hinab, gemächlich zu Fuß und gedankenvoll mit den eigenen Sorgen beschäftigt. Nach unterschiedlichen Aufenthalten des Grußwechsels mit jedermann, den er gerade auf der Straße trifft, gelangt unser Freund glücklich zum Meier-hof eines Bekannten und tritt ein, um einen kleinen Besuch abzustatten. Die Unterhaltung beginnt mit liebenswürdigen Fragen nach der Gesund-heit, dem irdischen Wohlergehen und der inneren Glückseligkeit des gesamten Hauses, im besonderen des uralten Vaters, der verehrungs-würdigen Mutter und anderer Mitglieder der bejahrten Generation, soweit sie etwa noch am Leben sind, als da wären Nebenfrauen des uralten Vaters und so weiter. Ein paar geschickte Anspielungen berühren die Tatsache, daß heute, auf den fünfzehnten Tag des Siebenten Monats, doch Chuan-yuan-chieh fällt, also sozusagen das Allerseelenfest. Hier-auf wird der Kuli vielleicht einfließen lassen, als ginge es zwecks Anrei-cherung des Gesprächs um einen interessanten Klatsch, daß droben im San Shan Yur ein Fremder Teufel wohne. Beschreibungen des Fremden Teufels folgen in gebührendem Abstand samt Fragen nach Namen, Alter und Herkunft. Einige Verwirrung entsteht leider dadurch, daß der italie-nische Geschäftsträger gleichfalls einen Tempel in der Nähe bewohnt. Für Leute, die sich nicht allzugut mit den Menschenwesen auskennen, die jenseits der ‹Vier Meere› leben, besteht bloß ein geringer Unter-schied zwischen In-guo-jen, einem Engländer, und I-guo-jen, einem Ita-liener. Mithin sind die guten Hüttenbesitzer fest davon überzeugt, der Kuli mache einen Fehler, und man bessert daher einander unent-wegt aus:

«In-guo-jen.»

«I-guo-jen.»

«In-guo.»

«I-guo», bis endlich der Kuli das Mißverständnis aufklärt, indem er (seiner persönlichen Auffassung gemäß) einige entscheidende Merkmale der beiden genannten Stämme Fremder Teufel beibringt. Hieran knüpfen sich weitere Fragen:

«Wie viele Frauen besitzt der Fremde Teufel? Und Konkubinen? Und Söhne? Ist er reich? Womit verdient er seinen Reis?»

Und so weiter und so fort.

Ein neuer Schub von Nachrichten! Der Fremde Teufel ist zum San Shan Yur hinauf *geritten*. Er hat nämlich Ponies.

Es ergäbe sich daher die Möglichkeit, ihm kao-liang, Stroh, Kleie usw. zu verkaufen.

Langer und lebhafter Meinungsstreit über den möglichen Reinertrag eines derartigen Unternehmens, gefolgt von Errechnungen, ob es die Mühe lohnte, eine Gesellschaft mit dem Zweck ins Leben zu rufen, die Ponies des Fremden Teufels mit all jenen Landesprodukten zu versorgen, die sie etwa benötigen. Die Entscheidung fällt günstig aus und die Gesellschaft eröffnet ihre Tätigkeit mit der Wahl eines Vorsitzenden, eines Schatzmeisters und so fort.

Dann sucht man den Priester des ortszuständigen Tempels auf, um sich bei ihm zu vergewissern, ob der heutige Tag für den Geschäftsbeginn des neuen Unternehmens von guter Vorbedeutung sei. Lautet die Antwort zufriedenstellend, so schreitet man an die Ausführung schicklicher Zeremonien (Anzünden von Weihrauch, Verabfolgung einer kleinen Geldmünze an den Priester) und stattet hierauf eine Expedition aus, bestehend aus sechs Personen und vier Eseln, mit der Bestimmung, Stroh, Kleie und kao-liang zum Tempel San Shan Yur zu schaffen, wo meine Ponies die ganze Zeit über auf Futter warten.

San Shan Yur, 12. August

Heute morgen machte ich einen Ritt in der Ebene, die daliegt wie ein einziges grünes Beet von junger Hirse und jungem Mais. Ich kam auch durch das Dorf Pa-li-chuang und sah dort am Fuß der großen Pagode mit ihren dreißig Stockwerken schräger Dächer ein armseliges Hundejunges mit gebrochenen Hinterbeinen, das sich mit den Vorderfüßen aus einer Gruppe tierquälerischer Dorfkinder wegzuschleppen suchte. Ich gab meinem Pony die Sporen, um nur rasch an der Stelle vorbeizukommen. Natürlich wär's menschlicher gewesen, abzusteigen und das arme Geschöpf durch einen Hieb auf den Kopf mit dem Griff meiner Reitpeitsche von allem Jammer zu erlösen. Aber im Augenblick stieg bloß Ekel in mir hoch über die qualvolle Szene und das hilflose Gejaule der kleinen Kreatur. So dachte ich gar nicht an eine Einmischung. Jetzt verfolgt mich die Reue, daß ich es an Tierliebe und Geistesgegenwart fehlen ließ, und ich fragte mich, ob das arme Hündchen noch lebt und leidet.

Ganz seltsam – jetzt fällt's mir ein –, daß dieses Erlebnis sich just im Dorfe Pa-li-chuang abspielte, denn dort ist ein Bettler zu Hause, den hierzulande jedermann kennt. Gleich dem Hundejungen schleppt er sich bloß mit Hilfe der vorderen Gliedmaßen über den Boden hin, denn die Beine sind ganz verdreht und verkrüppelt, weil man ihnen die Sehnen durchgeschnitten hatte. Er wird nie wieder gehen können und schleift sich durchs Leben als Überbleibsel der Vergangenheit, ein Opfer der grausamen Bestrafung, wie sie einst Dieben zugemessen war. Ich sehe den Ärmsten oft, wenn ich durch das Dorf komme, und werfe ihm ein paar Kupfermünzen hin.

Als ich wieder vor dem San Shan Yur stand, sah ich mehrere Pilger heraustreten. In meiner Abwesenheit hatten sie die Pavillons besucht und ihre Andacht verrichtet. Weihrauch lagerte schwer auf den sonnbestrahlten Höfen, und die Türen des Hauptpavillons waren geöffnet. Er gehört nicht zu jenen Gebäuden, die ich gemietet habe, und ich betrete ihn nur selten. Heute aber setzte ich meinen Fuß hinein. Eine Menge Plunder – so schien's mir wenigstens – lag überall herum, nicht zu reden von ein paar Wermutflaschen und einer alten Sitzbadewanne. Doch über fünf Opfervasen hinweg sah ein vergoldeter Buddha aus halbgeschlossenen Augen auf mich herab.

Ja, ich weiß von der Selbstaufopferung der Bodhisattvas, die auf die höchste Glückseligkeit verzichten, solange es noch Leid und Sünde auf Erden gibt. Keine entzückendere Legende wird man finden können als die von Kwan Yin, die vom Himmelstor zurückschritt, weil sie ein Kind weinen hörte. Doch es kommt mir vor, als läge in den meisten orientalischen Glaubensbekenntnissen, wie groß auch ihre seelische Wirkung, wie tief auch ihre Begeisterungskraft sein mag, eine gewisse Hoffnungslosigkeit, die es beinahe zu rechtfertigen scheint, wenn man Notleidenden und Gefährdeten die helfende Hand *nicht* entgegenstreckt. Wie bei dem armen Hundejungen heute morgen und bei dem Bettler ist die einzige Befreiung der Tod, und der kommt mit der Zeit! Wer im Osten lebt, macht sich unwillkürlich und allmählich einen Gesichtspunkt zu eigen, der das geistige Merkmal für ein Drittel des Menschengeschlechtes bildet.

Doch trotz allem Leiden ringsum, trotz dem grundlegenden Pessimismus der einzelnen östlichen Glaubensbekenntnisse ist John Chinaman durchaus nicht niedergeschlagen oder bedrückt. Er nimmt das Leben, wie es kommt, lächelt gern und jederzeit über die Launen und Grillen der Fremden Teufel und lacht über die unfeinen Scherze, die neu waren, als die Welt in ihrer Jugend stand.

Die buddhistische Religion erwartet noch ihren Messias, genannt Maitreya. Ein Gedicht (Anagata Vamsa) schildert das goldene Zeitalter, das die Welt genießen wird, wenn einst Maitreya erscheint. In Tibet und Japan findet man Bildnisse, die ihn mit klassischen Zügen, vornehmer Haltung und einem heiter-edlen Ausdruck darstellen. Anders in China.

Der chinesische Buddhismus hebt sich vom Lamaismus durch die besondere Art ab, wie er den Milo Fo versinnbildlicht, den chinesischen

Messias, der von der allgemeinen Maitreya-Vorstellung so sehr abweicht. Milo Fo ist ein dicker alter Herr mit einem riesigen nackten Bauch und gemütlichem Lächeln. Seine Statue steht hier im Tempel, in einem der kleinen Pavillons höher oben auf dem Hügelhang. Armer alter Tempelgott! Das Dach ist über ihm eingebrochen, und bei schlechtem Wetter klatscht der Regen auf sein ungeschütztes Haupt hernieder und überschwemmt seine runden Formen. Aber er lächelt nur, als hätte er's gern. Dieser feiste Messias verkörpert die Reaktion des chinesischen Volkes auf die Trübseligkeit, wie sie seiner Philosophie zugrunde liegt. Als wollte Milo Fo sagen:

«Ihr habt recht. Das Leben ist schwer. Nur wenn unsere Seelen ins Unendliche emportauchen, können wir hinter die Geheimnisse gelangen und das höchste Glück erreichen. Inzwischen, da wir einmal hier sind, wollen wir das Beste daraus machen. Es gibt schon noch einigen Spaß auf dieser unserer alten Welt.»

San Shan Yur, 16. August
Könnte ich doch die Eindrücke einer Sommernacht auf San Shan Yur in Musik setzen. Abends rollt man mein Feldbett samt Moskitonetz auf die Terrasse hinaus. Daß ich allzu fest schlafe, kann ich nicht behaupten. Es gibt allerhand Nachtleben auf dem Bergeshang und drunten im Tal.

Da sind zuerst die Leuchtkäfer, die aus den Wäldern unten hervorkommen und in den Himmel oben hineintauchen, so daß ich, im Bette liegend, mich oft schlaftrunken frage, wo eigentlich die Glühwürmchen aufhören und die Sterne beginnen.

Der Chinese auf dem Land geht nicht gerne mehr aus, wenn er einmal seinen Abendreis gegessen hat, zuweilen sehe ich aber doch, wie sich eine Laterne auf dem Pfad jenseits des Tals bewegt, oder höre die Stimme eines nächtlichen Wanderers, der im Gehen singt, um die bösen Geister zu verscheuchen. Ein paar Lichter brennen drunten im Dorf, aus dem Hundegebell oder Eselsgeschrei herauftönt. Die Hähne krähen immer dreimal wie einst bei St. Petrus, und Frösche quaken im Chor aus dem Teich eines Nachbartempels. Aus diesem Tempel erschallt auch, Stunde um Stunde, der Klang einer großen bronzenen Glocke. Sie schlägt jeweils nur einmal an, und dieser einzelne Ton, der klar ausschwingt und dann in der Finsternis erstirbt, hat eine zauberische Schönheit, eine geheimnisvolle Macht gleich einem Memento mori.

Dies alles klänge so gut in Musik. Grieg hätte es vollendet in Töne umgesetzt. Die Frühdämmerung mit den langsam aufsteigenden Nebeln, mit dem Zwitschern der Vögel in den Baumkronen – sie lebt und webt in seiner ‹Morgenstimmung›.

Gelegentlich stört ein Mißklang die Symphonie: einer der beiden alten Priester hustet viel bei Nacht, und er wie sein Gefährte spucken oft und laut.

Ich habe versucht, ein paar dieser Klänge festzuhalten – für eine etwaige künftige Komposition. Die Tempelglocke schlägt ein tiefes C im Baß. Und ein Arpeggio in g-Moll käme dem Chinesenpriester zu, der sich so inbrünstig räuspert.

San Shan Yur, 27. August

Von den Gipfeln über Pa-ta-chu genieße ich einen der schönsten Blicke der Welt. Die höchste Zinne läßt sich zwar nur von der anderen Talseite aus erreichen, doch gleich hinter meinem Tempel erhebt sich eine steile Kuppe, die ich allabendlich erklimme. Dort sehe ich die sanftgebogene Linie der Westberge, die Peking umarmen und der Schönheit des Sommerpalastes den Hintergrund schenken. Drei Pagoden stechen in den Himmel, aufgesetzt auf die höchsten Spitzen dreier einzelner Zacken, und die Märchentraum-Pavillons im Park der Kaiserin Tzu-hsi spiegeln sich in den Wassern des Ku-ying-Sees.

Seltsame Bauwerke, deren Zweck nicht auf den ersten Blick ersichtlich scheint, sind über die Berghänge hingestreut. Eine mächtige Ringmauer von etwa achtzehn Meter Höhe und fünf Meter Breite am oberen Rand trägt zwei reichverzierte Pavillons. Man sagte mir, es sei dies der Hochstand oder die ‹Loge› gewesen, von der aus der Kaiser den Truppenmanövern zusah. Wie bei vielen andern Bauwerken in der Umgebung Pekings liegt die Schönheit dieser Pavillons in den bunten Ziegeldächern, die sich gegen den Morgennebel abheben und die Mittagssonne zurückwerfen.

Andere Mauern dräuen an den steilen Seitenwänden eines weitausladenden Bergvorsprungs der Ebene entgegen und ziehen sich in parallelen Linien, eine über der andern, die Hänge hinan. Türme und sonstige Befestigungen überragen sie, mit engen Schießscharten, hinter denen die Bogenschützen standen. Diese Anlagen stellen Modelle der befestigten Städte Turkestans dar und wurden zu Versuchszwecken errichtet, zur Vorwegnahme künftiger Kämpfe. Der Kaiser Ch'ien Lung bediente sich ihrer bei den Herbstmanövern. Aber die Truppen, die den Berg erstürmten, und jene, die sich hinter den Befestigungen verschanzten, führten keinen Scheinkrieg. Sie fochten in bitterem Ernst, und auf beiden Seiten gab es Verluste. Das Experiment scheint recht lehrreich gewesen zu sein. Denn Ch'ien Lung eroberte Turkestan.

Zu Sommeranfang kamen ein paar Korbsessel auf meine Terrasse, doch seitdem ich sie in Gebrauch nahm, litt ich unter einer Hornisse, die eifrigst Vorräte in dem hohlen Rohrstock sammelt, der einen der Stühle hinten stützt.

Ich kann nicht sagen, ob die Gute dabei an künftigen Nachwuchs denkt oder ob sie sich für den persönlichen Bedarf kommender Wintermonate eindecken will. Ich las einmal irgendwo, daß die Männchen nach der

Paarung sterben, weshalb ich annehme, ich habe es mit einer Dame zu tun. Nach St. Franziskus nenne ich sie Sirocchia, das heißt Schwesterchen, ohne freilich jene Zuneigung für sie zu empfinden, die der Schutzheilige von Assisi den Vögeln, den Fischen und allen Gottesgeschöpfen zuteil werden ließ.

Nun stehen aber mehrere Korbstühle nebeneinander und leider nicht immer in derselben Anordnung: so weiß Sirocchia nie, welcher der ihre ist. Brummend fliegt sie im Kreis, meist mit einer halbtoten Raupe zwischen den Fängen, und sucht das hohle Rohr an der Sessellehne, das sie sich als Speisekammer erwählt hat. Die Feinschmeckerin zeigt eine besondere Vorliebe für Aprikosenjam, wie sie es auf meinem Frühstückstisch findet, und für eine Bleiwasserlösung, die ich zu Umschlägen benütze – durch einen Sturz vom Pferd habe ich mir eine Knöchelschwellung zugezogen. Ich begreife, ja ich teile die Vorliebe für Aprikosenmarmelade, fürchte aber sehr, daß das Gelüste nach ‹Rauschgift› in Form von Bleiwasser böse Folgen haben wird. Sirocchia kann leider das Etikett ‹Nur äußerlich!› nicht lesen, und wenn sie ihre Leidenschaft nach dem Trunk (der sie allenfalls auch an meinem Knöchel zu frönen sucht) nicht niederzwingt, werden keine künftigen Generationen kleiner Sirocchias auf meiner Terrasse herumbrummen können, wenn der Sommer wiederkommt übers Jahr.

Zwei Quellen entspringen droben am Berghang, und die herabplätschernden Bächlein vereinigen sich knapp unterhalb meines Tempels. Zwischen den Felsen bilden sie kleine Teiche im Schatten überhängender Bäume. Rote und blaue Libellen schießen über die Tümpel hinweg, dahin, dorthin, auf Gazeflügeln, und baden die langen Körperchen auf der Wasserfläche. Oder legen sie vielleicht bloß Eier? Jedenfalls lieben sie wie ich den prallsten Sonnenschein.

Ich bade gelegentlich in einer solchen Lache, und abgesehen von den Wasserjungfern bin ich ganz allein. Eigentlich schade. Die hohen Felsen und die schattendunkle Flut gäben einen herrlichen Hintergrund für ein Gemälde wie ‹La Source›.

Heute nachmittag machte ich einen Spaziergang in der Ebene drunten, auf der sonnigen Straße gegen Pi Yung Tze, und traf zwei Freunde, offenbar Missionare – Russen, denk' ich mir –, in weißleinenen Anzügen mit seltsamem, fremdartigem Schnitt, halb priesterlich, halb chinesisch. Dazu trugen sie große schwarze Hüte mit breiten Krempen, und das lange Haar fiel bis auf die Schultern. Etwas Biblisches lag in der Erscheinung der beiden Männer, schien aber hier durchaus am Platze. Liegt doch immer etwas Biblisches über Landschaft und Menschen eines asiatischen Gebiets. Vieles in China erinnert an das Buch Hiob.

Wer würde sich noch wundern, wenn ein Mann, wie einer der beiden, die ich heute nachmittag sah, auf das Hügelchen vor einem Dorf hinaufstiege und zu einer kleinen Menschenmenge, die sich zu seinen Füßen ansammelte, über Hoffnung, Glaube und Nächstenliebe spräche? Halbnackte Kinder kämen herbeigerannt, alte Männer herzugehumpelt und junge Frauen stünden im Halbkreis, mit Wickelkindern im Arm. Dann bäte man den Prediger, einige Wunder der Heilung zu vollführen, überzeugt, daß jemand, der solcherart von göttlichen Dingen spreche, auch göttliche Kräfte besitzen müsse.

Vom Spaziergang zurückgekehrt, begab ich mich zu den Ställen und fragte, ob die Ponies gefüttert seien. Reine Tugend sagte nein; er wolle sie um sechs füttern. Ich erkundigt mich, wieviel Uhr es sei. Worauf er zur Antwort gab:

«Halb sieben.»

Rein zeitliche Angelegenheiten interessieren den Orientalen nicht.

Ich trank eine Tasse Tee und stieg zum Gipfel hinan, um den Sonnenuntergang zu genießen.

Auf halbem Wege, dort, wo die Bäume aufhören und das kurze Berggras beginnt, liegt eine Hütte mit kaum zwei Quadratmeter Wohnraum. Ein halbverhungerter Bastardköter versieht den Wachdienst. Wenn er mich erblickt, zieht er sich, laut bellend, bergwärts zurück. Es leitet ihn offenbar die Vorstellung, er müsse seine Besitzer bei der Ankunft eines Fremden Teufels warnen, während er sich einer etwaigen Gefahr lieber entzieht. Das kärgliche Futter, das er von seinen Herren erhält, rechtfertigt entschieden kein Wagnis zu ihrer Verteidigung.

Auf das Bellen des Hundes öffnet sich die Haustür und ein Weib tritt heraus. Sie hat ein mürrisches, pockennarbiges Gesicht und trägt ein Baby im Arm. Mehrere kleine Kinder und ein Schwein tauchen aus dem Dunkel der Hütte hervor, und alles bleibt auf ein und demselben Fleck stehen und starrt mir nach, indes der Köter von weitem bellt.

Der ältere der beiden Priester, der bärtige, ist wieder heimgekehrt; er war länger als eine Woche fort. Ich dachte mir, er sei vielleicht beim Zahnarzt gewesen, denn sein Gebiß besteht nur mehr aus einer rechten Hälfte. Ich kenne übrigens einen andern Priester, in einem Tempel bei Men-to-kou, der sich aus abgefeilten und an einem Stück Fischbein befestigten Perlmutterknöpfen ein vollständiges Gebiß gemacht hat. Daß das Resultat zufriedenstellend sei, läßt sich nicht durchaus behaupten. Der arme Mann muß jedesmal die Zähne herausnehmen, wenn er sprechen oder essen will. Aber er kann damit lachen, und sie bereiten ihm wohl Freude, sonst trüge er sie ja nicht. Vanitas vanitatum, omnia vanitas!

Mein Priester vom San Shan Yur besitzt augenscheinlich nicht soviel Erfindungsgeist, aber vielleicht genügt es ihm, bloß auf der rechten Seite zu kauen. Natürlich würde ein Chinese niemals sagen, ‹auf der rechten Seite›, auch wenn er von seinen Zähnen spricht. Er würde sagen ‹nördlich› oder ‹südlich›, ‹östlich› oder ‹westlich›, nach der Richtung, in die er blickt:

«Ich habe sämtliche Zähne an der Südseite verloren, aber die nördlichen sind noch so gut wie je!»

San Shan Yur, 16. September

Der Herbst scheint überall gleich, in welchem Land ich auch lebe. Frühling und Sommer tragen Blüten und Blumen, die jeweils für ihre Gegend bezeichnend sind. Doch diese goldenen Maiskolben, die auf den Dächern trocknen, wie oft habe ich sie im Westen gesehen! Das Rot und Gelb der Eichen und Ahorne ist das gleiche, das den Herbst im Wienerwald oder im Rhônetal verschönt. Der blaue Himmel und die braune Erde sehen nicht anders aus als in Sizilien. Nur wiederholen sich hier in China die Farben noch in den blauen Kattungewändern und den braunen Körpern der Landleute.

Heute führte ich ein langes Gespräch mit dem Priester eines höher droben gelegenen Tempels. Die Unterhaltung drehte sich um Kastanienschalen und ihre Eignung zum Färben. Jetzt, da ich wieder daheim bin, habe ich erst bemerkt, daß ich weder den chinesischen Ausdruck für ‹Kastanienschalen› noch das Wort ‹Färben› kenne. Trotzdem verstanden der Priester und ich uns vortrefflich. Ich habe einen Freund in Peking, den Direktor des Salzwerks, der steif und fest behauptet, es gebe überhaupt keine chinesische Sprache, und wir verständigten uns miteinander bloß wie die Tiere. Etwas mag daran sein.

Das Gefühl der Einsamkeit kann zur Herbstzeit hier draußen gewiß nicht aufkommen. Drunten in der Ebene ist die Ernte in vollem Schwang, und die meisten Tempel haben Hinterhäuser, in denen die eingebrachte Feldfrucht aufgespeichert wird. Den ganzen Tag höre ich den kurzen Schritt der Esel auf dem Pfad und die Schellen, die sie am Zügel tragen. Die Hirten, die Kühe und Geißen auf die Weide treiben, rufen einander über das Tal hinüber Worte zu, und Holzsammler bemühen sich um die dürren Äste. Mache ich einen Spaziergang rings um Pa-ta-chu, so treffe ich gewiß einen Buddhistenpriester in einer Gewandung, die nicht mehr gegenwärtiges China ist, sondern Erinnerung an entschwundene Dynastien. Und Priester, Holzfäller oder Hirten bleiben stehen und starren den Fremden Teufel an. Vom Hintergrund der Felsen, des Waldes und der Bäche heben sie sich als charakteristische Bildchen ab, wie man sie auf Porzellanvasen oder auf chinesischen Fächern sieht.

Nachts leuchtet der herrlichste Mond!

Ich stieg den Berg hinan, und es war hell wie bei Tag. Noch nie hat mein Tempel so zauberhaft ausgesehen. Der Sang der Zikaden, der in der kühlen Luft verzittert, ist klangreicher als zur Sommerszeit. Noch immer hängen Glühwürmchen im Gebüsch gleich schimmernden Juwelen. Ich sah, wie ein Leuchtkäfer vorm Mond vorüberflog; es war, als holte er ein

bißchen Licht von der silbernen Scheibe, zöge einen Faden damit quer
über den Himmel und webte ein Netz zwischen den Sternen.

Und wie reizend sehen die chinesischen Fenster aus mit dem durch-
scheinenden Licht, das die Musterung des hölzernen Lattenwerks auf-
zeigt. Diese Fenster erinnern mich – ich kann nicht sagen, warum – an
deutsche Märchen. Zwei Kinder verirren sich im Wald und wandern
Hand in Hand, bis sie ein Lichtlein durch das Dunkel schimmern sehen,
weit, weit weg . . .

Die Zikaden verstummen, je kühler die Nächte werden. Aber ein paar
sind noch immer da und zirpen in gesicherten Winkeln an den südlichen
Hängen. Sie gemahnen mich an ein Wort Carduccis, der den alternden
Dichter den Zikaden gleichsetzt, die noch den September erleben, um an
sonnigen Plätzchen der Toskaner Berge ihr Lied anzustimmen.

Und dieses Gleichnis paßt auch auf alle, die mit dem neuen China
weniger zu tun haben als mit dem alten. Es ist ein hohes Ziel, das
chinesische Volk auf gleiche Stufe zu bringen wie die Nationen des
Westens. Doch die ältere Kultur bannte uns mit dem Zauberspruch ihrer
Philosophie, ihrer Zurückgezogenheit, ihres Hochmuts.

Alte Bräuche sterben hin, und es sterben die Ideen, die sich befruchte-
ten. Herbst ist in China.

Gleich den Septemberzikaden leben wir, um sein Lob zu singen, in
geborgenen Tempeln auf Bergeshöhen.

San Shan Yur, 16. Dezember

Ich kam mit der Bahn von der Hsi-chi-mẹn-Station heraus und legte das
letzte Stück des Weges zu Fuß zurück. Der Zug war gesteckt voll mit
durchaus erwerbstüchtig aussehenden Kohlenhändlern, die nach Men-
to-kou fuhren: große, dicke Männer, gemütlich und lärmend. Sie schienen ausgezeichneter Laune, und es machte ihnen gar nichts aus, daß der
Zug mit halbstündiger Verspätung abfuhr. Ein kleiner Ofen erheizte den
Wagen, und einer der Händler lehnte sich, ohne es zu wissen, daran, bis
sein wunderschöner, eichhörnchengefütterter Atlasmantel arg versengt
war. Die Gefährten begrüßten den Betriebsunfall mit schallendem Ge-
lächter.

Um den Brandgeruch wegzubekommen, öffnete ich ein Fenster. Der
Zug schien noch immer keine ernsten Absichten zu haben, und so sah ich
den kleinen Jungen zu beim Eislaufen auf dem Kanal. Sie trugen nur an
einem Fuß einen hölzernen Schlittschuh. Doch die Mehrzahl fand es
vergnüglicher, sich von einem Kameraden auf einem winzigen Schlitten,
der kaum zum Sitzen Platz bot, herumziehen zu lassen. Die Knaben
jauchzten und tummelten sich auf dem Eis, indes die Kaufleute drinnen
im Wagen einander neckten und höhnten. Und der Zugkuli marschierte
hin und her mit Kännchen frischbereiteten Tees und kleinen Frottier-

handtüchern, die man über kochendem Wasser hatte dampfen lassen, damit die Reisenden sich damit über Gesicht und Hände führen.

Als ich eine Stunde später den Wagen verließ und über die Felder auf Pa-ta-chu zuschritt, schien die Sonne hell auf die Gräber, die da und dort über die Ebene verstreut liegen. Kamelzüge im dicken Winterhaar stolzierten auf der hochgebauten Straße. Aus den Bauernhäusern klang der Gesang nasaler Stimmen herüber, und Elstern antworteten aus den Bäumen.

Die Bäche bei meinem Tempel sind gefroren, und die Teiche, in denen ich badete, dick vereist. Die kleinen Wasserfälle über den Felsen haben sich in lange glänzende Eiszapfen verwandelt.

Bei meiner Ankunft im Tempel fand ich lebhafte Aufregung vor. Ein alter Überrock, den ich hier zurückgelassen habe, scheint während meiner Abwesenheit verschwunden zu sein. Die Priester erklärten, sie wüßten von gar nichts, und empfahlen uns, einen Seher zu befragen. Er würde jenen beschreiben, der den Mantel genommen hat. Kommt etwas Ähnliches nicht im ersten Buch Samuelis vor, wo Saul einen Seher befragt, als seines Vaters Eselinnen abhanden gekommen sind? In China führt der Seher stets einen Knaben mit sich (der übrigens seine Keuschheit bewahrt haben muß) und versetzt ihn in eine Art Trance. Der Knabe guckt in einen Topf voll Wasser und sagt, was er darinnen sieht. Ich ließ Unvergleichliche Tugend und die Priester die Angelegenheit untereinander auskochen.

Ein großer Eisenofen ist in dem sogenannten ‹Gästezimmer› aufgestellt, in dem ich jetzt schlafe, lese und esse. Aber ich gehe auch im Haus mit einer lammfellgefütterten Lederweste herum und mit einer Pelzkappe bis über die Ohren. Bringe ich's auch zuwege, heißes Wasser für die Gummiwanne zu bekommen, so sind die Handtücher steif und starr von Eis. Im Freien zeigte das Thermometer sechzehn Grad unter Null, und in der Nacht wird's noch kälter. Fensterscheiben aus Reispapier mögen märchenhaft wirken, aber gegen den Frost helfen sie wirklich nicht viel. Der ältere Priester hustet mehr als sonst. Wird er den Winter überstehen?

Ich kletterte wieder einmal den Berg hinan, und wieder stürzte der Hund auf mich los und bellte, bis die pockennarbige Frau aus der Hütte trat, das Baby im Arm. Die größeren Kinder standen neben ihr, hielten sich an Mutters Hosenfalten fest und riefen immerzu ‹Ba, ba, ba, ba . . .›, wie ein Echo des Hundegebells. Auch das Schwein zeigte sich wie gewöhnlich, nur bißchen höher droben. Es wühlte das gefrorene Gras auf, ob sich etwas Eßbares darunter fände. Hoch am Himmel kreiste ein großer Habicht. Und es war mir, als sprächen der Habicht und das Schwein miteinander im Schweigen der winterlichen Berge:

Der Habicht: «Da kommt wieder einmal der Fremde Teufel.»

Das Schwein: «Ja, er ist noch immer nicht tot.»

Der Habicht: «Leider! Aber hoffentlich fällt er endlich doch die grauen Felsen hinunter. Die Quelle ist gefroren und der Boden schlüpfrig von Eis. Ein falscher Tritt, ein plötzlicher Windstoß, und der Spaß ist fertig! Eine Nacht in den Bergen wie heute, und er gibt das herrlichste Mahl für uns.»

Das Schwein: «Die Bauern müssen ihn finden; die da drunten in der Hütte.»

Der Habicht: «Auch wenn sie ihn finden, werden sie ihm aus Angst nicht helfen, weil man sie verklagen könnte, daß sie schuld sind an seinem Sturz.»

Das Schwein: «Und eine Nacht genügt, ihn zu töten?»

Der Habicht: «Ja, wenn er ein Bein gebrochen hat und sich nicht rühren kann. Die Krähen erzählen mir, jede Nacht sterbe einer in den Straßen von Peking.»

Jetzt flog der Habicht auf die Ebene zu. Nur einen Augenblick konnte ich seinen Flug verfolgen: ein Goldpünktchen im Sonnenlicht über den purpurnen Bergen. Dann war er verschwunden.

Das Schwein sah mich mißvergnügt an und grunzte.

Noch einmal Kuniangs Tagebuch

Einige Auszüge aus Kuniangs Tagebuch nach zweijähriger Ehe seien hier wiedergegeben:

Fünfzehnter Tag des Achten Monats
‹Chung-ch'iu-chieh›: ‹Mittherbst-Fest›.

Klein-Chink hat einen Sandhaufen im Garten. Der Sand kam von Shan-hai-kwàn bis hierher. Die Amah ist furchtbar stolz darauf. Kein Kind in unserem Stadtteil hat einen so großen Haufen. Weil heute Feiertag ist (eine Art Erntefest), hat der Kleine Chink Kindergesellschaft, und die Gäste dürfen mit dem Sand spielen. Sie trafen pünktlich ein, von ihren Amahs begleitet, und die unsrige gewann an ‹Gesicht›.

Der Kleine Lu besuchte uns heute. Er trug einen europäisch geschnittenen Anzug aus Schantungseide und Lackschuhe, die bei dem warmen Wetter gewiß kein Vergnügen waren. Sie glänzten jedenfalls wunderbar. Dafür geht der Kleine Lu auch auf Freiersfüßen: soviel bekam ich aus ihm heraus. Wenn er heiratet, wird das Ansehen seiner Mutter noch wachsen, besonders wenn seine Frau ihm Kinder schenkt. «Epuse et mère, ce sont les épaulettes. Grandmère, c'est le bâton de maréchal!»

Siebenundzwanzigster Tag des Achten Monats
‹Sheng-tan-chieh›: ‹Geburtstag des Konfuzius›.

Die vergangene Woche hat mich an alte Zeiten erinnert, und ich fand darüber nicht einmal Muße, mein Tagebuch zu führen.

Seit letztem Dienstag wohnen Fjodor und Natascha bei uns: ihr Hausdach war in schlechtem Zustand, und die sommerlichen Regengüsse hätten sie beinahe weggeschwemmt. Patuschka und Matuschka flüchteten in ein chinesisches Hotel, denn wenn man in Peking Handwerker im Haus hat, ist einfach der Teufel los. Sie spucken den ganzen Boden voll, und man erstickt fast am Knoblauchgeruch.

König Cophetua bekommt von Unvergleichlicher Tugend allen Klatsch zugetragen, und so hörte er auch von den Abenteuern der Russen. Hätte der arme Boy eine Ahnung gehabt, was dabei herauskommen würde, es wäre ihm nicht im Schlaf eingefallen, davon zu erzählen. Denn König Cophetua sagte sofort, die jungen Leute sollten doch unbedingt bei uns wohnen. Ich glaube, er will beweisen, daß er nichts mehr an ihnen auszusetzen hat!

Fjodor und Natascha versprachen mir ein Primabenehmen. Sie sind über die Einladung entzückt, denn ihr patschnasses Haus voller Handwerker ist unbequem wie die Möglichkeit und durchaus kein Paradies. Bis jetzt klappt alles tadellos. Sie spielen mit dem Kleinen Chink, der vor

Begeisterung kräht, und ihr Betragen ist einfach hochherrschaftlich. Wann kommt der Pferdefuß?

Achtundzwanzigster Tag des Achten Monats
Plötzlich sind wir draufgekommen, daß Fjodor die Badezimmerwände im Gastpavillon bemalt hat. Ich glaube, er machte vorher König Cophetua Andeutungen in diesem Sinne, aber der hörte gar nicht recht hin. Der gute Fjodor betrachtete dieses Schweigen als Zustimmung und vollendete nun zwei wunderbare Fresken, auf der einen Seite Susanna und die Alten, auf der anderen Leda und den Schwan. Figuren und Hintergrund sind rein chinesisch.

Weder König Cophetua noch ich haben daran etwas auszusetzen, nur die Fünf Tugenden, denen die biblische, beziehungsweise klassische Voraussetzung fehlt, sind so entsetzt, daß wir sie kaum dazu bringen können, das Badezimmer zu fegen.

Erster Tag des Neunten Monats
Vor zwei, drei Abenden sagte ich gelegentlich bei Tisch, die Pavillontür zu König Cophetuas Arbeitszimmer sei außen schlecht beleuchtet, und meinte, es sollten eine oder zwei chinesische Laternen dort angebracht werden, mit elektrischen Birnen innen. Daran schloß sich eine lange Unterhaltung über chinesische Laternen im allgemeinen und Hornlaternen im besonderen.

Tags darauf gingen Fjodor und Natascha heimlich auf den Lung-fu-Ssèu-Markt und kehrten triumphierend mit zwei Laternen zurück, wie sie einst der Sänfte einer hochgestellten Persönlichkeit auf der Straße vorangetragen wurden.

König Cophetua bedankte sich in unser beider Namen und gab den Auftrag, die Geschenke sogleich an der Tür vor seinem Arbeitszimmer anzubringen. Aus irgendeinem zunächst nicht ersichtlichen Grund wurde der Befehl nicht ausgeführt. Ja, man mußte ihn mehrmals wiederholen, bis die Laternen endlich droben hingen.

Und heute früh brach das Gewitter los!

Mr. Tang kam wie gewöhnlich zur Chinesischstunde, und als er die neue Verzierung an der Tür sah, blieb er stehen und las die Schriftzeichen daran. Im nächsten Augenblick stürzte er zu König Cophetua und schnaubte, die Laternen müßten sofort weg – «kwi-kwi»! Ich war gerade auch im Zimmer, und so kamen wir gelaufen, um zu sehen, was Mr. Tangs Unwillen hervorrief.

Es scheint leider, daß die Laternen ehemals einer höchst unmoralischen Anstalt gehörten, die in den Tagen des Kaiserreichs blühte und erst vor kurzem verschwand. Die beiden Inschriften waren gleichlautend und hießen:

‹Bewundert die schönen Gestalten und mondgleichen Züge der Duftenden Knaben im Garten der Zehntausend Freuden, im Bezirk der Acht Großen Hutungs!›

Die Laternen verschwanden wieder.

Fjodor schwört, er habe keine Ahnung gehabt, was die Schriftzeichen bedeuteten. Fragen wir nicht weiter.

Dritter Tag des Neunten Monats
Gestern fühlte ich mich nicht ganz wohl und legte mich gleich nach dem Mittagessen ins Bett. Am Abend brachte mir Unvergleichliche Tugend eine Platte mit Suppe, einen Apfel und ein paar Rosinenküchlein aus geschlagenem, dünnen Teig – ganz vorzüglich. Meer von Tugend hat das Rezept von einem andern Koch bekommen, als wir in Shan-hai-kwàn waren, und setzt mir die Küchlein immer vor, wenn er meinen Appetit reizen will. Unvergleichliche Tugend machte ein ellenlanges Gesicht, als er mir den Imbiß brachte. Natürlich wollte er, ich solle es bemerken und fragen, was geschehen sei. Aber ich wußte ganz genau, was nach seiner Ansicht geschehen war. Er wollte Fjodor und Natascha verklagen, weil er über ihren Aufenthalt bei uns entsetzt ist, und meint, wir verlieren an Gesicht, wenn wir nicht bald Schluß damit machen.

Ich erwartete, König Cophetua würde nach dem Essen noch zu mir kommen, aber es wurde halb elf, bis er erschien. Er hatte Papiere in der Hand und legte sie auf einen Stuhl.

«Was war los bei Tisch?» fragte ich. «Haben Fjodor und Natascha sich anständig benommen?»

Er lachte, kam quer übers Zimmer herüber und setzte sich zu mir auf den Bettrand.

«Bei Tisch war gar nichts los», sagte er. «Aber deine beiden jungen Freunde sind die elendsten Gauner, die ich je gesehen habe.»

«Was ist denn schon wieder?»

«Du wirst sehr entzückt sein. Sie haben mir einen Auftrag für Fjodor abgepreßt: er soll dich und den Kleinen Chink malen.»

«Reizend! Ganz reizend! Ich habe mir immer ein Bild von meinem Kleinen Chink gewünscht! Erzähl, wie haben sie dich herumgekriegt?»

«Die reinste Erpressung!»

«Versteh' ich nicht.»

«Das glaub' ich dir: Natascha ging heute nach Hause und brachte ein paar Mappen mit Zeichnungen Fjodors. Sie benützte deine Abwesenheit, um mir die Sachen nach Tisch zu zeigen. Es sind die Studien, auf denen du nichts anhast als ein Lächeln.»

«Bist du sehr bös?» fragte ich ängstlich.

«Es wäre ein bißchen spät, über etwas böse zu sein, was geschehen ist, als du noch zu den Russen gingst. Aber die beiden Herrschaften rechneten damit, ich würde die Skizzen lieber selbst haben wollen, als ihnen auf einer Ausstellung von Fjodors Werken begegnen. So bot er sie mir an, falls ich ihm dafür ein Porträt in Auftrag gäbe. Natürlich mußte ich Ja sagen. Um Fjodor gerecht zu werden, muß ich sogar zugeben, daß es wahrscheinlich ausgezeichnet werden wird und ich bei dem ganzen Handel nicht schlecht wegkomme.»

Ich fragte: «Sind es die Skizzen am Toilettentisch?»

«Mehr als das: die ganze Kollektion. Ich möchte wetten, er hat dich damals so lange gequält, bis du endlich Ja und Amen gesagt hast.»

«Stimmt. Aber nach der ersten halben Stunde machte es mir nichts mehr.»

«Schön, und hier ist das Ergebnis. Schau dir die Sachen an, während ich mich ausziehe. Du kannst dich dabei an die alten Zeiten erinnern.»

Mir kam vor, er zwinkerte ein bißchen mit den Augen, als er die losen Blätter neben mich auf die Bettdecke legte und in sein Ankleidezimmer ging.

Natürlich sind die Skizzen gut. Aber ich hätte nie gedacht, daß ich Fjodor so oft ‹saß›: bei jeder möglichen und unmöglichen Gelegenheit.

Die hübscheste Studie stammte aus dem Schwimmbad: ich halte die Arme in die Höhe und will eben einen Gummiball ins Wasser werfen. Ein anderes Mal sitze ich auf einem Stuhl mit gekreuzten Beinen und hochgezogenen Knien, in wirklich gut wiedergegebener Verkürzung. Dabei ziehe ich mir das letzte Wäschestück über den Kopf, und man sieht vom Gesicht gar nichts, außer Mund und Kinn. Dunkel erinnere ich mich, daß Fjodor mir damals zurief, ich sollte einen Augenblick so bleiben. Die Stellung war wirklich neu.

Ich bin froh, daß ich die Sachen habe. Und es ist so reizend, daß König Cophetua nicht bös ist. Ich erzählte ihm einmal, Fjodor wollte durchaus Akt zeichnen, und es war so schwer, ihm einen Korb zu geben. Ich sagte nicht, daß es eigentlich viele Skizzen waren, weil ich mich wie gewöhnlich fürchtete, er würde es Papa schreiben.

Während ich die Blätter durchsah, hörte ich, wie König Cophetua im Ankleidezimmer vor Lachen gluckste und schluckte. Ein Glück, daß er Humor hat!

Vierter Tag des Neunten Monats
Fjodor ist sofort um Leinwand gelaufen und hat augenblicklich mit dem Porträt begonnen. Heute mußten der Kleine Chink und ich ihm hier im Garten sitzen, damit er erst einmal die Figuren skizzieren und die Komposition entscheiden konnte. Den Hintergrund bilden Kakibäume mit riesigen goldenen Früchten im grünen Laub – so wie die Orangen auf Botticellis ‹Frühling›, behauptet wenigstens Fjodor.

Er und Natascha können morgen schon nach Hause, und er will, wir sollen ihm dort sitzen – angeblich ist das Licht bei ihm besser.

Diesmal ist der Kleine Chink als Akt zu sehen und nicht ich. Das war meine Idee, denn ich möchte, das Bild soll das Muttermal an seiner Schulter zeigen, den Halbmond, den ich an der Stirn trage.

Ich fragte Fjodor, ob er Onkel Podger mitmalen will. Aber er sagte nein, wir kämen dabei zu kurz! Dafür will er ein eigenes Porträt von ihm machen: Onkel Podger sitzt auf einem rotlackierten Thron, und Hofeunuchen in gestickten Gewändern halten über seinem Haupt einen Prunkbaldachin.

Neunter Tag des Neunten Monats
‹*Chung-yang-jih*›: ‹Das Fest der ‹schweren› Sonne.›

Ich war wieder einmal in der Russenwohnung und bin Fjodor gesessen. Der Kleine Chink auch, wenn man das ‹sitzen› nennen kann, was er tut. Das Bild wird wirklich ausgezeichnet. Figuren, Gesichter und Hintergrund sind ein wenig verschwommen, als sähe man sie durch einen leichten Nebel. Klein Chink ist einfach süß. Er sitzt auf meinem Schoß, und hinter uns ist ein ganz zarter Lichtschimmer wie der Heiligenschein auf Gemälden von der Jungfrau Maria und dem Christkind. Ich hätte nie gedacht, daß ein Bild von mir so schön sein kann und mir trotzdem ähnlich sieht, und daß Fjodor es malt! Ein bißchen erinnert es mich an die Schilderung von mir in den ‹Himmlischen Hosen›. König Cophetua stellte mich so reizend und reizvoll dar, daß ich mich immer frage, ob wirklich *ich* gemeint bin.

Es war so komisch: da saß ich wieder im selben Zimmer, und der lachende Buddha grinste vom Kamin auf mich herüber.

Plötzlich sagte Fjodor: «Leg doch ab, Kuniang. Ich mach' dann eine Skizze von dir wie in der guten alten Zeit.»

Ich schüttelte den Kopf und lachte. Aber er ließ nicht locker: «Wo ist denn der Unterschied?»

«Es ist ein Unterschied . . . an mir.»

«Unsinn! Ich hab' dich heuer im Sommer im Bad gesehen, in Shanhai-kwàn. Deine Figur ist genauso gut wie je.»

«Weißt du das so gewiß? Bist du nicht daraufgekommen, warum ich die letzten Tage nicht wohl war, als ihr bei uns gewohnt habt?»

Da ließ er das Malen sein und starrte mich an:

«Du erwartest ein zweites Kind?»

«Ja. Wenn ich jetzt ablege, würdest du's merken.»

Fjodor sah eher ärgerlich drein. Und dann tat er etwas Unerwartetes – bei Fjodor kann man nie wissen, was kommt. Er legte den Pinsel hin, kniete vor mir nieder, hob meine Hände hoch und küßte sie.

«Kuniang!» sagte er. «Nur die altitalienischen Meister könnten dich malen, wie du gemalt werden müßtest. Du warst mir eine Freude und Begeisterung seit unserer Kinderzeit. Gott segne dich, kleine Taube, und schenke dir das Glück, das du verdienst.»

Ich glaube, ich werde Fjodor nie verstehen . . .

In der nächsten Minute neckte er mich wieder und sagte, er habe König Cophetua nicht *alle* Skizzen zurückgegeben:

«Erinnerst du dich nicht, einmal mußtest du ein paar Tage lang in einer ganz ausgeklügelten Haltung stehen: vorgebeugt, mit einer Schale in der Hand, und ich malte dich in Öl. Die Schale bedeutete eigentlich eine Lampe, eine kleine antike Lampe. Ich brauchte diese Stellung zu einem Bild von dir als Psyche, wie du dich hereinstiehlst, um den schlafenden Amor zu sehen, und im nächsten Augenblick weckst du ihn mit einem Tropfen des heißen Öls!»

«Aber es war ja kein Amor da.»

«Natürlich war er da. Den gab tags darauf Igor.»

Er wollte mir das Bild nicht zeigen. Vielleicht hat er die ganze Geschichte bloß erfunden? Aber das ist wahr: eine Zeitlang mußte ich dastehen, mit einer Teeschale in der Hand.

Zwölfter Tag des Neunten Monats

Heute morgen kam König Cophetua mit mir, um sich das Kunstwerk anzusehen, obwohl es nicht ganz fertig ist. Fjodor war noch nicht daheim.

König Cophetua stand vor dem Bild, sah es lange an und murmelte auf chinesisch: «How! Ting-how!» – «Gut! Sehr gut!»

Und dann sagte er: «Kennst du das Schriftzeichen ‹How›? Es hat vielerlei Bedeutung: gut, schön, glücklich, verheißungsvoll, wahr. ‹How› verkörpert das Beste, was es hienieden gibt. Und weiß du, wie die Chinesen das Ideogramm für diesen Gedanken zusammengesetzt haben? Was sind die Wurzeln, die einen so hohen Sinn ergeben? ‹Nu› und ‹Dze›: eine Frau und ein Baby, eine Mutter mit ihrem Kind. Das ist das Allerschönste auf Erden.»

Er schob seinen Arm durch den meinen, wir sahen zusammen auf das Gemälde, und er fuhr fort:

«Was die Welt mir an Glück und Schönheit zu geben hat, ist hier zusammen: Kuniang und ihr Kind. How! Ting, How!»

Es war mir, als bewegten sich die Gestalten auf dem Bild, als streckte Klein-Chink die Arme nach mir aus, als lächelte die gemalte Kuniang, und ihre Augen würden weich.

Vielleicht kam es bloß daher, daß *meine* Augen feucht waren?

Dreizehnter Tag des Neunten Monats

Heute nachmittag unternahm unsere Amah eine Art Wallfahrt zum Tempel der Fünf Weißen Wolken auf der Straße nach Pao-ma-chang. Da sie bis abends noch nicht zurück war, badete ich den Kleinen Chink selbst. König Cophetua fand sich gleichfalls ein und assistierte bei der Feierlichkeit. Ich sah gleich, daß ihm etwas im Kopf herumging, und es kam auch bald heraus:

«Kennst du den jungen Gehilfen im Tientsin-Buchladen?» fragte er.

«Ist das der Laden in der Marco-Polo-Straße? Ein junger Mensch mit einem Schnurrbart, wie?»

«Ganz richtig. Nun, ich war heute dort, und da erzählte er mir eine komische Geschichte. Unvergleichliche Tugend sei dagewesen und habe sich nach Büchern erkundigt.»

«Nach was für Büchern?»

«Nach meinen. Er wollte wissen, ob ich etwas daran verdiene.»

Ich war so verdutzt, daß ich eine Sekunde lang die Augen vom Kleinen Chink abwandte, der schon nach der Seife grapste und dabei fast aus der Wanne fiel.

«Was soll das heißen?» fragte ich.

«Ganz klar: die Fünf Tugenden sind daraufgekommen, daß ich Bücher schreibe und dabei irgendein Umsatz stattfindet. Drum fühlen sie sich berechtigt, ‹Schmiergeld› einzuheben.»

Wir sahen einander an und platzten los. Aber ich will nicht Kuniang heißen, wenn die Fünf Tugenden uns nicht eines Tages das Geld abpressen – weiß Gott wie.

Erster Tag des Zehnten Monats

Im Hause ist es wieder still geworden, seit Fjodor und Natascha heimgekehrt sind. Die Fünf Tugenden strahlen über alle Gesichter. In nackter, erbarmungsloser Feindschaft sind die Chinesen einmal unübertrefflich. Sie haben so eine Freude daran!

Wir schreiben November, aber das Wetter ist noch immer klar und sonnig. Heute nahmen König Cophetua und ich den Lunch auf der Veranda. Der Kleine Chink saß auf den Stufen vor uns und lunchte gleichfalls: das heißt, er bekam von der Amah Kartoffelbrei in den Mund gelöffelt.

Onkel Podger liebäugelte mit ein paar Spatzen, die zu unseren Füßen nach Krumen pickten. Vielleicht hatte er das Gefühl, er müßte eigentlich etwas unternehmen, sie wegjagen oder so, aber das war viel zu anstrengend! Wir sprechen von Onkel Podgers Alter nicht, aber er ist schon sehr steif in den Gelenken, und die Augen tränen.

König Cophetua und ich hatten offenbar den gleichen Gedanken, denn er warf einen Blick auf Onkel Podger und sagte:

«Wenn einmal Zehntausend Jahre vorbei sind – du weißt, was ich meine –, setzen wir ihm ein Ehrenmal, meißeln seine guten Taten darein, in chinesischen und mongolischen Schriftzeichen, und verbrennen eine Unmenge Weihrauch.»

«Der Duft eines guten Schweinebratens wäre ihm vielleicht lieber. Wie lauten aber seine guten Taten?»

«Stehen sie nicht im Buch der Himmlischen Hosen? Er brachte uns zusammen.»

«Sagen wir vielleicht, er beschleunigte ein bißchen den vorgezeichneten Gang der Ereignisse. Und er gab uns moralischen Halt in Augenblikken, da wir ihn dringend benötigten. Du hast recht: er soll einen eigenen Marmorstein bekommen, getragen von einer Riesenschildkröte, in einem eigenen kleinen Pavillon, offen nach allen vier Seiten und mit Dachtraufen aus bunten Ziegeln.»

In diesem Augenblick stieg Onkel Podger gemächlich die Verandastufen hinab und schlug sich in die Büsche. Fand er unsere Unterhaltung vielleicht taktlos?

Doch wir sprachen von ihm, wie man einstmals in der Verbotenen Stadt vom Sohn des Himmels sprach:

‹Herr der Zehntausend Jahre!›

Inhalt

Vorwort	5
Die fünf Tiger	10
Eine Etikettefrage	20
Unter Buddhas Augen	25
Verklärung	37
Der Berg des Siebenfachen Glanzes	44
Das Manuskript des Dr. Folitzky	52
Himmlische und irdische Liebe	63
Zwischenspiel	69
Kuniangs Tagebuch	71
«Die leuchtende Lilie»	89
Die Hunde von Lu-tai	99
«O du lieber Augustin»	104
Pao und der Kapitän	118
Das Gasthaus «Zum Ewigen Mißgeschick»	126
Die «Famille-rose»-Vase	133
Stimmen der Wüste	153
Briefe aus meinem Tempel	162
Noch einmal Kuniangs Tagebuch	178

Die neue Reihe: Die Romantischen

„Das Glück ergibt sich zwangsläufig, und die Probleme sind so beschaffen, daß sie jeder gerne gegen die eigenen tauschen würde." *(FAZ)*

„Im Geheimnisvollen und Gefühlvollen zu baden wie in lauwarmem Meerwasser, kann... erholsame Erbauung sein." *(Die Presse)*

Neu im Frühjahr 1979

Antonia Fraser, **Wilde Insel**
Charlotte Keppel, **Romanys Tochter**

Bisher erschienen in dieser Erfolgsreihe:

Rosalinde Ashe, **Nachtfalter**
Antonia Fraser, **Die Nonne**
John Galsworthy, **Sündenfall**
Isabelle Holland,
Das Haus zu den Vier Winden
Das Haus in Brooklyn
Charlotte Keppel,
Madame, Sie müssen sterben

Paul Zsolnay Verlag

DOROTHY EDEN

Yarrabee

Roman einer Familie. Nach kurzem Glück wird die Ehe zwischen der zarten Eugenia und einem robusten Siedler für beide zu einem Martyrium. Doch der Kampf um das bedrohte Lebenswerk ihres Mannes führt Eugenia schließlich helfend und verstehend an seine Seite zurück.
rororo 1725

Die vollen Tage des Lebens

Jung, schön und extravagant, wird die rothaarige Maud Lucie im London der Jahrhundertwende zur Favoritin des Königs. Aber ihre Suche nach dem wahren Glück wird jäh von düsteren Zeitereignissen und dem Schmerz schicksalshafter Liebeserlebnisse überschattet.
rororo 1834

Sing mir das Lied noch einmal

Roman. London um die Jahrhundertwende: Die wohlhabende Beatrice Bonnington verliebt sich in den charmanten Sohn einer vornehmen Familie. Sie weiß, daß der verarmte William Overton sie nur ihres Geldes wegen heiratet...
rororo 1970

Christabel

Ein fesselnder Frauenroman über das Schicksal einer ungewöhnlichen amerikanischen Millionärserbin.
rororo 4153

860/3

rororo Alice M. Ekert-Rotholz

Reis aus Silberschalen
rororo Band 894

Wo Tränen verboten sind
rororo Band 1138

Strafende Sonne, lockender Mond
rororo Band 1164

Mohn in den Bergen
rororo Band 1228

Elfenbein aus Peking
rororo Band 1277

Die Pilger und die Reisenden
rororo Band 1292

Limbo oder Besuch aus Berlin
rororo Band 1567

Der Juwelenbaum
rororo Band 1621

Fünf Uhr Nachmittag
rororo Band 1781

Füchse in Kamakura
rororo Band 4144

**Die fließende Welt oder
Aus dem Leben einer Geisha**
rororo Band 4199

Erzählungen großer Autoren unserer Zeit in Sonderausgaben

JAMES BALDWIN · Gesammelte Erzählungen

GOTTFRIED BENN · Sämtliche Erzählungen

ALBERT CAMUS · Gesammelte Erzählungen

JOHN COLLIER · Gesammelte Erzählungen

ROALD DAHL · Gesammelte Erzählungen

HANS FALLADA · Gesammelte Erzählungen

ERNEST HEMINGWAY · Sämtliche Erzählungen

KURT KUSENBERG · Gesammelte Erzählungen

D. H. LAWRENCE · Gesammelte Erzählungen

SINCLAIR LEWIS · Gesammelte Erzählungen

HENRY MILLER · Sämtliche Erzählungen

ROBERT MUSIL · Sämtliche Erzählungen

JEAN-PAUL SARTRE · Gesammelte Erzählungen

JAMES THURBER · Gesammelte Erzählungen

JOHN UPDIKE · Gesammelte Erzählungen

THOMAS WOLFE · Sämtliche Erzählungen

Rowohlt Verlag